현대시의 감각과 기억

현대시의 감각과 기억

정지용과 백석 시 연구

류경동 지음

우물이 있는 집

차 례

Ⅰ. 서론

1. 1930년대 시의 새로운 지형과 방법론 검토

한국 문학사에서 1930년대는 현대 문학이 본격적으로 개화하기 시작한 시기로 평가된다.[1] 이 시기에는 개성적이고 실험적인 시인들이 대거 등장하였고, 언어의 조탁과 순수 서정의 탐색, 모더니즘의 수용과 실험, 원형적 생명의 탐구와 향토성의 발견 등 새롭고 다양한 시적 경향들이 활발하게 표출되었다. 1930년대의 문학적 성과는 한국 문학의 영역과 깊이를 확대·심화하였으며, 이후 전개되는 한국 문학의 주요한 역사적 토대를 형성하게 된다.

1930년대 문학의 풍요로움과 새로움은 기존 문학에 대한 부정과 그에 따른 인식론적 전환으로부터 생성된다. 이 시기의 문학적 반성은 개화기 이후 한국 문학의 내면에 자리한 계몽주의적 인식 구조를 대상으로 한다. 낭만주의나 카프의 사회주의 문학 운동 등 주요 문학론이 교체되기는 했지만, 한국 문학의 인식 구조는 계몽주의의 자장에서 크게 벗어나지 못하

1) 정한숙, 『한국현대문학사』, 고려대학교 출판부, 1991, p.126.

였다. 한국 문학의 기저에 인식의 틀로 잠재되어 있던 계몽주의에 대한 반성은, 한국 문학의 근본 문제를 다시 설정하고 문학적 사유의 방식을 전환하는 계기가 된다.

한국에서의 계몽주의는 수입된 지식 체계를 바탕으로 선도적인 지식인들이 무지한 민중을 깨우쳐야 한다는 교육의 형식으로 전개된다.[2] 안에 대한 부정과 밖에 대한 긍정은 척도와 규범의 수입에서 발생한다. 지식을 주체적으로 생산하지 못하고 그 척도와 규범을 수입에 의존해야 했던 당대의 계몽에 의해, 현실은 늘 결핍으로 규정되어 버린다.[3] 이로부터 수정과 보완의 대상인 안과, 학습과 모방의 대상인 밖이라는 가치 체계가 성립된다. 밖을 동경하고 안을 부정하는 태도는 열렬한 근대 지향과 함께 적극적인 전통 부정의 양상을 낳는다. 밖(서구적 근대화)에 대한 지향을 가로막는 것이 안(전통)이라는 이분법적 사고방식에 의해 외적 척도와 규범에 어긋나는 내적인 것은 그 합리성 여부를 막론하고 강력하게 부정되는 것이다.

이런 현상은 한국만의 특수한 상황도 아니고, 이 시기 한국적 계몽주의의 미성숙 혹은 판단 착오 때문만도 아니다. 이런 현상의 이면에는 계몽주의에 내재하는 폭력적인 보편지향이 자리한다. 이성의 보편성은 이성 이외의 것들을 억압한다. 이성의 원리를 지닌 인간이 삶의 궁극적 완성을 향해 나아가는 것이 진보라는 계몽적 믿음 앞에서, 그 외의 모든 것은 야만이고 저개발이며 교화의 대상일 뿐이다. 근대 계몽주의의 보편성과 동일

---

2) 근대적 의미의 지식은 사물의 원리에 대한 물음으로부터 출발해 그 결과로서 획득되는 것이다. 지식은 사물을 사물이게 하는 것, 그 근원에 대한 질문으로부터 구해져야 하는데, 이 시기 한국의 계몽은 외부로부터 이미 만들어진 지식의 수입에 의존하고 만다. 사유 방식의 모색보다 이미 만들어진 지식의 수입에 열을 올리는 전도된 계몽은, 새로운 지식의 창조에 무력할 뿐 아니라 그들이 직면한 현실에 대한 주체적인 분석과 체계적인 성찰을 불가능하게 한다.(이상은 오문석, 「1930년대 후반 시의 '새로움'에 대한 연구」, 상허문학회, 『1930년대 후반 문학의 근대성과 자기성찰』, 깊은샘, 1998, pp.23~26 참조)

3) 오문석, 같은 글, p.26.

성은 다원적 세계를 부정하게 된다.[4] 개체성과 다원성의 부정은 차이와 주변부에 대한 억압으로 이어지며, 결국 제국주의로 현실화된다. 서구적 보편성의 강요는 전통적이고 지역적인 종교와 문화, 윤리와 사유체계 등 재래의 가치를 총체적으로 말살한다.

1930년대의 문학은 이런 계몽주의에 대한 반성에서 출발한다. 이런 반성은 일반적 의미에서 '계몽의 자기 계몽'[5]이며, 개화기 이후 비판과 회의의 과정을 거치지 않고 수용되던 서구적 근대에 대한 주체적인 대응이기도 하다. 이 시기의 한국 문학은, 기존의 계몽적 사유에 대한 반성을 통해 근대적 주체에 대한 새로운 탐구와 일방적인 계몽의 회로에 대한 부정이라는 이중의 과제를 수행하게 된다.[6] 먼저, 자기 내면의 조망과 정체성에 대한 반성적 사유는 필연적으로 계몽주의의 순수한 이성적 자아, 투명한 자아, 이념적 자아에 대한 회의를 낳는다.[7] '나는 누구인가'라는 주체에

---

4) 신승환, 「근대」, 우리사상연구소 편, 『우리말 철학사전3』, 지식산업사, 2003, p.139.

5) 계몽에 의한 주체의 확립과 지식의 확장, 물질문명의 성장 등은 인간에게 해방과 자유, 진보에 대한 확신과 물질적 풍요라는 긍정적인 결과를 가져온다. 그러나 그런 자유와 풍요로움의 이면에는 소외와 불안, 착취에 의한 계급·민족·국가 간의 갈등이라는 폐해가 어두운 그림자로 자리하게 된다. 이런 계몽의 양면성을 인식하고 계몽에 대한 반성적 태도를 취하는 것이 '계몽의 자기 계몽'이다. 계몽의 자기 계몽은 근대성이 지닌 자기 수정의 기획이라는 의미를 지닌다. 계몽의 자기 계몽은, 태도로서의 계몽을 견지하는 것이며, 이런 태도가 역사적 상수로 기능할 때 계몽의 현대성이 획득된다.(임정택, 「계몽의 현대성」, 『모더니티란 무엇인가』, 민음사, 1994, p.76 참조)

6) 이런 이중의 과제는 근대에 대한 착종된 형태의 미적 성찰을 파생시킨다. 근대에 대한 긍정과 부정이 혼재하며, 과거와 전통에 대한 가치관 역시 혼란스럽게 전개되는 문학적 양상은 근대에 대한 중층적 시선으로부터 기인한다.

7) 객관 세계를 향하던 성찰을 자신 자신에게로 돌렸을 때, 외부 세계는 불확실한 것이 되고 자기의 내면은 더욱 복잡하게 된다.(김성기, 「세기말의 모더니티」, 『모더니티란 무엇인가』, 민음사, 1994, p.42) 계몽적 자기 성찰이, 이성이 인식의 명확한 원천이자 의미 생성의 동력임을 확인하고 자기 동일적 주체를 구성하는 것과 달리, 이 시기의 자아 성찰은 자기 동일성의 논리에 의해 구축된 계몽적 주체 개념을 무너뜨리는 결과를 낳는다. 동일한 질문이 지평의 변화에 따라 전혀 상이한 대답으로 연결된다. 그리고 이런 자아의 확실성에 대한 회의는 계몽 자체에 대한 반성을 유발하기도 한다.(오문석, 앞의 글, p.29) 자아의 확실성이 의문시되며 문학은 교육과 교화의 형식을 감당하지 못하게 된다. 의미의 전달자인 지식인/작가와 그 대상인 일반 민중/독자라는 계몽의 구조가 붕괴되는 것은 계몽 담론의 시효성이 소멸되었기 때문이 아니다. 그 근본적인 원인은 의미의 전달자인 지식인/작가의 내면이 더 이상 이성의 빛을 발하지도, 그것을 투과시킬 만

대한 반성적 질문은, 자명한 것으로 판명된 자아의 확실성을 붕괴시킨다. 인식의 주체이며 의미의 근원인 인간의 내면은 결코 동질적이며 일관된 가치 체계로 형성된 것이 아니라는 점이 드러난다. 계몽의 시대에 설정된 이념적 자아의 내면이 자기 확신으로 가득 차 있었다면, 이 시기 문학에 나타난 자아의 내면은 갈등과 욕망, 의식과 무의식이 들끓는 역장이라 할 수 있다. 이런 근본적인 회의는 이성에 의해 억압된 것들이 귀환하는 계기가 된다. 이성에 의해 인식과 지식의 형성에서 배제되었던 무의식, 욕망, 꿈, 감성과 감각 등이 자아의 내면으로 복귀한다. 문학적 경향이 내성 혹은 자의식의 조망으로 옮아가면서, 그 인식 구조 역시 의식/무의식, 이성/욕망, 정신/감성 혹은 감각 등의 구도로 변화한다. 1930년대 문학이 '개성화 내지 개체화의 경향'[8] 을 보이는 현상의 기저에는 이처럼 다양하고 개별화된 인식 구조의 변화가 자리한다.

계몽 자체에 대한 반성은 훼손된 가치의 회복이라는 문제와 연결되기도 한다. 한반도의 근대화가 식민화와 표리의 관계에 있다는 점에서 근대에 대한 총체적인 비판과 직접적인 거부는 쉽지 않은 문제였을 것이다. 이에 따라 1930년대의 시인들은 근대의 문제를 직접 대면하기보다는, 전통적인 미의식과 가치관의 재평가, 자연과의 조화와 풍요로운 삶의 복원, 원초적 세계와 생명의 탐구 등을 통해, 근대에 의해 훼손된 가치를 회복하려는 태도를 보인다. 이런 점에서 1930년대의 문명 비판, 순수 지향, 전통 회귀, 자연과 생명에의 탐구 등의 시적 경향은, 근대적 부정성에 대한 미적 반응이자 반계몽의 서정성이라는 맥락으로 이해해야 할 것이다.

계몽에 대한 반성에서 비롯되는 주체의 내면 탐구와 가치의 회복이 1930년대 한국 문학의 중심 문제로 자리하는 것과 함께, 기존의 문학 형식을 반성하고 미적 형식을 새롭게 탐구하려는 경향이 나타나기도 한다. 새

큼 투명하지도 않다는 데 있다.

8) 김용직, 『韓國現代詩史』, 한국문연, 1996, p.36.

로운 미적 형식의 모색이 지니는 핵심적 과제는 과거 문학의 관습성을 극복하고 감각적 구체성을 확보하는 것이었다.[9] 추상성과 도식적이고 상투적인 표현을 극복하고, 감정에 객관적 형식을 부여하는 데 감각적 구체성은 가장 핵심적인 요소라 할 수 있다. 시의 참신성은 일상적이고 관습적인 인식에서 벗어나 구체적이고 직접적인 언어를 회복하는 것으로부터 획득된다. 시적 구체성을 확보하는 '즉물적 태도'[10]란 궁극적으로 '개인적이며 사회적 공리적 기호의 세계를 꿰뚫고 들어가 사물 자체에 가 닿는 것'[11]을 의미한다. 선험적인 규범을 토대로 형성된 관습적 인식은 결코 추상적이고 도식적인 언어를 극복하지 못한다. 인식과 언어의 관습성을 탈피하기 위해서는, 자아의 욕망과 필요 그리고 이것들의 배후에 존재하는 사회적 제도를 벗어나, 있는 그대로의 사물을 감각해야 하는 것이다.

결국 사물을 그 자체로 감각하는 데에서 구체적이고 참신한 시어가 발생한다. 언어 일반이 지닌 추상성에 저항하면서, 경험과 대상 속에 내재하는 구체적인 감각을 포착하고 표현할 때 시적 언어의 참신성이 획득되는 것이다. 1930년대 문학은 거대 담론보다는 구체적이고 개별적인 경험을 근거로 하며, 그 문학적 가치를 체험을 포섭하는 주체의 언어적 취향과 미적 감수성에서 찾고자 한다. 이 시기에 나타난 시에 대한 새로운 관념과 경향은, '시각적이며 구체적인 언어' 혹은 '감각을 그 모양 그대로 옮겨놓으려는 직관의 언어'[12]를 추구했던 흄이나, 정서적 복합체로서의 심상을 통해 시의 구체성[13]을 확보하려 했던 파운드의 영향에 의한 것이라고도 할 수 있다. 그러나 그보다는 이 시기의 작가들이 감각적 심상의 의미와 기능을 자각하고 이를 보다 적극적으로 활용했기 때문이라고 보는 것이 타당

9) 김기림, 「시의 '모더니티'」, 『김기림 전집2』, 심설당, 1988.
10) 김기림, 앞의 책, p.84.
11) 김우창, 「회한, 기억, 감각」, 『외국문학』, 1992, 봄호, p.92.
12) T.E. Hulme, 『휴머니즘과 예술 철학에 대한 성찰』, 박상규 역, 현대미학사, 1983, p.121.
13) 김재근, 『이미지즘 연구』, 정음사, 1973, p.21.

할 것이다.

1930년대의 시문학은 계몽에 대한 반성과 훼손된 가치의 회복이라는 문제에 대응하면서, 기존 문학의 관습성을 극복하고 새로운 시적 언어를 탐구하는 과정에서 생성되어 간다. 이런 중층적인 과제들을 아우르며 문학의 근본 문제로 자리하는 것이 바로 감각이라고 할 수 있다. 먼저 감각은 경험을 구성하는 특정한 속성이라 할 수 있다. 그것은 대상의 물질적 속성으로 주체에 소여되기도 하고, 주체에 의해 구성된 산물이기도 하다. 심리학에서 감각은 신체의 외부 및 내부로부터의 자극에 의해서 일어나는 직접적인 의식내용[14]을 의미한다. 보다 일반적인 의미에서 감각은 물질적 대상과 몸이 자극과 감응의 관계로 만나는 것[15]을 의미하기도 한다. 감각에 대한 전통적인 견해들이 감각을 인식 대상의 물질적 특성, 사유의 재료 혹은 사물의 표면으로 보는 것과는 달리,[16] 최근의 경향은 감각에 좀

---

14) 한전숙, 「感覺과 身體」, 『현상학의 이해』, 민음사, 1984, p.37.

15) 최봉영, 「감각」, 우리사상연구소 편, 『우리말 철학사전3』, 지식산업사, 2003, p.10.

16) 로크(Loke)는 모든 지식이 감각에서 출발한다고 본다. 그는 감각 작용에 의해 마음에 생긴 지각perception을 관념idea이라고 칭한다. 이 감각 관념은 단순 관념들의 종합인 지식의 토대가 된다. 이와 유사하게 흄(Hume)은 지각을 인상과 관념으로 이분한다. 인상이란 '마음에 처음 나타난 모든 감각, 정서, 정념'이라 보고, 관념은 '사고와 추리에 있어서의 이들 인상의 희미한 영상'이라고 본다. 흄의 인상은 곧 감각을 의미한다. 데카르트(Descartes)는 감각을 사유의 의식 방법들 중의 하나로 본다. 그러나 감각은 자아가 파악하는 명석하고 판명한 관념과 달리 오류투성이에 불과하다. 데카르트에게 감각은 애매하고 혼잡한 사유로서, 이성적 사유로부터 배제된 영역이다. 그는 '본래 그리고 직접적으로 감각되는 것은 오직 성질의 관념' 뿐이라고 본다. 여기서 감각은 사유하는 자아와의 관계에 있어 하나의 관념으로 다루어진다. 그리고 이때의 자아는 '정신, 이성 혹은 오성'으로 일컬어지는 '신체없이 존재하는 순수 자아'를 뜻한다.

이들 전통적인 철학자들에게 감각은 사유의 단순한 전단계에 불과하다. 감각은 인간의 '마음속에' 있기 때문에 경험론자들은 '관념'이란 용어로 감각을 지칭한다. 근세 철학에서 감각은 관념에 속한다. 관념으로서의 감각은 감각된 결과로서의 의식 내용이며, 이것을 다루는 주관은 사유하며 판단하는 이성의 주관이다. 이성적 진리를 인식하는 주관이 다룰 수 있기 위해서는 감각이 관념이나 표상이 되어야 하는 것이다. **감각을 통해서 우리는 외물, 외계를 안다고 하지만, 감각이 관념이 되어버릴 때 외계는 감각이 아니라 사유의 대상이 된다. 이때 외계는 표상된 세계, 사유된 세계로서만 파악된다.** 즉, 거울을 통해 보는 것처럼 간접적으로만 파악되는 것이다. 이런 사유 방식은 이성 중심의 진리관에서 파생된다. 무질서하고 혼돈스러운 감각적 소여에 질서를 부여하는 것이 이성이며, 이성에 의해 질서가 부여되어야 감각 내용은 의식 내용으로 포섭될 수 있다. 이런 사유의 틀은, 진리는 이성에 의해서만 파악된다는 전통적인 서구의 진리관의 연장이

더 적극적인 의미를 부여함으로써 감각의 직접성을 회복하려고 한다. 이런 경향은, 추상적 세계를 구축하고 무세계적 자아를 성립시킴으로써 결과적으로 생활 세계와의 순환을 상실한 근대적 사유에 대한 반성으로부터 시작된다.[17] 그러므로 최근의 감각론은 감각의 주체를 '신체 없이도 존립할 수 있는' 순수 자아로 파악하는 것이 지극히 비현실적이라고 비판한다. 감각은 결코 진공 상태에서 이루어지지 않는다는 점에서 감각에 대한 추상적인 접근 방법은 문제가 있다는 것이다.[18] 이런 비판을 바탕으로 새로운 감각론은 구체적이고 직접적인 감각 현상에 주목해 감각을 주체로서의 몸과 세계의 감응방식으로 정의한다.[19]

특히 독일의 철학자 슈트라우스(Erwin Straus)는 지각(Perception)과 구별되는 감각(Sensation)의 인식 구조를 밝히고, 감각을 '자아와 세계의 교

다. 이런 관점에서 볼 때 감성은 물질적이고 지상적이며, 시간적으로 유한하며 변화하는 것만을 담당하게 된다.

그러나 감각이란 신체의 감관에 의해서 지각되는 것이다. 즉 감각의 주체는 신체이다. 그럼에도 불구하고 근세 철학에서는 감각의 주체를 '신체 없이도 존립할 수 있는' 순수 자아로 생각한다. 감각을 지각의 전단계로 파악하는 것은, 감각함의 주관이 자발적인 자기 운동의 주체로서의 구체적인 신체임을 간과하는 데서 오는 오류라 할 수 있다.(이상은 한전숙, 「感覺과 身體」,『현상학의 이해』, 민음사, 1984 참조)

17) 이성환, 「근대와 탈근대」,『모더니티란 무엇인가』, 민음사, 1994, pp.177~178.

18) 메를로 퐁티는『지각의 현상학』을 통해, 경험주의와 지성주의의 감각론을 非실제적이라고 비판한다. 그는 감각을 인상으로 보거나 주체에 의해 구성되어진 것으로 보는 견해에 반대하면서, 진공 상태의 감각이나 비실제적인 경험을 통해 추상화된 감각론을 폐기하고 신체 중심의 감각론을 전개한다. 그에 의해 감각은 인식의 재료가 아니라 주체와 세계의 관계를 형성하고 주체를 존재하게 하는 중요한 계기라는 의미를 부여받는다.(조광제,『몸의 세계, 세계의 몸』, 이학사, 2004, pp.275~278 참조)

19) 메를로 퐁티는 정신으로서의 주체(사유하는 주체)와 달리, 세계내 존재로서의 몸이라는 주체를 상정한다. 이는 '사물은 사유되는가'라는 질문에서 '사물은 감각되는가'라는 질문으로의 전환을 의미한다. 존재의 근본 원리를 사유에서 찾았던 서양 철학사를 전복하는 문제 설정이라고 할 수 있다.(조광제, 「문학과 철학에서의 감각」,『파라 21』, 2004년 여름호, p.24)

세계에 정위하는 신체로서의 주체는 객관세계와 교감하며 존재한다. 사유하는 주체는 존재의 진공 상태를 전제한다는 점에서 현실적으로 존재할 수 없다. 그러므로 이성적 주체는 실재의 주체일 수 없다. 반면 세계 내적 존재로서의 몸주체의 존재 방식에 근거하는 것이 감각이다. 여기서 감각은 근대 철학이 언명하는 바, 오류와 한계를 가지며 인식의 단순 재료로만 사용되던 의미를 넘어서게 된다. 감각이 신체의 감관에 의해 가능해진다고 보고 감각의 주체를 신체로 삼는 태도는, 진리를 이성 중심으로 파악하려는 사유의 틀을 벗어나 감성과 감각의 의미를 적극적으로 옹호하는 것이라 할 수 있다.

통 방식(Mode of Communication)'[20]으로 규정한다. 그는 감각과 지각을 각각 '풍경의 공간(The Space of Landscape)'과 '지리학의 공간(The Space of Geography)'으로 구분해 설명한다.[21]풍경의 경험은 지평선의 경험이며, 그 자체로 공감이 이루어지는 반면, 지도의 경험은 어떤 실용적 목적에 의해 분석되어진 추상의 공간에 대한 경험이다. '감각함'은 풍경과 함께 풍경 속의 자기를 알아차리는 것이며, 그 풍경과의 조화로운 소통을 전제로 한다. 그러나 지리학적 공간 경험은 마치 기차나 비행기를 타고 하는 여행과 같다. 이때의 경험은 '기하학적이고 폐쇄적이며 체계화된 공간'에 대한 경험이며, 지각적 세계는 계획과 측정 수단, 시계에 의해 규정된다.[22] 슈트라우스의 지리학적 공간은 곧 근대적 공간이자 근대적 경험을 의미한다.[23] '풍경의 공간'은 풍요롭고 조화로운 경험에서 감각이 얼마나 중요한 의미를 지니는지 드러내 보인다.

슈트라우스는 '감각(Sensation)'이라는 용어보다 '감각함(Sensing)'[24]이라는 용어를 사용함으로써, 감각이 언어 이전에 생성된 세계를 포착하는 것임을 강조한다. '감각함'은 생명체가 주변 세계와 교섭하는 방식이다. 이런 관점에서 자아와 세계는 '결합되어 있음'의 관계에 놓이게 된다. 분리되지 않은 상태의 자아와 세계는 자연스럽게 상호 영향관계를 형성한다. 그러므로 자아의 감각함은 세계에 대한 경험이며 동시에 세계의 일부로서의 자기 스스로를 경험하는 것을 의미한다.[25]

---

20) Erwin Straus, The Primary World of Senses, trans. Jacob Needleman, The Free Press of Glencoe, 1963, p.202.

21) 같은 책, p.318.

22) 같은 책, p.321.

23) 김우창은 슈트라우스의 '풍경의 공간'과 '지리학의 공간'을 '풍경'과 '지도'의 체험으로 의역한다. 이때 지도의 경험은 당연히 근대적 경험의 속성을 지닌다. 그는 감각적 체험을 의미하는 풍경의 체험이 세계와의 직접적인 조화 속에서 나온다고 본다. 우리가 마음속에 고향을 간직하며 아름다운 풍경을 찾는 것은 이러한 세계와의 조화를 갈구하기 때문이라고 본다.(김우창, 「꽃과 고향과 땅」, 『지상의 척도』, 민음사, 1993, p.87)

24) Erwin Straus, 앞의 책, p.18.

25) Erwin Straus, 앞의 책, pp.201~202.

세계와의 소통 방식인 감각은 대상에 대한 주체의 태도, 경험의 방식, 미적 태도와 감수성, 대상에 대한 취향과 기호 등을 함축한다고 할 수 있다. 우리가 무엇인가를 감각한다는 것은 그것에 적극적으로 참여하고, 소유하며, 또 그것으로부터 영향을 받는 것을 의미한다.[26)]

그러므로 감각은 경험의 지평과 함께 거기에 깃들인 주체의 의식적 지향을 드러내 보인다. 통상 감각은 문학예술의 본질적 속성이자 가치 평가의 기준이 되기도 한다.[27)] 이때의 감각은 구체성을 담보하는 경험의 구성요소이면서, 시적 인식의 대상이자 상상의 원천으로서 작용한다. 그러나 대상과의 관계를 의미하는 '감각함'은 생활 세계와 교섭하는 주체의 내면적 반응과 감수성을 드러내는 매개체가 되기도 한다.[28)]

시가 시대나 문화에 의해 생성된 일정한 형식 원리로 세계를 언어화한다면, 시적 방법은 세계를 인식하는 방식 혹은 작품을 형성하는 구성원리라 할 수 있다. 감각은 시적 방법의 하나로 작품의 구성에 적극적으로 개입한다. 시는 개념적이고 추상적인 인식이 아니라 구체적이고 감각적인

---

26) 메를로 퐁티는 감각 주체를 어떤 존재의 환경에서 같이 탄생하는, 또는 그와 종합해서 동시에 일어나는 힘이라고 말한다. 그는 이런 감각 주체와 감각 대상의 관계를 자는 자와 잠의 관계에 비유한다. 둘은 분리되지 않으며 잠의 리듬이 자는 자의 존재를 구성한다. (메를로 퐁티, 『지각의 현상학』, 류의근 역, 문학과 지성사, 2002, p.324) 감각 주체는 구체적인 실존의 세계에서 감각과 함께 태어나고 감각과 화합하는 힘이다. 여기서 메를로 퐁티의 감각론은 감각 단계로부터 몸과 세계가 교섭하는 상호 내속적인 관계를 갖는다는 점을 보여준다. (조광제, 『몸의 세계, 세계의 몸』, 이학사, 2004, p.286)

27) 미학에서도 통상 감각은 미적인 것의 본질로 규정된다. 바움가르텐이 처음으로 정식화한 '미학'(aesthetica)이라는 용어는, 이성적 인식과 구별되는 감성적 인식을 미적 인식과 동일시하는 데서 도입된다. (블라디슬로프 타타르키비츠, 『여섯가지 개념의 역사』, 이용대 역, 이론과 실천, 1990, p.353) 어원인 그리스어 'aisthesis'는 정련된 개념적 사유와 대비되는 지각과 감각에 관련된 영역을 일컫는 용어이다. 18세기 중엽 바움가르텐이 사용할 당시의 '미학'(aesthetica)이라는 용어 안에는, 헤겔이 예술을 '이념의 감각적 가상'이라고 정의하고 개념적 인식의 하위에 배치한 것과 마찬가지로, 가치 폄하의 의미가 내재해 있다. 비록 추상적이고 개념적 인식에 비해 평가 절하되긴 했지만, 미학의 출발에서부터 감각은 미의 본질적 요소이자 미적 판단의 중요한 척도였음을 알 수 있다. 이후 철학이 추상적이고 개념적 세계로부터 구체적인 생활 세계로 귀환하면서 이성의 우위는 전복된다. 이에 따라 미학의 지위와 그 본질적 속성으로서의 감각의 의미 역시 재평가된다.

28) 의식이 무엇인가를 지향하는 한에서 의식인 것처럼, 감각 역시 무엇과 관계되고, 무엇을 대상으로 한다는 점에서 지향적이다.

인식을 토대로 한다. 감각행위 자체는 실제적이고 개별적이라는 점에서, 인식 구조의 보편성과 그 인식의 과정에 개성적 특성을 부여하기도 한다. 세계와의 소통 방식인 '감각함'[29]은 이런 인식 과정에서 생성되는 시인의 경험의 양상, 거기서 파생되는 정서적 태도, 시어의 특성과 시적 구성에 시인 고유의 개성적인 방법으로 영향을 주는 것으로 판단된다.

본고는 이런 '감각함'을 통해 1930년대 시에 나타나는 감각의 양상과 그 의미, 그것이 시세계 형성에 기여하는 역할과 기능을 규명해보고자 한다. 이를 위해 정지용과 백석의 시에서, 오감을 비롯한 감각적 자극을 환기하는 심상들을 대상으로 감각의 양상을 살펴보고, 이들이 각기 시세계 형성에 기여하는 바를 규명해볼 것이다. 1930년대의 주요한 시적 경향을 대표하는 두 시인의 시세계는, 현상적으로 감각적 이미지가 두드러지게 나타나기도 하지만, 감각을 매개로 각기 독특한 시세계를 구축하고 있는 것으로 판단되어 본고의 연구 대상으로 삼게 되었다. 특히 두 시인의 시세계에서 보이는 각기 상이한 감각 지향은 1930년대 시의 감각의 기능과 의미를 효과적으로 드러내 보일 수 있을 것으로 기대된다. 이를 위해 본고는 정지용과 백석의 시에 나타난 감각의 양상을 각각 '근대적 감각'과 '토속적 감각'으로 구분하고, 이것이 '교감의 시학'과 '회감의 시학'[30]을 형성해 가는 과정을 시세계의 변화 양상과 함께 살펴보기로 한다.

정지용의 시에서 감각은 풍경을 내면화하고 내면을 풍경으로 드러내는

---

29) 감각 행위를 통해 세상을 '소유'한다는 점에서 감각 작용은 지향성의 본질적 의미에 상응한다. 감각 행위는 세상을 수용하고 이해하는 주요한 방식이라 할 수 있다.(르노 바르바라, 『지각』, 공정아 역, 동문선, 2003, pp.77~78)

30) '회감'은 벤야민의 'Vergegenwärtigung'을 의역한 용어이다. 벤야민은 프루스트가 기억을 통해 과거를 회상하고 현재화하는 방법을 일컬어 '과거의 일들을 현재 속에 생생히 떠올리는 방식 Vergegenwärtigung'이라고 한다. 무의식적 기억에 의해 우리는 어떤 특정한 순간에 잃어버린 듯하나 실은 우리 내부에 아직도 존재하는 과거를 발견하게 된다. 현실의 어떤 감각에 의해 이런 기억을 환기할 수 있고 이를 통해 과거의 실제 세계와 만날 수 있는 것이다.(발터 벤야민, 『발터 벤야민의 문예이론』, 반성완 편역, 민음사, 1992, p.114) 본고는 벤야민이 파악한 프루스트의 방법과 백석의 시적 방법이 유사하다고 보고 이를 '回感'이라는 용어로 번역해 사용하기로 한다.

구체적 계기로 작용한다. 특히, 정지용은 사물에 대한 감각적 경험 그 자체를 언어화함으로써 명징하고 구체적인 시적 표현을 성취한다. 그의 시는 근대적 경험의 수용 과정에서 '쾌감'[31]이라는 감각적 형식을 통해 경험 자체에 대한 의식적 판단과 지향성을 드러낸다. 근대 경험에 대한 양가적 반응은 쾌/불쾌로 드러나며, 근대적 경험에 대한 부정적 태도가 후기 '山水'로의 침잠을 유도하는 것으로 보인다. 특히 후기 시에 나타나는 교감을 통한 자연으로의 몰입은 새로운 미적 감각의 영역을 개척함과 동시에 초월적 정신의 탐구라는 시적 의미를 지닌다고 할 수 있다.

백석의 시에서 감각은 시의 구성 방식이자 기억을 통해 고향을 재현하는 매개가 된다. 특히 그의 토속적인 감각은 '고향'으로 상징되는 원형적 시공간을 재경험하게 한다는 점에서 중요한 의미를 지닌다. 그 토속적 감각은 근대적 삶의 환경이 상실한 전통적인 경험을 회복하는 유력한 매개체로 기능한다. 나아가 그는 토속적 풍물과 그 감각을 통해 근원적 세계를 재구함으로써 민족적 정체성을 탐구하고자 한다. 또한 현실에 대한 백석의 대응 방식은 그 감각적 양상과 결부되어 독특한 시적 양상으로 나타나기도 한다. 본고는 두 시인의 이런 시세계를 감각의 관점에서 분석해봄으로써, 1930년대 시의 감각 지향이 지니는 다양한 의미와 기능에 접근하는 해석의 단초를 마련해 보고자 한다.

---

31) 김상봉은 감성에 남겨진 타자의 흔적을 '감각'이라고 본다. 그는 감각의 과정을 '지각', '쾌감', '감정'의 세 가지로 구분한다. '지각'은 주체가 타자의 표상을 받아들이는 단계의 수용적 감각이고, '쾌감'은 쾌와 불쾌를 나타내는 역동적 감각이며, '감정' 혹은 '정서'는 직접적인 쾌와 불쾌에 대한 반성에서 발생하는 반성적 감각이다.(김상봉, 「감성의 홀로주체성」, 한국기호학회 편, 『감각작용과 의미작용』, 월인, p.41) 주어진 지각자료에 대해 쾌/불쾌를 드러내는 '쾌감'은 욕구와 회피를 동반한다는 점에서 '지각'과 다르며, 그 쾌와 불쾌를 토대로 파생되는 '정서'와도 구별된다.

2. 정지용과 백석 시의 문학사적 위치

정지용에 대한 최초의 공식적 평가는 박용철에 의해서 이루어진다. 그는 1931년 「辛未詩壇의 回顧와 批判」(중앙일보, 1931. 12. 7)에서 '말씀의 요술'[32]이라며 정지용의 언어적 감수성과 감상성 배격을 상찬한다. 이어 그는 「丙子詩壇의 一年成果」(동아일보, 1936. 12)에서 정지용이 '감성의 한계를 넓혀 주는 천재 시인'[33]이라고 극찬했다.

이양하도 「바라든 芝溶詩集」에서 정지용을 '예민한 觸手를 지닌 感覺의 詩人'[34]이라고 평가한다. 김기림 역시 '最初의 모더니트 鄭芝溶은 거진 천재적 敏感으로 말의 音의 가치와 이메지, 淸新하고 原始的인 視覺的 이메지를 發見하였다'[35]고 평가한다.

반면 임화는 정지용, 김기림, 신석정 등을 기교파로 단정하고 '그들은 현실에 대하여 무관하고 언어표현의 기교에만 매달리기 때문에 그들의 시에는 내용과 사상이 없는 뿌르조아 詩의 현대적 後裔'[36]라고 혹평한다.

이후 1960~70년대에는 조지훈[37], 유종호[38], 김우창[39] 등의 단평을 위주로 정지용 시의 언어적 감각과 시세계에 대한 평가가 이루어진다. 이후 1970년대와 1980년대 들어 정지용에 대한 본격적인 연구가 시작된다.

작가론의 관점에서 작품 세계의 전체적인 양상을 밝히려는 연구로는 김학동, 양왕용, 장도준 등의 연구가 있다. 김학동[40]은 정지용의 생애와 문학적 전기를 정리하고, 서지적 고찰을 통해 텍스트를 확정하는 등 정지용

---

32) 박용철, 『박용철 전집』, 시문학사, 1940, p. 79.
33) 박용철, 같은 책, p. 104.
34) 이양하, 「바라든 芝溶詩集」, 『조선일보』, 1935. 12. 10.
35) 김기림, 「모더니즘의 역사적 위치」, 『인문평론』 창간호, 1939. 10, p. 84.
36) 임 화, 「曇天下의 詩壇一年」, 『신동아』, 1935. 12.
37) 조지훈, 「한국현대시사의 반성」, 『사상계』, 1962. 5, p. 302.
38) 유종호, 「현대시 五十年」, 『사상계』, 1962. 5, p. 305.
39) 김우창, 「韓國詩의 形而上」, 『궁핍한 시대의 시인들』, 1977, 민음사, p. 51.
40) 김학동, 『정지용 연구』, 새문사, 1988.

연구에 중요한 토대를 마련한다. 양왕용[41]은 문헌 비평의 관점에서 텍스트를 검토한다. 그는 시어의 분류를 토대로 리듬, 의미, 비유와 심상, 어조의 관점에서 정지용의 시를 분석한다. 장도준[42]은 역사주의적 관점에서 전기적 사실과 시론을 검토하고, 형식주의적 관점에서 정지용 시의 언어 미학을 규명한다.

작가의 내면 의식과 시세계의 상관성을 규명하려는 연구로는 이기서, 민병기, 정의홍 등의 연구가 있다. 이기서[43]는 1930년대 시인들의 의식 구조와 심상의 체계를 분석하면서, 정지용의 경우, 근대적 체험에서 발생하는 세계 상실을 종교를 통해 회복하고 초월하고 있음을 밝혀낸다. 민병기[44]는 모더니즘의 관점에서 1930년대 시의 심상 체계를 분석하면서 정지용의 경우, 개인적 체험으로부터 출발해 집단적이고 종교적인 문제를 다루는 중기를 거쳐 후기에는 산수시의 허정의 세계로 나아간다고 본다. 정의홍[45]은 정지용의 전기적 사실로부터 의식 구조와 그 갈등 양상을 발견해내고, 이에 대한 심리학적 접근을 통해 정지용의 정신적 지평과 의식 지향을 밝히려 한다.

작품 분석을 통해 형식적 특성과 미적 특질을 밝히려는 연구로는 김명인, 오탁번, 김훈 등의 연구가 있다. 김명인[46]은 정지용, 김영랑, 백석의 작품을 중심으로 1930년대 시의 구조적 특성을 규명하고자 한다. 그는 언어 구조, 문체와 리듬 구조, 의미 구조의 관점에서 세 시인의 시세계를 조망하고 각 시인들의 작품이 지니는 미적 특질과 미적 가치를 면밀하게 분석해내고 있다. 오탁번[47]은 1920년대와 30년대의 한국 시사를 대위적인

41) 양왕용, 『정지용 시 연구』, 경북대 박사논문, 1987.
42) 장도준, 「정지용 시의 연구」, 연세대 박사논문, 1989.
43) 이기서, 『한국현대시의식연구』, 고려대학교 민족문화연구소, 1984.
44) 민병기, 「30년대 모더니즘 시의 심상체계연구」, 고려대 박사논문, 1987.
45) 정의홍, 「정지용 시의 연구」, 동국대 박사논문, 1991.
46) 김명인, 「1930년대 시의 구조 연구」, 고려대 박사논문, 1985.
47) 오탁번, 『한국 현대시사의 대위적 구조』, 고려대학교 민족문화연구소, 1988.

의미망으로 구성하고, 정지용의 시와 소월의 시를 대칭적 관계에서 파악한다. 그는 이런 구도를 통해 정지용의 시에 나타나는 탁월한 비유 구조와 명징한 시적 표현의 특성에 주목하고 그 미적 가치를 분석한다. 김훈[48]은 정지용의 시세계에 드러나는 모더니즘의 영향 관계를 밝히고, 리듬과 이미지의 관점에서 정지용 시의 미적 특질을 규명하고 있다.

시 정신 혹은 정신사적 맥락에서 정지용의 시에 접근한 연구로는 최동호, 최승호, 김정숙 등의 연구가 있다. 최동호[49]는 정지용의 후기시인 「장수산」과 「백록담」을 분석하고, 이들 작품이 감각적이고 명징한 심상을 통해 정신적 구경을 탐색하고 있음을 밝힌다. 최승호[50]는 동양적 생명 사상에 기초하여 정지용의 후기시에 접근한다. 김정숙[51]은 정지용의 시의식을 전통적인 선비정신과 연관지어 분석하고 전통 계승의 관점에서 이후의 영향 관계를 규명하고 있다.

백석 시의 연구사에서 초기의 평가는 김기림, 박용철, 오장환에 의해 이루어진다. 박용철은 백석의 시편을 '修整없는 方言에 依하야 表出된 鄕土生活의 詩篇'들이라고 보고, '生命의 本源과 接近해 있는 藝術'[52]이라고 평가한다. 김기림은 백석의 시가 '동화와 전설의 나라'에 속하며 '향토의 얼굴이 표정'하는 세계라고 보고, '일련의 향토주의와는 명료하게 구별되는 모더니티를 품고 있다'[53]고 평가한다. 반면 오장환은 백석의 작품이 '少年期의 童話의 世界'를 시적 대상으로 한다는 점을 지적하고, 이를 단순한 '사투리'와 '옛니야기' 혹은 '묵은 記憶'[54]만의 세계라고 비판한다.

해방 이후 1980년대 이전까지 백석에 대한 연구는 몇몇의 문학사에서

---

48) 김 훈, 「정지용 시의 분석적 연구」, 서울대 박사논문, 1990.
49) 최동호, 「長壽山과 白鹿潭의 세계」, 『現代詩의 精神史』, 열음사, 1985.
50) 최승호, 「1930년대 후반기 시의 전통 지향적 미의식 연구」, 서울대 박사논문, 1993.
51) 김정숙, 「정지용의 시 연구」, 세종대 박사논문, 2000.
52) 박용철, 「白石 詩集 '사슴' 評」, 『조광』, 1936.4.
53) 김기림, 「'사슴'을 안고-白石 시집 독후감」, 조선일보, 1936.1.29.
54) 오장환, 「백석론」, 『풍림』 통권 5호, 1937.4.

간략히 언급되는 수준에서 진행된다. 백철[55]은 백석의 시에서 '訥樸한 民俗譚을 듣고 소박한 시골 풍경화를 보고 구수한 흙냄새를 맡을 수 있다'고 하면서, 그의 시가 '지방적이고 민속적인' 세계를 통해 나름의 영역을 개척하였다고 평가한다. 김현·김윤식[56]은 백석 시의 대상이 민속 자체라는 점에 주목하고 평북 방언의 사용에 의미를 부여한다. 정한숙[57]은 백석의 시가 정지용의 '향수' 시편의 계열에 속한 것으로 보고, 민속적인 생활상과 음식, 풍속을 사실적으로 재현한다는 점에 주목한다.

1980년대 이후 백석 시에 대한 연구는 보다 활발해지는 양상을 보인다. 창작 방법과 시의식의 상관성에 관한 연구로는 최두석, 김윤식, 김용직, 정효구, 나명순 등의 연구가 있다. 최두석[58]은 백석의 시가 이미지즘적 창작 방법과 서사성이 결합된 것으로 보고, 모더니즘의 주체적 수용이라는 관점에서 백석의 시세계를 평가한다. 김윤식[59]은 백석 시의 본질을 허무 극복으로 보고, 그 시적 방법을 '이야기체'라고 명명한다. 김용직[60]은 백석의 시가 관습적 세계와 근대 지향이라는 두 단면을 구조화한다고 보고, 방법적 측면에서 모더니즘의 세례를 분석한다. 정효구[61]는 백석 시에 나타나는 객관주의의 정신과 열거식 병렬이라는 기법적 특성에 주목한다. 나명순[62]은 백석 시의 방법을 기억과 생각을 통한 고향 재현과 허무 극복이라고 보고 이를 토대로 백석의 시세계를 규명하고자 한다.

백석 시의 독특한 전개 양상과 미적 특질에 대한 연구는 고형진, 김명인, 이경수 등의 논의가 있다. 고형진[63]은 백석 시의 토속적 정서와 평북

---

55) 백 철, 『신문학사조사』, 신구문화사, 1997.
56) 김현·김윤식, 『한국문학사』, 민음사, 1973.
57) 정한숙, 『한국현대문학사』, 고려대학교 출판부, 1982.
58) 최두석, 「1930년대 시의 표현에 관한 고찰」, 서울대 석사논문, 1982.
59) 김윤식, 「허무의 늪 건너기」, 『한국 현대시론 비판』, 일지사, 1993.
60) 김용직, 「토속성과 모더니티-백석론」, 『한국현대시사』, 한국 문연, 1996.
61) 정효구, 「진솔한 삶의 공간」, 『현대시』, 1990.5.
62) 나명순, 「백석 시 연구」, 고려대 박사논문, 2004.
63) 고형진, 「백석 시 연구」, 고려대 석사논문, 1983.

방언에 주목해 그의 시가 지니는 독특한 양식적 특성을 밝혀낸다. 특히 방언과 산문형의 양식을 매개로 전통적인 세계를 재현한다는 점을 높게 평가한다. 김명인[64]은 백석의 시를 정지용, 김영랑의 작품과 함께 구조적 관점에서 분석한다. 그는 백석 시의 특성을 체험의 구체성을 위한 서술적 언어, 민속적 체험과 결합된 심층적 리듬, 고향 재현과 표랑 의식으로 규정한다. 이경수[65]는 1930년대 후반기 시에 나타난 반복 기법과 언술의 구조를 살피면서, 병렬과 부연을 통해 백석 시의 구조가 형성된다고 본다. 이를 통해 이질적인 것이 공존하면서 정서의 종합적 확장과 의미의 생성이 이루어지는 양상을 규명한다.

이밖에 시·공간을 통해 백석 시에 접근한 연구, 백석 시의 서술 구조나 독특한 구성 원리에 주목한 연구들이 있다. 박태일[66]은 장소 사랑이란 개념을 통해 백석 시의 공간 체험의 특성을 분석한다. 심재휘[67]는 백석의 시를 낭만적 시간 의식의 관점에서 분석하고, 백석 시의 주요한 지향점을 현재적 삶에 의해 훼손된 원형성의 회복으로 파악한다.

두 시인의 감각성의 문제는 개별 연구의 주제에 국한되지 않고 광범위하게 언급된 편이다. 이는 정지용과 백석의 시에서 감각성이 현상적으로 두드러지기 때문일 것이다. 그러나 정작 감각 자체를 연구 대상으로 한 논문은 그렇게 많지 않은 편이다. 정지용의 경우 그의 작품에 나타난 감각성과 미적 특질을 연결해 살피려는 연구가 제법 진행된 편이지만, 백석의 경우 단편적이고 현상적 지적에 머무는 경우가 대부분이다.

정지용의 감각성의 문제는 그의 시를 평가하는 중요한 척도가 되기도 한다. 이양하와 김기림은 정지용 시의 예민한 감각성에 주목하여 그의 시

64) 김명인, 「1930년대 시의 구조 연구」, 고려대 박사논문, 1985.
65) 이경수, 「한국 현대시의 반복 기법과 언술 구조」, 고려대 박사논문, 2002.
66) 박태일, 「한국 근대시의 공간 현상학적 연구」, 부산대 박사논문, 1991.
67) 심재휘, 「1930년대 후반기 시 연구」, 고려대 박사논문, 1997.

를 상찬하는 반면, 임화와 송욱[68]은 감각만 있을 뿐 정신과 감정을 배제한다는 관점에서 정지용의 시를 폄하한다. 유종호[69]는, 정지용의 시가 감각적 언어 구사를 통해 한국어의 시적 가능성을 확장했다고 평가한다. 김우창[70] 역시 정지용의 예리한 감각에 주목하여, 그 감각이 원초적인 형태로 생의 경험에 충실하려는 것으로 보고 감각을 정신적인 태도와 연관지어 파악한다. 김용희[71]는 '체감적 지각'이 인식의 국면으로 나아가는 과정을 분석하면서, 대상과 거리를 두는 정지용의 독특한 시적 방법을 해명한다. 김신정[72]은 정지용 시의 의미 구조를 타자와의 관계로 설정하고, '닿음'이라는 감각을 통해 타자와의 소통을 유지하고 그런 체험을 미적 형식으로 조형해 간다고 본다. 두 논문은 정지용의 시세계에 접근함에 있어 감각을 연구의 관점으로 설정했다는 점에서 의미가 있는 연구라 할 수 있다. 특히 김신정의 논문은 정지용의 작품을 감각을 중심으로 분석하면서 이를 시세계의 변화를 설명하는 효과적인 기제로 사용하고 있다는 점에서 미덕을 지닌다.

이런 연구사의 성과와 한계를 바탕으로 본고는 정지용과 백석의 감각 지향성을 분석해 보고자 한다. 본고는 감각을 세계와 소통하는 주요한 방식으로 보고, 두 시인의 작품에 나타나는 감각의 양상과 그 기능을 살펴볼 것이다.

Ⅱ절의 1에서는 정지용의 시세계를 대상으로 감각의 기능과 의미를 살펴볼 것이다. 먼저 경험의 지평이 변화하면서 지각의 양상 역시 변화한다는 점에 주목하고자 한다.[73] 정지용의 경우 근대적 경험에 대한 감각적

---

68) 송 욱, 「한국모더니즘비판」, 『시학평전』, 일조각, 1967.
69) 유종호, 「현대시의 50년」, 『비순수의 선언』, 민음사, 1995.
70) 김우창, 「한국시의 형이상학」, 『궁핍한 시대의 시인들』, 민음사, 1977.
71) 김용희, 「정지용 시의 어법과 이미지 연구」, 이화여대 박사논문, 1994.
72) 김신정, 「정지용 시 연구」, 연세대 박사논문, 1998.
73) 문학의 유통과 수용 과정에서 일어나는 변화는 근대적 경험과 지각 양상의 변화를 상징적으로 보여주는 예라 할 수 있다. 문학 매체의 근대적 변화는 필사본에서 인쇄본으로의 전환으로 집약된다. 필사본이 본질적으로 낭송을 지향한다면, 인쇄본은 눈으로 읽기를 지향한다. 언어

수용이 두드러지는 바 그 양상을 살펴보고 이것이 시세계의 변화 과정에서 어떤 작용을 하는지 분석해 볼 것이다. 근대적 경험은 지각의 양상을 바꾸어 놓는다. 특히 매체의 변화에 의해 감각의 양상이 바뀌는 것처럼 경험의 변화가 감각의 양상에 어떤 영향을 주는지 주목할 것이다. 근대에 대한 정지용의 감각은 그런 경험 지평의 변화에 대해 예민하게 반응한다. 그런 근대에 대한 감각이 미적 감수성과 결합되며 초기 시세계의 중요한 의미 형성의 요소로 작용함을 밝힐 것이다. 특히, 근대적 경험에서 파생되는 피로, 소음에 대한 감각적 불쾌가 후기시의 자연으로의 몰입과 관련됨을 살펴볼 것이다. 2에서는 구체적 감각의 포착과 언어화가 시의 구성과 전개에서 주요한 기능을 수행하는 양상에 주목할 것이다. 그리고 후기의 산수 시편에서 주체와 풍경이 서로 소통하는 교감의 시학이 어떤 양상으로 드러나는지 규명해 볼 것이다.

Ⅲ절의 1에서는 백석의 시세계를 살펴볼 것이다. 백석의 시에는 근대적 경험이 거의 드러나지 않는다. 대신 그의 시에는 전통적이고 토속적인 경험의 감각적 수용과 재현이 두드러지게 나타난다. 백석의 경우 이런 토속적인 감각은 단순한 복고 취향이 아니라, 민족적인 정체성의 모색과 근대적 삶이 결여하고 있는 생생한 경험의 회복에 적극적으로 기여함을 밝힐

의 청각적 자질을 상실한 인쇄본의 광범위한 유포는 곧 근대적 문학의 확산과 궤를 같이 한다. 낭송이 지닌 청각적 울림을 배제한 채 감각으로부터 고립된 독서는 언어 세계의 감각적 빈곤함을 초래한다.(마셜 맥루한, 『미디어의 이해』, 김성기·이한우 역, 민음사, 2002) 그러나 문학은 본질적으로 감각성을 지향한다. 문학은 사유하는 주체에 의한 개념적이고 추상적인 진리에의 도달을 목적으로 하기보다는, 감성적이고 감각적 주체에 의한 직관적이고 구체적인 세계로의 도달을 목적으로 한다. 근대 세계에서 문학은, 책읽기의 근본 방식이 변화하며 상실하게 된 복합적인 감각성을 회복하기 위해 보다 심층적인 감각성을 회복하여야 하는 과제를 안게 된다.(조광제, 「문학과 철학에서의 감각」, 『파라 21』, 2004년 여름호, p.28)
복합적인 감각성을 지닌 필사본에서 인쇄본으로의 전환은 결국 감각으로부터 고립된 책읽기가 보편화되는 것을 의미한다. 읽혀지는 텍스트로의 전환은 시적 리듬의 상실을 야기하기 때문이다. 운문의 본질이라고 할 수 있는 리듬의 약화와 자유시형으로의 진화는 이런 문학적 표현 방식의 변화와 밀접한 관련이 있다. 낭송에서 오는 청각적 풍부함이 사라지면서 리듬보다 이미지가 강조되는 것 역시 당연한 귀결로 보인다. 현대시에서 이미지는 리듬의 약화로 인해 시가 상실하게 된 복합적인 감각성을 회복해야 하는 중요한 임무를 떠안게 되는 것이다. 여기서 감각의 의미가 다시 부각된다.

것이다. 2에서는 백석의 기행 시편과 1940년대 말의 작품들을 대상으로 기행을 통한 토속적 감각의 확산이 민족적 정체성의 확보와 깊이 연결되어 있음을 분석할 것이다. 고향 재현에서 발견된 토속적 감각의 수평적이고 수직적인 확산을 통해, 민족적 동질감의 확산과 민족적 정체성의 탐구가 이루어짐을 살펴볼 것이다. 그리고 이런 토속적 감각은 곧 민족적 역사성과 근원성에 대한 회복 욕구와 연결되기도 함을 밝힐 것이다.

Ⅱ. 근대적 감각의 표현과 교감의 시학 - 정지용

1. 근원 공간의 상실과 근대적 내면의 형성

1) 이국 체험과 근원 공간의 상실

정지용[74]은 1912년 고향 옥천을 떠나 1918년 휘문고등보통학교에 진학한다. 휘문고보 시절 정지용은 <요람> 동인과 『휘문』 편집에 관여하며 적지 않은 작품을 썼던 것으로 알려져 있다. 이후 정지용은 1923년 3월 휘문고보를 5년제로 졸업하고 4월에 도시샤대학(同志社大學) 예과에 입학하여 일본 유학길에 오른다.

---

74) 정지용은 1902년 충북 옥천에서 출생했다. 1922년 휘분고등보통학교를 졸업하고 1923년 일본 도지샤대학(同志社大學)에 입학, 1929년에 졸업하였다. 귀국 후 휘문고등보통학교 영어과 교사로 취임하여 1945년까지 재직하였다. 1926년 『學潮』에 「카떼 쯔란스」 등 9편의 시를 발표하며 작품 활동을 시작하여 130여 편의 시를 발표하였다. 『鄭芝溶詩集』(1935년)과 『白鹿潭』(1941)을 상재하였고, <시문학>, <구인회> 동인으로 활동했으며 『文章』, 『카톨릭青年』 등의 문예지 편집에 관여하였다. 1945년 광복 이후 이화여자전문학교로 옮겨 문과과장이 되었다. 1950년 한국 전쟁의 와중에 납북된 것으로 보이며, 그 해 9월에 사망했다는 기록이 최근 발간된 『조선대백과사전』에 기재되어 있다.

1926년 『學潮』 창간호에 「카떼 뜨란스」 등 9편을 발표한 것이 공식적인 작품 활동의 시작이지만, 상당수의 작품이 1920년대 초반에 쓰였다는 사실은 이미 잘 알려져 있다. 창작 시기가 밝혀진 작품들로는 「風浪夢」(1922년), 「鄕愁」(1923년), 「柘榴」, 「Dahlia」, 「紅椿」, 「산에ㅅ색시, 들녘사내」(1924년), 「샛밝안 機關車」, 「바다」, 「幌馬車」(1925년) 등이 있다. 1929년 일본 유학을 끝내고 휘문고등보통학교 영어 교사로 취임할 때까지, 정지용은 일본과 옥천을 오가며 작품 활동을 한 것으로 보인다.

정지용의 초기 문학적 감수성은 휘문고보 시절에 형성되기 시작해 일본 유학을 계기로 보다 완성된 형태로 다듬어진다. 대략 1920년대를 아우르는 이 기간은 문학적 출발기로서의 의미를 지닌다. 유학 생활과 겹치는 이 기간 동안, 정지용은 근대적 교육을 통해 근대적 제도와 지식을 습득했을 것이다. 또한 새로운 경험을 통해 인식을 확장하고 새로운 감수성을 형성해 갔을 것이다.

이 시기 정지용의 경험적 원천은 유학 시절 체험하게 되는 근대적이고 이국적인 경험과 그 과정에서 형성되는 자의식과 근원 상실감이라고 할 수 있다. 특히 일본 유학 시절 접하게 되는 근대적 풍경은 탐승의 대상이라기보다는 이국정조와 식민지 지식인의 자의식을 촉발하는 매개체의 역할을 한다. 새로운 풍경과 근대적 풍물을 시적 대상으로 하는 초창기 작품들은 이국적 정조와 애수의 정서를 표출하는 경향을 보인다.

수박냄새 품어 오는

첫녀름의 저녁 때…………

먼 海岸 쪽

길옆나무에 느러 슨

電燈. 電燈.

헤엄쳐 나온듯이 깜박어리고 빛나노나.

沈鬱하게 울려 오는

築港의 汽笛소리……汽笛소리……

異國情調로 퍼덕이는

稅關의 旗ㅅ발. 旗ㅅ발.

세멘트 깐 人道側으로 사폿 사폿 옴기는

하이얀 洋裝의 點景!

그는 흘러가는 失心한 風景이여니……

부즐없이 오랑쥬 껍질 씹는 시름……

아아, 愛施利·黃!

그대는 上海로 가는구료…………

「슬픈 印象畵」[75]

인상화라는 제목에 걸맞게 이 작품은 해안과 항구의 인상을 감각적으로 포착하고 있다. 인상화가 풍경의 지각과정에서 감지되는 감각을 선과 색으로 표상하는 것처럼,[76] 이 작품은 풍경에서 감지되는 다채로운 감각적 인상을 언어화하고 이를 통해 항구의 풍경과 분위기를 재현하려고 한다. 시인은 항구와 그 주변의 풍경에서 후각, 시각, 청각 등을 포착하고 여기서 파생되는 이국정조와 슬픔을 풍경에 투사하여 한 폭의 '슬픈 인상화'를 그려낸다.

한 폭의 인상화로 가정한다면, 이 작품은 후경인 1, 2, 3연과 전경인 4연, 그리고 그 풍경에 대한 화자의 감상과 내면적 반응이 드러나는 5, 6연으로 구성된다. '하이얀 洋裝의 點景!'(4연)은 인상화의 중심에 해당되며 1, 2, 3연은 그러한 4연의 배경 역할을 한다. 1, 2, 3, 4연에서 시인은 외적 풍경에서 포착된 감각적 인상을 구체적으로 묘사하려는 태도를 보인다.

각 연은 풍경과 내면적 반응을 드러내는 낱낱의 감각적 인상들로 구성되어 있다. 1연의 '수박냄새'[77], 2연의 깜박이고 빛나는 '전등', 3연의 '汽笛

---

75) 정지용의 작품 인용은 이숭원이 편한 『원본 정지용 시집』(깊은샘, 2003)을 중심으로 하되, 김학동이 편한 『정지용 전집』(민음사, 2001)을 참조하였다.

76) 인상주의는 선험적인 원근법적 구도나 시선을 배제하고 시선에 포착된 감각 자체에 집중하는 화풍이다. (아놀드 하우저, 『문학과 예술의 사회사-현대편』, 백낙청·염무웅 역, 창작과 비평사, 1991, p.195) 인상화라는 용어 자체가 감각적 인상-보여지는 것 그대로-을 토대로 그려지는 그림을 지칭한다는 점에서 인상주의의 정신 혹은 화풍과 내적 유사성을 지닌다고 할 수 있다.

77) '수박냄새'는 「鴨川」의 '수박 냄새 품어오는 저녁 물바람'에도 사용된 감각이다. 일본에 대한 정지용의 후각적 인상은 '수박냄새'와 관련이 있는 것으로 보인다. '첫녀름'과 '異國情調'라는 표현과 후각은 익숙한 공간에서는 자각하기 어려운 것인데 불어오는 저녁 바람에서 '수박냄새'를 포착한 것으로 보아 화자가 있는 곳은 일본의 항구로 추측된다.

소리'와 '깃발', 4연의 하얀 '洋裝' 등은 후각, 시각, 청각 등을 환기하는 시어들이다. 시인은 이런 심상들을 통해 항구의 감각적 인상을 선명하게 표현하고 있다. 2연과 3연에서 '電燈'과 '旗ㅅ발'의 반복은 전등과 깃발이 늘어서 있는 모양을 형태화하고자 하며, '汽笛소리' 역시 반복과 말줄임표를 통해 소리의 여운을 강조하고자 한다. 시어의 배열과 문장 부호의 적극적인 사용을 통해 항구의 풍경과 분위기를 보다 더 구체적으로 표현해내려는 시인의 의도가 엿보이는 부분이다. 시적 초점이 모아지는 '點景'에 사용된 느낌표는 그 점경 자체를 강조하고 부각시키기 역할을 한다.

이 작품은 외적 풍경을 구체적으로 재현하려고 하는 의도를 보이면서도 객관적 묘사로 일관하지는 않는다. 이 작품의 풍경은 대부분 정서나 감정과 결부되어 표현된다는 점에서 주관화되고 정서화된 풍경이라고 할 수 있다. 관찰자로서 화자는 풍경 밖에 존재하는 듯하지만, 외적 사물에 감정을 덧칠함으로써 풍경에 참여한다.

> 沈鬱하게 울려 오는 築港의 汽笛소리
>
> 異國情調로 퍼덕이는 稅關의 旗ㅅ발
>
> 失心한 風景
>
> 오랑쥬 껍질 씹는 시름

'沈鬱'과 '汽笛소리', '異國情調'와 '旗ㅅ발', '失心'과 '風景', '시름'과 오렌지 껍질의 씹히는 느낌(신맛과 질감)이 연결되어 사용되면서 화자의 내면적 정서가 외부의 감각과 병렬되어 나타난다. 특히 '오량쥬 껍질을 씹는 시름'은 정지용의 시적 특성을 적절히 보여주는 구절이다. 오렌지라는 낯선 사물을 통해 이국적 정조를 환기하면서 동시에 '시름'이라는 감정의 상태를 씹히는 것으로 구체화한다. 씹는 행위에서 파생되는 촉각과 미각에 의해 무형의 감정은 언어적 구체성을 획득한다. '시름에 겹다'라는 단순한 정서의 토로와 비교해 보면 그 참신성과 구체성에서 상당한 차이를 보이는 표현이다.

정지용의 초기시에서 감각은 사물을 포착하는 동시에 정서를 매개하는 역할을 한다. 사물의 감각적 인식이 참신한 시적 표현으로 이어진다는 점에서 초기 정지용 시의 감각적 예민함은 언어적 예민함과 동궤에 있는 것이라 할 수 있다. 또한 슬픔과 시름을 주된 정조로 하면서도 감정의 직설적 토로를 지양하고 정서를 감각적으로 표현하는 것도 이 시기 정지용 시의 특성이자 성과라고 할 수 있다. 독자는 시인에 의해 주관화된 풍경을 대면하게 됨으로써 그런 풍경을 통한 추체험에 의해 시인의 내면적 정서와 만나게 된다.

풍경 혹은 사물을 형용하는 자리에 감정 혹은 정서의 시어가 놓이면서 풍경과 내면의 공명이 일어난다. 이국적 풍경과의 조우와 이별이라는 시적 정황에서 파생된 우울함, 실망, 시름 등의 감정이 객관적 사물 혹은 감각과 결합된다. 이를 통해 감각은 정서화되고 정서는 감각화된다.[78] 정서는 감각적 매개물을 획득하고, 감각은 내면과 조응하면서 주관적 정서가

78) 김환태, 「정지용론」, 『삼천리문학』, 1938.4, p.185.

투영된 풍경을 형성한다.

결과적으로 각 연에 나타난 화자의 감정이나 내면 정서는 외적 사물과 결합되면서 급격하고 생경한 감정 노출이 제어된다. 모호하고 추상적인 감정이 구체적 사물과 연결되면서 객관적 형태와 언어적 구체성을 확보한다. 이를 통해 감정의 직설적 토로나 정서적 과잉 상태가 억제된다. 감각과 정서의 조응을 통해 풍경을 재구성하는 방식은, 외부 풍경의 객관적 양상을 있는 그대로 포착하는 것이 아니라, 화자에 의해 주관화된 풍경을 포착하는 방식이라 할 수 있다. 정지용의 풍경은 주관화된 풍경이며, 감각 주체의 주관적이고 감각적인 인상을 바탕으로 구성된다. 이는 이전 시기의 객관 지향의 인식 태도와 구별되는 방식이다. 보는 방식과 표현하는 방식이 계몽주의의 그것과 달라진다고 할 수 있다.

계몽주의는 객관 지향의 인식적 태도를 바탕으로 한다. 계몽주의는 객관 세계의 법칙과 지식을 정확히 전달하기 위해 투명한 주체를 전제로 한다. 최남선의 시적 화자나 이광수의 인물들은 주관적 개성을 앞세우기보다는, 계몽적 지식을 객관적으로 전달하는 역할에 충실해야 했다. 그들에게 근대적인 풍물과 제도는 서둘러 번역하고 전파해야 할 대상이기 때문이다. 이런 과정에서 전달자로서의 주체는 계몽의 빛이 독자에게 전달될 수 있도록 가능한 한 투명해져야 한다. 주체가 지닌 주관적 요소 즉, 감정과 감각 혹은 욕망 등에 침윤되지 않고 순수 객관의 상태를 상정해야 한다. 그리고 그들이 지향하는 풍경 역시 객관화된 상태를 유지해야 한다.

계몽주의가 투명한 자아와 객관 세계에 의한 박물학적 풍경을 연출했다면, 1930년대 시인들은 이와 다른 의미의 주관화된 풍경을 발견해낸다. 계몽주의의 풍경은 조망의 대상이 주체가 아니라 객관적 풍경이기에 늘 객관성을 유지해야 하며, 그 주체는 초월적이고 투명한 자아이어야 한다. 반면 정지용은 풍경과 함께 풍경을 바라보는 자아를 동시에 발견한다. 이런 점에서 초기 정지용 시의 이국 체험, 이국 정조는 면밀히 고찰해봐야 할 대상이다. 이국적 풍경, 새로운 풍경은 시적 화자에게 익숙하지 않은 풍경이다. 이런 풍경 앞에서 자아는 각성의 상태가 되어버린다. 풍경이 낯설다고 느낄 때, 그래서 풍경에 융화되지 못할 때, 풍경과 이질적인 자아에 대한 시선이 성립된다. 대상으로서의 풍경과 그 풍경을 바라보는 자아에 대한 이중적 시선이 발생하는 것이다. 내면은 이런 시선에 의해 형성된다. 여기에서 바라보는 대상과 바라보는 자의 상호작용이 일어난다. 지각과 의식의 촉수는 객관 세계와 함께 자아의 내면을 대상화한다. 대상과 주체의 상호 침윤에 의해 형성되는 내면은 고백의 형식으로 드러나기도 한다.[79]

옴겨다 심은 棕櫚나무 밑에

빗두루 슨 장명등,

카예 뜨란스에 가쟈.

이놈은 루바쉬카

또 한놈은 보헤미안 넥타이

뺏적 마른 놈이 압장을 섰다.

79) 가라타니 고진, 『일본근대문학의 기원』, 박유하 역, 민음사, 1997, p.104.

밤비는 뱀눈 처럼 가는데

페이브멘트에 흐늙이는 불빛

카예 뜨란스에 가쟈.

이 놈의 머리는 빗두른 능금

또 한놈의 心臟은 벌레 먹은 薔薇

제비 처럼 젖은 놈이 뛰여 간다.

※

『오오 패롵(鸚鵡) 서방! 꾿 이브닝!』

『꾿 이브닝!』(이 친구 어떠하시오?)

鬱金香 아가씨는 이밤에도

更紗 커-틴 밑에서 조시는구료!

나는 子爵의 아들도 아모것도 아니란다.

남달리 손이 히여서 슬프구나!

나는 나라도 집도 없단다

大理石 테이블에 닷는 내뺌이 슬프구나!

오오, 異國種강아지야

내발을 빨어다오.

내발을 빨어다오.

「카뻬 뜨란스」

정지용의 첫 발표작인 「카뻬 뜨란스」는 이국정조와 낭만적 분위기를 바탕으로 식민지 지식인의 자기의식을 표현하고 있는 작품이다. 이 작품은 의미 구조와 진술 양상에 따라 전반부(1연~4연)와 후반부(7연~10연)로 나누어볼 수 있다. 전반부는 밤거리를 배경으로 카페를 찾아가는 식민지 청년들의 모습이, 후반부는 자기 정체성에 대한 탐구와 자조적인 내면 토로가 주요한 시상으로 전개되고 있다.

전반부의 1연과 3연은 카페 '뜨란스' 주변과 비오는 밤거리의 풍경을 묘사하고 있다. 비가 내리는 밤이라는 이 시의 시간적 배경은 이국적 풍경과 함께 독특한 시적 분위기를 형성한다. 가늘게 내리는 밤비와 젖은 거리에 반사되어 흐느적거리는 불빛은 어둡고 우울한 거리의 이미지를 환기한다. 옮겨다 심은 '종려나무' [80]와 '장명등'이 서 있는 카페의 외양은, '페이

80) '종려나무'는 야자과의 상록 교목이다. 이국적 분위기를 조성하기 위해 심은 조경수일 것이다. 특별히 '옮겨다 심은'이라는 표현을 사용한 것은, 이 시 전반에 흐르는 이국적 분위기가 서구의 이식이라는 점을 강조하기 위한 것으로 보인다. 화자 자신을 포함해, 카페를 찾는 어설픈 西洋風의 동료들도 모두 이식된 존재라는 시선이 깔려 있다. 경성과 교토의 근대문화라는 것도, 일본의 대학에서 배우는 영문학도, 모두 서구의 이식이라는 반성적 의식이 잠재해 있는 것으로 추측된다.

브먼트'가 깔린 거리의 모습과 어우러져 상당히 이국적인 분위기를 연출한다. 카페라는 공간 자체의 이국성과 '뻐란스'라는 이름 자체가 환기하는 이국적인 느낌, 일련의 외래어들[81]은 모두 이 시의 이국적 정서를 형성하는 장치들이다.[82]

2연과 4연은 카페를 찾는 젊은이들의 외양에 대한 묘사와 성격에 대한 상징으로 구성된다. '카페'라는 공간과 늦은 밤 그곳을 찾아가는 젊은이들의 모습은, 그들의 옷매무새와 특징과 함께 이 시의 낭만적이고 퇴폐적인 분위기를 형성케 한다. 화자와 동행한 일행들의 '루바쉬카'나 '보헤미안 넥타이'는, 당시 젊은이들의 유행이나 겉멋 부리기 취향을 드러내면서 세 사람이 지닌 낭만적 지향성을 암시하기도 한다.

'빗두루 슨', '루바쉬카', '보헤미안 넥타이', '흐늙이는 불빛', '빗두른 능금', '벌레먹은 장미' 등의 시어들은 모두 일탈의 이미지를 환기한다. 기울어져 있는 입구의 조명과 빗물에 반사되어 가늘고 흐릿하게 빛나는 불빛, 비 오는 밤의 카페는 그 자체로 퇴폐적인 풍경이라 할 수 있다. 특히 '빗두른 능금'[83]과 '벌레먹은 장미'는 이 시의 전반적인 분위기와 연관지어 볼 때, 인물들의 병적이고 퇴폐적인 성격을 암시한다. 삐뚤어진 사과('빗두른 능금')나 병든 장미('벌레 먹은 장미')로 비유된 인물들이 건전한 내면의 소유자일 수는 없다. 비뚤어진 머리와 벌레 먹은 가슴은 냉철한 이성의 부재와

81) '루바쉬카', '보헤미안 넥타이', '페이브먼트', '패　', '굳 이브닝', '커-틴' 등은 모두 서구적 사물이다. 굳이 외국어 발음을 그대로 표기함으로써 이국적 정취와 새로움이 배가되는 효과를 자아낸다.

82) 마지막의 '異國種 강아지' 역시 새롭고 낯선 동물을 통해 화자가 이국적 공간 속에 놓여 있음을 드러낸다.

83) '빗두루'와 '빗두른'은 모두 '비뚤다'의 변형으로 본다.

열정의 상실을 상징한다. 화자를 포함한 이 시의 등장인물들은 결국 하나의 성격을 표상한다. 그것은 나라도 집도 없는 상황에서 의지와 실천력을 상실한 채 방황하는 식민지 지식인의 모습일 것이다.

이런 시적 정황과 분위기, 그리고 후반부에 나타나는 화자의 자조적인 고백과 연관지어 보면, '~가쟈'는 명령이나 적극적 의지를 담은 청유형으로 읽히지 않는다. 이 시에서 '~가쟈'는 퇴폐와 타락을 통해 우울과 슬픔을 달래보려는 소극적인 자기 위로와 자기 방관이라는 체념과 자학의 어조로 해석해야 할 것이다. 이 시의 전반부는 퇴폐적인 풍경과 기형적인 인물들로 인해 우울한 분위기를 주된 정조로 구성된다. 화자가 카페라는 공간을 향해 가는 것은 결코 이성적 판단이나 적극적 의지에 의한 것은 아니다. 그것은 오히려 퇴폐에 대한 이끌림과 무책임한 자기방기에 가깝다.

그런데 전반부의 화자는 관찰자의 입장에서 인물들의 내면적 성격을 냉정하게 평가하기도 한다. 이런 거리, 풍경과의 괴리가 화자의 반성적 의식을 생성시킨다. 비록 유희 욕구와 욕망에 이끌리지만 내면의 기저에는 이런 행동에 대한 일말의 반성적 의식이 도사린다. 이런 반성적 의식이 후반부에서 고백을 통한 자기 정체성의 직시를 이끌어 내고 있다.

전반부의 퇴폐적이고 이국적인 분위기와 달리, 후반부에서는 고백을 통한 반성적인 자기 확인이 전개된다. 전반부에서 화자는 표면에 드러나지 않으며 일정한 거리를 유지한 채, 밤 풍경과 등장인물들을 묘사한다. 그러나 후반부에서는 서술의 양상이 변화하며 화자가 행위의 주체로 작품의 표면에 등장한다. 이 시에서 '나'는, 작가 자신을 포함한 식민지 출신의 일본 유학생일 것이다. '나'는 '루바쉬카'를 걸치고 '보헤미안 넥타이'로 치장한 무리들과 어울려 밤의 카페를 수시로 드나들지만, 결코 풍경에 완전히 동화되지 못한다. 이런 자의식 앞에서 자신의 실체적 존재는 은폐될 수 없다. 그러므로 후반부의 고백은 내적 시선을 동력으로 한다. 화자는 스스로 '子爵의 아들'도 아니고, '아모것도' 아니라고 진술한다. '아모것도' 아니라는 진술은, 특별한 지위와 배경을 지니지 못했다는 점에서 솔직하고 정확한 자기 응시이며, 스스로의 존재 가치를 무화하고 하찮게 여긴다는 점에서 자기모멸이라 할 수 있다. 나아가 화자는 나라도 집도 없다고 고백한다. 자신의 정처 없음에 대한 고백은 식민지 지식인의 현실적 정황에 대한 사실적 진술인 동시에 자조적이고 절망적인 자기 내면의 토로라 할 수 있다.

이런 솔직한 고백과 처절한 자기 인식은 각각 '손이 히여서 슬프구나!'와 '내뺌이 슬프구나!'라는 정서적 반응으로 연결된다. 손이 흰 것[84]이나 대리석에 뺨을 대고 엎드린 것[85] 모두 현실에 적극적으로 대처하기보다는 무기력하고 소극적인 태도를 보이는 것이라 할 수 있다. 이런 고백과 인식으로부터 정서적 반응을 매개하는 것은 '흰 손'과 대리석 테이블의 차가운 느낌이다. 추상적인 인식이 곧바로 정서로 연결되는 것이 아니라 감각을 매개로 정서를 유발한다.

이 시의 전반부가 대상과의 거리를 유지하며 그 대상을 묘사하고 있는 반면, 후반부는 화자 자신이 행위의 주체가 되어 자신의 내면을 드러내 보

---

84) 김기진의 「백수의 탄식」에서의 '백수'(白手)처럼, 흰 손은 실천력이나 현실 대응력이 떨어지는 창백한 지식인을 표상한다.

85) '대리석 테이블에 닷는 내뺌이 슬프구나!'에서 화자는 테이블에 뺨을 대고 엎드리는 자세를 취한다. 엎드린 자세는 적극적인 현실 대응의 태도라기보다는 수동적이고 소극적인 방어의 의미를 지닌다.

인다. 전반부의 주도적인 문장 구조와 후반부의 문장 구조 역시 상이한 형태를 보인다. 전반부의 2연과 4연은 '이놈은 ~ /또 한놈은 ~ /~ 놈이 ~다'를 반복하는 형식을 통해 인물의 외양과 성격을 표현하고 있다. 전반부가 '~은 ~이다'의 문장 구조를 취함으로써 긍정의 문장 구성을 보이는 반면, 후반부는 '나는 ~도 ~도 아니다'/'나는 ~도 ~도 없다'의 문장 구조를 취함으로써 부정과 결핍의 문장 구성을 보인다. '아니다' 혹은 '없다'는 '이다' 혹은 '있다'의 상태를 전제로 한 진술이다. '아니다' 혹은 '없다'라는 진술에는, 선험적 동일성과 충만감에 대비되는 否定과 결핍의 자기 인식이 포함되기도 한다. '나는 ~이다'가 동일성을 통한 정체성의 확인이라면, '나는 ~이 아니다'/'나는 ~도 없다'는 부정과 배제를 통한 정체성 탐구라 할 수 있다. '아니다' 혹은 '없다'의 사유로는 긍정적인 자기성찰에 도달하기 어렵다. 후반부의 문장 구조는 자기 정체성에 대한 부정적인 회의와 비관적인 토로라는 의미 구조를 반영하는 것이라 할 수 있다.

이 작품의 후반부에 제기되는 자기 정체성의 모색은 이 시의 화자가 처한 현실적 정황과 밀접한 관련이 있을 것으로 판단된다. 전반부에서 지속적으로 환기된 이국적 분위기는 화자 자신이 낯선 곳에 있음을 상기시킨다. 이때의 낯설음은 단순히 익숙하지 않은 상태가 아니라, 동질적인 세계를 벗어나 자신과 분절된 시·공간에 위치했을 때의 낯설음이다. 현실의 세계와 더 이상의 동질성을 유지할 수 없고 그 세계에 귀속되지 않는다는 일종의 소외감인 것이다. 이런 풍경과의 괴리는 곧 풍경 밖에 定位한 자아 자신에 대한 시선을 발생시킨다. 주체는 낯선 풍경을 바라보면서 동시에 그 풍경에 동화되지 못하는 자아를 발견한다. 이렇게 교차되는 시선은 지금껏 이방인이 되어 보지 못한 주체에게 그 자신이 타자이거나 이국적 존재일 수 있다는 관점의 전환을 발생시킨다. 풍경과 괴리된 자아는 낯선 풍경을 바라보기도 하지만 자기 스스로가 풍경에 낯선 존재임을 발견하게 되는 것이다.

화자는 끊임없이 외적 풍경의 이국성에 대해 언급하지만, 이 풍경 앞에서 있는 자기 자신 역시 이국적 존재일 수 있음을 깨닫는다. 이 시의 후반부에 서술되는 자기고백은 이런 교차된 시선에 의해 가능해진다. 그런 점에서 「카떼 뜨란스」 마지막 연의 '異國種강아지'는 화자와 동일한 존재라 할 수 있다. '異國種'은 '지금 이곳'[86]의 관점에서 보면 새롭고 낯선 존재라는 의미이다. '異國種 강아지'는 이국적이고 하찮은 존재라는 점에서 화자 자신과 유사한 상황에 서 있다. 그러므로 자신의 하찮음에 대한 고백 이후에 카페에서 발견한 '異國種 강아지'에게 발을 빨아 달라고 하는 진술에는 자신과 강아지를 동일화하려는 강한 욕구가 내포되어 있다고 할 수 있다. 이는 낯선 곳에서 자기 스스로가 낯선 존재라는 반성적 시선이 작용한 결과이다.

이 작품에서 고백과 자기 응시는 풍경과 주체의 낯선 관계 때문에 가능해진다. 자기 동일성은 동질적 공간에서만 유효하다. 주체와 세계가 조화롭게 소통하는 공간에서 자아는 자신의 정체성을 문제삼을 필요가 없다. 세계가 주체이고 주체가 세계이기 때문이다. 그러므로 자기 정체성에 대한 반성적 사유는 풍경에서 괴리된 자아에 의해서 가능해진다. 자아의 시

---

86) 이 시의 구체적인 배경은 여러 정황 상 정지용이 유학 중이었던 일본의 쿄토(京都)일 가능성이 높다.

선은 외적 풍경에만 머물지 않고 자기 내부를 응시하기 시작한다. 이런 주체의 자기인식에서 감각은 중요한 매개체 역할을 한다. 하얀 손과 '大理石 테이블'에 뺨이 닿으며 환기하는 촉감은 자기 인식의 출발이자 슬픔이라는 정서적 상태를 유발한다. 특히 창백함과 차가움은 대타적인 자기인식을 촉발하고 이를 바탕으로 이국적 존재로서의 자기 확인이 이루어진다고 할 수 있다.

「카떼 뜨란스」의 '아무 것도 아니다'와 '없음'의 의식은 근대적 자의식과 동질의 것이다. 이런 의식의 심층에는 근원적인 것의 '부재'와 '상실'이 자리한다. 정지용의 시에서 이런 부재와 상실의식은 '누이'와 '오빠'의 부재로 구체화되고 이는 고향의 상실감과 연결되어 나타난다.

정지용의 초기 시편들 중에는 동요나 민요풍의 작품들이 상당수 포함되어 있다. 이들 작품들이 주로 창작된 시기는 1920년대 초반과 중반으로, 정지용의 시세계에서 시적 모색기에 해당된다. 이들 작품들은 시의식이나 형식에 있어 현대적 자유시의 형태와 동떨어진 것으로 보이지만, 미완의 형태나 과도기적 형태로 치부할 수만은 없다. 각 작품이 완성된 형태로 시인의 내면 의식을 체현하고 있는 것으로 평가할 필요가 있다. 이런 형식의 작품들이 1930년대 중반까지 여전히 창작되고 발표되었다는 점에서 나름의 시적 효용성 역시 인정되어야 할 것이다.

이런 동요나 민요풍의 작품들은 대부분 부재하는 것 혹은 상실한 것에 대한 그리움을 표현한다. 그리움의 대상은 주로 '누나'나 '오빠'이다.[87] 이

87) 시적 화자의 설정에 따른 호칭의 변화일 뿐, 이 둘은 결국 동일한 대상이다.

들 작품들에서 '누나'나 '오빠' 혹은 가족을 상기시키는 존재들은 대부분 현재 화자의 곁에 없다.

부헝이 울든 밤
누나의 이야기—

파랑병을 깨치면
금시 파랑바다.

빨강병을 깨치면
금시 빨강 바다.

뻐꾹이 울든 날
누나 시집 갔네—

파랑병을 깨트려
하늘 혼자 보고.

빨강병을 깨트려
하늘 혼자 보고.

「병」

「지는 해」, 「홍시」, 「무서운 時計」에 나타난 오빠의 不在는 「병」에 나타나는 누나의 不在와 유사한 상황이다. 그리고 이는 「딸레」, 「산에서 온 새」, 「산소」, 「종달새」 등에 나타나는 근친의 不在와 역시 유사한 상황이다. 『학조』에 발표된 동시풍의 작품들은 어린 아이를 화자로 삼아 오빠나 누이가 부재하는 시적 상황을 설정한다는 공통점을 지닌다. 특히 「병」에서 '누나'의 부재는 동화의 세계가 무너지는 것을 상징한다. 누나의 이야기 속에서 '파랑병'과 '빨강병'은 '파랑바다'와 '빨강 바다'로 이어진다. 이때의 '파랑병'과 '빨강병'은 설화적 상상력을 담고 있는 마법의 병이다. 그리고 그것이 깨지며 생기는 바다는 그런 상상력의 펼쳐짐을 환기한다. 그러나 누나가 시집을 간 이후 '파랑병'과 '빨강병'은 화자가 홀로 있음을 환기할 뿐이다. 전반부의 '병'은 '바다'로 연결되지만, 후반부의 '병'은 그저 깨져버리고 만다. 5연과 6연은 단순한 반복일 뿐 전반부처럼 변화의 가능성을 예비하지는 않는다. 반복적인 행위는 오히려 병이 깨질 때의 허망함과 깨지고 나서 드는 고독감만을 재차 확인케 한다.

이 작품은, '병'→'깨치면'→'바다'에서 '병'→'깨트려'→'혼자'(화자의 행위)로 변화하는 의미 구조를 지닌다. '깨치면'이 행위 이후에 벌어질 사태의 의외성에 대한 기대를 함축한다면, '깨트려'는 이 행위의 의도성을 내포한다. '깨치면'이 '파랑병'과 '빨강병'의 흥미진진한 변화에의 기대를 자극한다면, '깨트려'는 설화 속에서 가능한 변화가 현실에서는 불가능하다는 것을 확인하는 행위이다.

이 시의 대칭적 구조는 동화의 세계와 탈동화의 세계를 대립시킨다. '누나'의 부재는 화자로 하여금 탈동화의 세계를 자각케 한다. 이 작품에서 '누나'는 동화의 세계와 근원적 시공간을 환기하는 표지이다. 그런 누나의 부재는 설화적이고 근원적인 세계의 상실을 상징하며, 그 상실감은 화자가 현실 세계로의 진입하는 것을 의미한다.

오빠의 부재와 불길한 예감을 노래한 「지는 해」, 죽은 누이를 그리워하는 「산에서 온 새」, 오빠의 부재가 환기하는 고독감을 정밀하게 표현한 「무서운 時計」 등은, 누이나 오빠의 부재를 시적 상황으로 하며 결핍과 상실의 현실을 환기하게 한다. 정지용의 시에서 누나나 오빠는 오지 않을 것 혹은 이미 상실한 어떤 것을 상징한다. 이들 작품들은 외견상 동시의 형태를 지니지만 그 세계관은 전혀 동화적이지 않다. 오히려 동화적 세계로부터의 이탈과 근원적 공간의 붕괴를 기저에 깔고 있다.

이런 근원적 세계의 상실과 붕괴는 원형공간인 고향의 상실감으로 나타난다. 「鄕愁」나 「故鄕」과 같은 작품들에는, 원형공간으로서의 고향에 대한 그리움과 그것의 사라짐에 대한 안타까움이 배음으로 깔려 있다.

넓은 벌 동쪽 끝으로

옛이야기 지줄대는 실개천이 회돌아 나가고,

얼룩백이 황소가

해설피 금빛 게으른 울음을 우는 곳,

—그 곳이 참하 꿈엔들 잊힐리야.

질화로에 재가 식어지면
뷔인 밭에 밤바람 소리 말을 달리고,
엷은 조름에 겨운 늙으신 아버지가
짚벼개를 돋아 고이시는 곳,

—그 곳이 참하 꿈엔들 잊힐리야.

흙에서 자란 내 마음
파아란 하늘 빛이 그립어
함부로 쏜 활살을 찾으려
풀섶 이슬에 함추름 휘적시든 곳,

—그 곳이 참하 꿈엔들 잊힐리야.

傳說바다에 춤추는 밤물결 같은
검은 귀밑머리 날리는 어린 누이와
아무러치도 않고 여쁠것도 없는
사철 발벗은 안해가
따가운 해ㅅ살을 등에지고 이삭 줏던 곳,

—그 곳이 참하 꿈엔들 잊힐리야.

하늘에는 석근 별

알수도 없는 모래성으로 발을 옮기고,

서리 까마귀 우지짖고 지나가는 초라한 지붕,

흐릿한 불빛에 돌아 앉어 도란 도란거리는 곳,

—그 곳이 참하 꿈엔들 잊힐리야.

「鄕愁」

「鄕愁」는 다채로운 감각적 인상들을 통해 고향의 모습을 구체적이고 실감나게 재현하고 있다. 이 작품은 전체 5연에 각 연마다 후렴구가 첨가된 형태를 지닌다. 각각의 연은 고향 마을의 풍경과 고향집의 전경, 유년의 기억과 가족들의 모습 등으로 구성된다. 이 작품은 고향의 모습을 회상하는 방식을 취한다. 각 연들이 유기적인 연관성을 지니지는 않는 것은[88] 각각의 연들이 회상의 일정 단위이며, 기억의 마디들이기 때문이다.

1연에 그려진 고향의 모습은 한가롭고 정겹다. 실개천의 '지줄대는' 소리나 황소의 '게으른 울음'은 조용하고 한가로운 시골 마을의 정경을 떠올리게 한다.[89] 특히 느리게 퍼져가는 구슬픈 황소의 울음소리는 귀소본능

88) 김춘수는 이 작품이 형식적 필연성을 지니지 않으며, 다만 후렴구에 의해 각 연의 연관성이 확보된다고 본다. (김춘수, 『한국현대시형태론』, 해동문화사, p.63)

89) '해설피'에 대한 해석에는 다양한 견해가 제시되고 있다. '해가 설핏한 무렵에'(유종호) '해가 기울어 그 빛이 약해진 모양 또는 해질 무렵'(문덕수/김재홍/김학동) '헤프고 슬프게'(민병기) 등의 해석이 있다. (최동호 편저, 『정지용 사전』, 고려대학교 출판부, 2003) 이런 해석의 차이는 '해설피'의 문장상의 기능을 어떻게 보는가에 따라 달라지는 것으로 보인다. 시간을 나타내는 독립적인 부사어로 보는 견해와(유종호/문덕수/김재홍/김학동) 문장 요소를 수식하는 것으로 보는 견해(민병기)의 차이가 있다. '헤프고 슬프게 금빛 게으른 울음을 우는 곳'(민병기, 「지용시의 변형 시어와 묘사」, 『한국시학연구』 6호, 한국시학회, 2002, p.61)이라는 해석이 문장 구성상 자연

을 자극하며, 자연스럽게 '그 곳이 참하 꿈엔들 잊힐리야'라는 후렴구를 유도한다. 2연에서는 겨울밤의 방안과 들판으로 부는 바람소리를 시적 대상으로 한다. 시간이 흘러 화로의 불이 차츰차츰 식어가고 한기가 느껴질 즈음에, 방 밖으로 불어오는 바람 소리가 들려온다. '밤바람 소리 말을 달리고'는 청각을 시각화함으로써 무형의 사물에 시각적 형태를 부여한다. 또한 이런 상상력을 통해 정적인 감각에 역동성을 발생시킴으로써 마치 거센 바람이 불어오는 들판에 서 있는 듯한 느낌을 자아낸다.[90] 3연은 화살과 관련된 유년기의 기억을 다루고 있다. 이 부분에서 '흙'과 '하늘빛'의 대비는 어린 아이에게 잠재하는 상승에 대한 욕구를 상징적으로 드러낸다. 화살은 이런 아이의 상승 욕구를 매개한다. 공중을 날아올랐다 떨어지는 화살의 포물선 운동은, 지상의 존재가 지니는 하늘에 대한 욕망과 그 한계의 자각을 함축한다. 땅에 떨어진 화살을 찾아 헤매는 것이나 이슬에 흠뻑 젖는 느낌은 이런 지상적 존재로서의 자기 확인을 상징한다. 4연은 들판에서 이삭을 줍는 어린 누이와 아내의 모습을 묘사하고 있다. 기억 속의 고향은 낭만적이고 목가적이기도 하지만, 어린 누이와 아내의 고된 노동이 깃들인 곳이기도 하다. 햇살을 등에 진다는 구절은 등에 닿는 햇살의 따가움과 함께 노동의 고됨을 연상시킨다. 또한 구부린 자세는 두 사람이 짊어진 생활의 무게를 떠올리게 한다. 시인은 지극히 현실적인 삶의 모습을 그리면서도, 누이의 '검은 귀밑머리'를 '傳說바다에 춤추는 밤물결'이

스럽고, 소울음 소리가 환기하는 구슬픈 느낌을 부각시키는 해석이라고 할 수 있다.

90) 1연의 '금빛 게으른 울음'이 청각과 시각의 교차를 통해 한가로운 풍경을 연출하는 것과 동일한 방법이다. 공감각 혹은 감각의 상호교차를 통해 대상을 구체화하는 것은 정지용이 자주 사용하는 시적 방법이다.

라는 아름다운 비유로 표현한다. 이런 표현은 이 작품이 회상의 형식을 취하고 있음과 관련이 있다. 기억은 현재의 욕망과 미의식에 의해 조정된다. 이 작품에 나타나는 고향의 모습은 고향을 그리워하는 현재적 화자의 욕망에 의해 조금씩 아름답게 가공된 것이라 할 수 있다. 5연은 깊은 밤의 고향집 풍경을 묘사한다. 별들의 움직임을 통한 시간의 경과와 '서리 까마귀'[91]를 통한 계절의 변화를 암시한다. 그리고 초라한 지붕들도 '흐릿한 불빛에 돌아 앉어 도란 도란거리는 곳'이라는 정겨운 표현을 통해 고향에 대한 그리움을 더욱 고조시킨다.

「鄕愁」의 가장 두드러진 특징은 고향에 대한 인상과 기억을 다채로운 감각으로 재구성한다는 점이다. 시인은 회상을 통해 감각으로 충일한 공간을 재현해낸다. '지줄대는 실개천', '금빛 게으른 울음', '밤바람 소리 말을 달리고', '함추름 휘적시든', '밤물결 같은 검은 귀밑머리', '따가운 햇살을 등에 지고', '서리 까마귀 우지짖고', '도란 도란거리는 곳' 등에서 환기되는 다양한 감각은 고향의 모습을 더욱 구체적이고 실감있게 재현한다.

화자가 고향 밖에 존재하며 고향을 그리워한다는 점에서 감각의 의미가 새롭게 부각될 필요가 있다. 이들 감각은 일차적으로 경험의 구체성을 부여하고 고향에 대한 기억을 선명하게 만든다. 이를 통해 고향의 재경험이 가능해진다. 구체적인 묘사를 통해 선명하고 감각적인 인상을 만들어 내고, 그것을 토대로 서정적 체험을 극대화시키고 있다.[92] 풍부한 감각으

91) '서리 까마귀'는 '찬서리가 내리는 가을철의 까마귀'를 의미한다. (최동호 편저, 『정지용 사전』, 고려대학교 출판부, 2003)

92) 김명인, 『한국 근대시의 구조연구』, 한샘, 1988, p.45.

로 인해 고향의 공간이 구체화되면서 고향을 시적으로 재경험하게 되는 것이다.

그런데 이 시의 화자는 고향 밖에 있다. '그 곳이 참하 꿈엔들 잊힐리야' 라는 후렴구의 반복은 간절한 향수의 발현이며 동시에 그 고향이 현실적으로 존재하지 않음을 반복해서 각성시킨다. 그러므로 이 시에서 고향은 이미 대상화된 고향이다. 자아가 속해 있고 살아가는 시공간으로서의 고향이 아닌 것이다. 그리움의 대상, 기억의 대상인 고향의 발견은 그 고향을 떠난 자에 의해서만 가능하다. 이 시의 고향이 낭만적이고 목가적인 공간이 되는 것도 고향 밖에 있는 시인의 환상과 욕망이 덧칠되었기 때문일 것이다.

이미 근대의 세계로 진입한 시인에게 「鄕愁」의 고향은 현실의 공간이 아니다. '고향에 돌아와도 그리던 고향은 아니러뇨'(「故鄕」 부분)에서처럼 고향은 이미 돌아갈 수 없는 곳이다. 고향은 잊을 수는 없지만 결코 다시 돌아갈 수 없는 곳이다. 혹여 고향이 그대로 존재하고 옛모습이 변하지 않았다 하더라도 시인 자신이 변화하였으므로 유년시절의 고향은 결코 회귀할 수 없는 시공간이 되어버린 것이다.

> 어린 시절에 불던 풀피리 소리 아니나고
>
> 메마른 입술에 쓰디 쓰다.
>
> 「故鄕」 5연

산꿩이 알을 품고 뻐꾸기가 제철에 울고 꽃과 하늘은 여전하지만, 성인이 되어 다시 불어보는 풀피리는 유년 시절의 소리를 내지 못하고 쓴맛만을 남긴다. 회귀할 수 없는 곳으로서의 고향에 대한 감각이 쓴맛으로 나타나는 것이다. 달콤한 맛과 달리 쓴맛은 성인의 세계 혹은 현실 세계의 미각이다. 「 니약이 구절」의 애상적 분위기 역시 고향이 현실의 연장선에 있음을 암시한다. 시인은 이 작품에서 고향의 공간이 돌아가도 별반 달라질 것이 없는 현실의 연장임을 재확인한다. '나가서도 고달피고/돌아와 서도 고달 노라'라는 진술은 현실의 삶에서 얻게 되는 '고달픔'이 고향에서도 여전히 지속됨을 확인하는 것이다.

결국 정지용의 시에서 고향은 사라져버린 공간이다. 고향의 상실은 정지용에게는 근원 공간의 붕괴를 의미한다. 고향으로 상징되는 근원 공간의 상실은 자기 정체성을 형성해가는 가장 기본적인 토대의 상실을 의미한다. 부재의 확인에서 출발한 내면 탐구는 자기 부정과 비하의 형식을 지닐 수밖에 없게 된다. 정지용의 '나라도 집도 없단다'라는 충격적인 자기고백은 이런 정신적 정황에서 기인한다. 그리고 근원의 상실과 부재에 대한 확인은 그의 초기시의 주된 정조인 슬픔의 본질적인 원인으로 자리한다.

정지용의 초기 시세계는 이국정조와 향수의식으로 교직[93]된 것이라 할 수 있다. 이국체험과 고향 없음은 결국 동일한 경험이다. 자아가 안거할 공간의 상실은 유랑의 삶을 살아가야 함을 의미한다. 결국 객지와 이국과 근대는 동일한 경험적 지평에 속해 있다. 성인이 되는 과정과 근대로의 편

93) 민병기, 「30년대 모더니즘 시의 심상체계연구」, 고려대 박사논문, 1987, p.27.

입과정이 공교롭게 일치했던 이 시기 지식인들에게, 근대적 현실의 수용은 급속한 고향 이탈을 의미하는 것이었다. 거기에 국가 상실이라는 조건이 보태어지며 원형적 공간의 상실감은 더욱 깊어진다. 이런 근원성의 상실과 근대적 내면의 형성은 계기적 관계라 할 수 있다. 자기 정체성의 정위가 고향과의 거리재기로부터 출발한다는 점은, 1920~30년대 한국의 작가들의 비극적 원체험일 것이다. 정지용의 초기시의 심리적 정황도 이런 일반적인 정신사적 맥락에 속해 있다. 그의 시에 나타나는 이국정조는 고향으로 상징되는 근원 공간의 상실과 계기적 관계를 이루며, 이는 근대적 자의식의 형성과 직·간접적으로 연결된다고 할 수 있다.

이런 경험과 심리적 정황을 드러내는 데 있어 감각은 중요한 시적 매개의 역할을 한다. 이국정조와 실향의식을 바탕으로 하면서도 지나친 감상의 노출을 제어하고 주관주의에 치우치지 않는 것은, 그의 시가 감각적인 심상을 중심으로 구성되기 때문일 것이다. 정지용의 초기 시에서 감각은 정서를 매개하는 시적 상관물의 역할을 하면서, 새로운 감수성을 발견하고 형성하는 시적 장치로 기능한다고 할 수 있다.

2) 근대적 경험의 감각적 수용

정지용의 초기 시세계는 근대 문명, 바다, 도시에 대한 경험을 바탕으로 형성된다. 근대적 사물을 시적 대상으로 하거나 시·공간적 배경이 1920년대와 30년대 초의 근대화된 도시공간으로 설정되는 경우가 많다. 정지용의 근대적이고 도시적인 감수성은, 그의 실제 삶과 경험, 거기서 형성된 취향과 깊은 관련이 있을 것이다. 실제 정지용은 대부분의 학창시절을 경성과 일본에서 보냈으며 이후의 생활도 도시 공간을 벗어나지 않는다. 그의 도시적 감수성은 근대적 교육과 제도의 내면화, 근대 도시의 생활 경험으로부터 형성된 것으로 보인다.

근대적 문물이나 제도는 당대의 시인들에게는 공통적으로 주어진 삶의 조건이었다. 1920년대 후반부터 근대적 삶의 조건은 이미 일상화되기 시작한다. 이는 근대적 삶의 환경이 더 이상 탐승의 대상이 아니라 생활의 조건이자 일상적 풍경으로 인식됨을 의미한다. 삶의 조건으로 점차 보편화되는 근대가 문학예술에 다각적으로 수용되는 것은 자연스러운 현상일 것이다. 그러나 다른 작가들에 비해 정지용의 초기 작품들은 근대적 삶의 환경에 상당히 민감하게 반응하는 양상을 보인다. 이런 경향에는 새로움에 대한 강한 호기심도 작용하겠지만, 소여된 바의 주변 환경과 외적 사물을 자세히 관찰하고 수용하려는 시인의 인식 태도가 더 크게 작용한 것으로 보인다.

식거먼 연기와 불을 배트며

소리지르며 달어나는

괴상하고 거-창 한 爬蟲類動物.

그 녀ㄴ 에게

내 童貞의結婚반지 를 차지려갓더니만

그 큰 궁등이 로 쌔 밀어

…털 크 덕…털 크 덕…

나는 나는 슬퍼서 슬퍼서

心臟이 되구요

여페 안진 小露西亞 눈알푸른 시약시

「당신 은 지금 어드메로 가십나?」

…털크덕…털크덕…털크덕…

그는 슬퍼서 슬퍼서

膽囊이 되구요

저 기-드란 쌍골라 는 大腸.

뒤처 젓는 왜놈 은 小腸.

「이이! 저다리 털 좀 보와!」

털크덕…털크덕…털크덕…털크덕…

六月ㅅ달 白金太陽 내려쪼이는 미테

부글 부글 쓰러오르는 消化器管의妄想이여!

赭土 雜草 白骨 을 짓발부며

둘둘둘둘둘둘 달어나는

굉장하게 기-다란 爬蟲類動物.

「爬虫類動物」

비교적 초기작인 「爬虫類動物」은 독특한 비유 구조와 함께 초기 정지용 시가 지니는 형식 실험의 일단을 드러내는 작품이다. 『학조』에 발표했지만 『정지용 시집』에는 누락된 것으로 보아, 여기에는 발표 당시와는 다른 문학적 기준이 작용했을 것으로 추측된다.

이 작품은 기차를 시적 대상으로 한다. 정지용이 처음 기차를 보았을 때는 어떤 느낌이었을까. 근대적 교육과정이나 간접 경험을 통한 선험적 지식이 있었다 하더라도, 엄청난 굉음과 시커먼 연기, 거대한 쇳덩어리의 몸체가 빠른 속도로 질주하는 '화륜거'[94]에 대한 첫 경험은 아마 놀라움 그 자체였을 것이다. 그리고 그 기억은 성장한 이후에도 기차에 대한 원형적 경험으로 남아 있었을 것이다. 이 시의 첫 연은 그런 원초적인 체험을 토대로 한다. 1연에서 기차는 연기와 불을 뱉으며, 소리를 지르며 달리는 '괴상하고 거-창한' 동물에 비유된다. 이런 비유는 기차에 대해 낯이 익거나 선험적 지식을 가진 상태에서 기차를 지각하는 것에서 비롯되는 것이 아

94) 근대의 상징인 기차가 처음 한반도에 도입된 것은 1899년의 일이다. 기차의 등장은 당시 사회에 큰 파장을 불러 온 것으로 보인다. 특히 낯선 사물에 대한 인식과 직접적인 경험은 지각의 큰 혼란을 가져온다. 1899년 9월 18일 오전 9시 노량진과 제물포 사이에 놓인 경인철도가 처음 개통되는 날, 기차에 오른 『독립신문』 기자는 그 느낌을 다음과 같이 전한다.

> 화륜거 구르는 소리는 우레 같아 천지가 진동하고 기관차의 굴뚝 연기는 반공에 솟아 오르더라(…)수레에 앉아 영창을 내다보니 산천초목이 모두 활동하여 달리는 것 같고 나는 새도 미처 따르지 못하더라. 대한 이수(里數)로 팔십 리 되는 인천을 순식간에 당도하였는데,

이보다 더 거슬러 올라가 1876년 일본을 방문했던 수신사 김기수는 『일동기유(日東記遊)』에서 기차에 대한 첫 인상을 다음과 같이 기술한다.

> 차가 벌써 역루 앞에 기다린다 하거늘 역루 밖에서도 또 복도를 따라 수십 간(間)을 지나가니 복도는 다 되었는데도 차는 보이지 않았다. 장행랑(長行廊) 하나가 사오십 간이나 되는 것이 길가에 있거늘 나는 "차가 어디에 있느냐?"하고 물으니 이것이 차라고 대답했다. 그것을 보니 조금 전에 장행랑이라고 인정한 것이 차이고 장행랑은 아니었다.

이어 본격적인 기차에 대한 묘사와 승차 소감을 다음과 같이 피력한다.

> 차마다 모두 바퀴가 있어 앞차에 화륜이 한번 구르면 여러 차의 바퀴가 따라서 모두 구르게 되니 우뢰와 번개처럼 달리고 바람과 비처럼 날뛰었다. 한 시간에 삼사백 리를 달린다고 하는데 차체는 안온해 조금도 요동하지 않으며 다만 좌우에 산천, 초목, 옥택(屋宅), 인물이 보이기는 하나 앞에 번쩍 뒤에 번쩍 하므로 도저히 걷잡을 수가 없었다. 담배 한 대 피울 동안에 벌써 신바시에 도착하였으니 즉 구십 리나 왔던 것이다. (이상의 인용문은 박천홍, 『매혹의 질주, 근대의 횡단』, 산처럼, 2003에서 재인용함)

인용 부분들에서 눈에 띄는 것은 지각과 인식의 혼란이다. 『독립신문』과 『일동기유』에 공통적으로 나타나는 것은 기차의 '소리'와 그것의 속도에 대한 과장된 표현이다. 그 소리가 '천지가 진동'하고 '우레'와 같다는 표현이나, '팔십 리'를 '순식간'에 당도한다거나 '구십 리'를 '담배 한 대 피울 동안'에 도착한다는 속도감은 현재의 관점에서 보면 과장된 것이지만, 당시에 기차를 처음 접한 사람들에게는 감각적 진실이었을 것이다.

니다. 오히려 기차를 처음 대하는 사람의 어리둥절한 시선을 가장하는 데에서 발생한다.

형태적 유사성에 바탕을 둔 1연의 이런 비유는 이 시 전체의 비유구조를 결정짓는다. 나머지 연들에서 화자를 비롯한 승객들은 '爬虫類動物'의 내부 구조로 비유된다. 기차 내부에 승차했으므로 승객 각각은 파충류 동물의 '心臟'과 '膽囊', '大腸'과 '小腸' 그리고 '消化器管'으로 비유된다. 비록 밀도있는 비유의 체계는 아니지만, 기차의 안과 밖을 비유적 시선으로 바라본다는 점에서 시적 일관성은 유지된다고 할 수 있다.

이 작품에서 흥미로운 것은 '털크덕'이라는 부사어의 기능과 역할이다. '털크덕'은 기차의 소리와 흔들리는 진동을 환기하는 양태부사이다.[95] 이 부사어는 특별한 의미를 상징하거나 정서 환기를 위해 사용된 것으로 보이지는 않는다. 다만 세로로 쓰인 원문과 달리 이 부분만 가로쓰기로 되어 있다는 점에서 기차의 진행 모습을 시각적으로 반영한 것으로도 해석될 수 있다.[96] 연과 연 사이에 삽입된 것처럼 제시된 '털크덕'은 다른 활자보다 더 크게 처리되어 있고, 반복되며 그 숫자가 늘어난다.

1) …털 크 덕…털 크 덕…

2) …털크덕…털크덕…털크덕…

3) 털크덕…털크덕…털크덕…털크덕…

---

95) 정지용의 소설 「三人」에는 '힘것질으는 汽笛소릐나자 〈덜그럭〉 소릐 조차나며' 라는 표현이 있다.

96) 민병기, 『정지용』, 건국대학교 출판부, 1996, p.58.

처음 제시된 1)에서 두 단위였던 '털크덕'은 시적 진술이 진행되면서 세 단위와 네 단위로 늘어난다. 2연과 3연 사이에 제시된 1)의 '…털 크 덕…털 크 덕…'은 2)나 3)과 달리, 음절과 음절을 일정하게 띄어 쓴 것이 눈길을 끈다. 비록 이 시의 띄어쓰기가 일관되게 지켜지는 편은 아니지만, 1)에서 각 음절과 음절 사이의 간격을 일정하게 유지한 것으로 보아 의도적인 띄어쓰기였다고 판단된다. 1), 2), 3)의 각 행이 악보의 마디처럼 동일한 시간이 지속되는 일정한 단위라고 한다면, 3)보다는 2)가, 2)보다는 1)이 좀더 느리고 완만한 리듬을 지닌다. 그리고 이것은 서서히 출발하는 기차의 소리와 승차감을 표현한 것으로 보인다. 그리고 점차 빨라지는 기차의 속도에 비례해서 '털크덕'이라는 소리 역시 잦아진다. 2)와 3)은 점점 빨라지는 속도와 거기에 따른 움직임이 급박해지는 것을 일정 마디에 '털크덕'의 숫자를 늘림으로써 표현하고 있다. 이런 변화에도 불구하고 '털크덕'은 '…'의 휴지를 사이에 두고 일정하게 반복됨으로써 기계적인 규칙성을 내포한다.

'털크덕'의 위치도 미묘하게 자리한다. 1)은 2연과 4연 사이에, 2)는 5연과 7연 사이에 놓여 있어 자연스런 시상의 전개를 방해하는 소음처럼 사용되고 있다.[97] 이는 발화나 사유의 진행과는 상관없이 외부에서 끊임없이 전해져 오는 소리나 흔들리는 진동을 상징한다. 횟수와 띄어쓰기의 변화

---

97) '그 큰 궁등이 로 ㅆ떼밀어'→'나는 나는 슬퍼서 슬퍼서'로 연결되는 것이 자연스런 의미의 흐름일텐데 그 중간에 '털크덕'이라는 부사어가 끼어 들어 있는 형국이다. 또한 '「당신 은 지금 어드메로 가십나?」'와 '그는 슬퍼서 슬퍼서'가 연결되는 중간에도 역시 '털크덕'이 끼어들어 있다. 이를 통해 '털크덕'이 자연스런 언술과 사유의 흐름을 방해하는 소음임을 알 수 있다. 그리고 정지용은 이를 민감하게 포착해 내고 있는 것이다.

에서 환기되는 속도와 간격의 차이가 있을 뿐, 소리나 진동은 꾸준히 일정하게 반복된다. 반복되며 점증되는 '털크덕'은 결국 기차라는 근대적 기계의 소리이자 움직임을 표상한다. 그리고 그것은 주체의 의지나 지향성과는 상관없이 외부에서 끊임없이 지속된다. 이런 기계음은 무의미한 소음으로 치부되어 점차 지각적 대상에서 소외되지만, 기차에 대한 경험이 보편화되기 이전에 이런 규칙적인 자극은 시인에게는 특별한 감각 대상이었을 것으로 보인다. 시인은 그것의 의미를 따지기 이전에 소여된 바의 감각적 자극에 주목하고 이를 언어화하려고 한다.

「爬虫類動物」은 근대적 경험에서 발생하는 감각적 잔상을 비교적 정확히 기록하고 있는 작품이라 할 수 있다. 기계적이고 근대적인 감각이 규칙적인 지속성을 지니고 있음을 경험으로부터 추출해낸다는 점에서 정지용의 민감성과 근대적 감수성이 돋보인다. 새로운 근대적 경험 속에 내재하는 새로운 감각을 세밀하게 포착해낸다는 점에서 정지용은 근대적 감수성의 소유자라 할 수 있다. 그런 민감한 감수성이 곧 근대적인 감수성의 특성이다.[98] 새롭게 등장하는 사물과 순간적으로 교체되는 인상에 예민하게 반응하는 것이야말로 가장 본질적인 의미의 도시적 감수성이라 할 수 있다. 새로운 경험이 새로운 감각을 창조한다는 것은 비교적 자명한 사실

98) 산업화의 일정 궤도에 오른 자본주의는 낡은 것을 교체하는 자기 갱신을 통해 진보해간다. 停滯는 새로운 욕망을 자극할 수 없고, 욕망을 새롭게 창출하지 못하면 자본주의의 확대 재생산은 불가능하다. 부재하는 욕망과 소비를 자극하고 창출하기 위해 자본주의는 끊임없이 새로움을 창조해야 한다. 새로움에 대한 강렬한 욕망이 근대 자본주의의 동력이 된다. 기술의 진보와 유행의 잦은 교체는 근대적 경험의 지평을 변화시킨다. 새것에 대한 강렬한 욕망이 의식과 취미를 지배한다. '도시 생활이 지니는 변화의 다양성, 빠른 리듬, 빠르고 강렬한 인상의 명멸 등이 새로운 도시적 樣式이다.'(아놀드 하우저, 『문학과 예술의 사회사-현대편』, 백낙청·염무웅 역, 창작과 비평사, 1991, p.170) 빠르게 변화하는 도시적 양식에 감각적이고 예민하게 반응하는 것이 도시적 감수성의 본질이라고 할 수 있다.

이지만 이것을 언어로 포착하는 것은 결코 쉬운 일이 아니다. 정지용 시의 참신성은 낯선 경험과 낯선 감각을 포착하고 이를 언어화하는 과정에서 생성된다.

정지용의 '근대 지향'은 근대적 경험의 양상을 객관적으로 전달하는 데 그치는 것이 아니라, 그것이 환기하는 감각과 그에 따른 주체의 내면적 반응을 중심으로 전개된다는 점에서 의미를 지닌다.

예민하고 섬세한 시적 관찰은 여타의 다른 시인들과는 다른 방식으로 근대를 경험하는 데에서 발생한다. 정지용은 근대적 문물과 제도라는 새로운 경험을 통해 새롭게 감지되는 감각에 주목한다. 이전 시기와 달리 근대적 경험은 박물학적 보고나 학습의 대상이 아니라 그저 생활의 조건일 뿐이다. 경험 방식의 변화는 그 수용 방식에도 변화를 가져온다. 근대적 제도의 수용과정에서 정지용은 대상 자체보다 대상을 수용하는 자아의 느낌에 주목한다. 이는 대상의 객관적인 묘사보다는 경험의 과정에서 파생되는 주관적인 체험, 감각적 느낌을 강조하는 것으로 드러난다.

정지용에게 대상 자체보다 대상을 보고 느끼는 주체의 반응이 중요시된다는 점은, 근대적 경험이 내적 감각을 통해 수렴되고 있다는 것을 의미한다. 그리고 이는 새로운 미의식이나 감각적 쾌 혹은 불쾌에 대한 감수성을 형성하기도 한다. 그의 산문에는 이런 근대적 미감과 감각적 쾌에 대한 반응이 나타나고 있어 눈길을 끈다.

활자 냄새가 이상스런 흥분을 이르키도록 향기롭다. 우리들의 詩가 새 만 눈을 쌈박이며 소곤거리고 잇다. 시는 활자화한 뒤에 헐석 효과적이다. 시의 명예는 활자직공의게 반분하라. 우리들의 시는 별보다 알뜰한 활ㅅ자를 운율보다 존중한다. 윤전기를 지나기 전 시는 생각하기에도 촌스럽다. [99]

정지용이 그의 일행들과 함께 '쉐볼레'를 타고 인쇄공장에 가서 교정을 보는 장면을 술회한 대목이다. 정지용은 교정지에서 풍기는 활자 냄새를 탐닉하듯 맡는다. 그리고 시란 인쇄된 것이 훨씬 효과적이며 활자화되지 않은 시는 '촌스럽다'고 말한다. 그는 활자와 인쇄의 기능 혹은 효율성을 고려하기 이전에 활자화된 시가 갖는 미적 감각에 먼저 반응하는 태도를 보인다. 그것이 아름답기 때문에 혹은 감각적 쾌를 제공하기 때문에 매료되는 것이지, 대상의 효과나 기능, 사회적 효용에 대한 이성적 판단을 토대로 좋아하는 것이 아니다. 정지용은 감각적 쾌를 제공하는 사물에 매료되거나 어떤 사물들에서 감각적 쾌를 새롭게 발견해내기도 한다. 「아스팔트」 역시 정지용의 근대에 대한 감각적 인식과 판단을 가장 적절히 보여주는 글이라 할 수 있다.

아스팔트는 고무밑창보담 징 한 개 박지 않은 우피 그대로 사폿사폿 밟어야 쫀득쫀득 받히우는 맛을 알게 된다. 발은 차라리 다이야처럼 굴러 간다. (…중략…)

풀포기가 없어도 종달새가 나려오지 않어도 좋은, 푹신하고 판판하고 만만한

99) 정지용, 「素描2」, 『정지용 전집2』, 민음사, 2001, p.15.

나의 유목장 아스팔트![100]

아스팔트로 포장된 서울의 거리를 탐닉하듯 밟아보려는 정지용의 도시적 감수성이 인용문에 여실히 드러난다. 특히 이 산문에서 정지용은 아스팔트를 밟을 때의 질감 혹은 발의 신선한 느낌에 주목한다. 그는 '사풋사풋'과 '쫀득쫀득'이라는 부사어를 사용하여 발에 와 닿는 아스팔트의 산뜻한 감각을 최대한 강조한다. '고무밑창보담 징 한 개 박지 않은 우피 그대로'라는 세심한 방법까지 터득하고 있는 정지용의 감수성은 이미 흙길을 밟는 감수성과는 엄청난 거리를 두고 있다. '저즌 애스뽈트우로 달니는 機體는 가벼기가 흰고무뽈 한개엿다(「素描3」)' 라는 구절에서도 아스팔트 도로의 감각적 쾌에 민감한 감수성이 드러난다. 정지용은 아스팔트라는 근대적 도로의 가치를, 포장된 도로의 편리성과 효율성에서 찾지 않고, 그것을 밟았을 때의 쾌 혹은 불쾌의 느낌에서 찾는다. 감각을 음미하듯이 탐닉하는 정지용의 태도는 근대적 경험이 주는 세련되고 산뜻한 감각에 주로 고착되어 나타난다.

꽃밭이나 대밭을 지날 지음이나 고삿길 산길을 밟을 적 심기가 따로따로 다를 수 있다면 가볍고 곱고 칠칠한 비단 폭으로 지은 옷이 가진 화초처럼 즐비하게 늘어선 사이를 슬치며 지나자면 그만치 감각이 바뀔 것이 아닌가.[101]

---

100) 정지용, 「愁誰語 I -2(아스팔트)」, 『정지용 전집2』, 민음사, 2001, p.25.
101) 정지용, 「茶房 <ROBIN> 안에 연지 찍은 색씨들」, 『정지용 전집2』, 민음사, 2001, p.163.

위의 인용문 역시 'ROBIN'이라는 양복가게의 진열장을 한바퀴 돌아 나올 때의 유쾌한 느낌을 서술하고, 대상과 환경에 따라 변화하는 감각에 대해 언급하고 있다. '꽃밭, 대밭, 고삿길, 산길'을 걸을 때와 '호화스런 四條通 큰 거리에서도 이름이 높은' 양복가게 'ROBIN'을 걸을 때의 감각이 다름을 술회한다. 그것은 도시에 진입한 시인의 감수성의 변모를 의미한다.[102)]

그리고 이런 감수성의 변화는 한적한 자연의 길을 걸을 때와는 다른 감각의 발견과 길항관계에 있다. 같은 글에서 정지용은 '연닢 파릇한 냄새'처럼 옷들의 신선한 냄새에 민감하게 반응하거나, '문이 열리고 닫히는 맛이 벨베트에 손이 닿는 듯이 소리가 없어서 들며나며하는 손님들도 그림자같이 가벼웠었다'에서처럼 산뜻하고 경쾌한 느낌에 주목한다.

몇 편의 산문들에서 인용한 부분들은, 정지용이 근대적 사물이 지니는 산뜻한 감각에 상당히 민감하게 반응함을 보여준다.

생김생김이 피아노보담 낫다.

얼마나 뛰어난 燕尾服맵시냐.

산뜻한 이 紳士를 아스빨트우로 꼰돌라인듯 「流線哀傷」 부분

파라솔 같이 채곡 접히기만 하는것은

---

102) 서준섭,『한국 모더니즘 문학 연구』, 일지사, 1991, p.119.

언제든지 파라솔 같이 펴기 위하야— 「파라솔」 부분

「流線哀傷」[103]에서 자동차의 외형적 아름다움과 산뜻함에 주목하는 것이나, 「파라솔」에서 '파라솔'이 깔끔하게 접히는 모양에 주목하는 것은 동일한 태도이다. 시인은 구겨지고 젖는 것에서 감각적 불쾌를 느끼는 반면, 차곡차곡 접혀 가지런히 정돈되는 '파라솔'에서 감각적 쾌를 느끼는 것이다. 이런 태도는 「슬픈 印象畵」에서 슬픈 풍경을 묘사하면서도 '사폿사폿' 움직이는 '하얀 양장'을 발견하는 태도와 동일한 것이다.

근대적 경험의 산뜻하고 경쾌한 느낌에 주목하는 것 자체가 근대적 제도에 의해 형성된 것이라는 점에서 정지용 시의 감각성 역시 근대적 미의식 혹은 취향의 범주에 속하는 것이라 볼 수도 있다. 그러나 감각적 경험이 환기하는 내적 반응을 예리하게 포착해내고 이를 미적인 인식과 연결시킨다는 점은 정지용 시의 독특한 측면이라고 할 수 있다. 그것은 근대적 경험을 그대로 번역하고 전달하려는 전달자의 태도가 아니라, 감각하고 느끼려는 감식가의 태도에서 비롯된다. 이런 점에서 정지용은 감각적인 근대지향의 일면을 지닌다고 할 수 있다. 그러나 그의 근대에 대한 감각은 중층적인 양상을 보인다. 정지용은 근대적 경험의 감각적 쾌만을 완상하는 데 머물지 않는다.

앞서 언급한 근대적 경험이나 운동감은 새로운 내적 감각을 불러일으킨

103) 「流線哀傷」의 시적 대상에 대한 해석은 상당히 다양하다. 악기(신범순), 유선형 자동차(유종호, 황현산), 담배 파이프(이근화), 곤충(이명리) 등의 견해가 있다. 본고에서는 '아스팔트의 곤돌라'라는 표현에 주목하여 '자동차'로 해석한다.

다. 그런데 어떤 경험들은 유쾌하거나 산뜻한 내적 감각으로 연결되지 않기도 한다. 「슬픈 汽車」의 '늬긋늬긋한 가슴'[104]에서 환기되는 '늬긋늬긋'한 느낌은 전혀 새로운 내적 감각이다. 혹은 '뒤통수가 징징거리는 엔진의 고동을 한시간 이상 받았는데도(「海峽病1」, 『전집2』, p.116)'나 '시계가 운다. 울곤 씨그르르……울곤 씨그르르……텁텁한 소리가 따르는 것은 저건 무슨 고장일까 짜증이 난다(「비」 전집2 p.187)'에서와 같이 불쾌한 느낌을 발견하기도 한다.

근대적 사물의 세련됨을 발견하고 거기에서 감각적 쾌를 느끼는 것이 정지용의 근대 지향이 지닌 본질이라 할 수 있다. 그러나 그의 이런 태도는, 근대적 경험이 일상의 영역으로 들어오고, 근대적 환경 속에서 생활인으로 살아가게 되면서 변화를 겪게 된다. 이런 변화를 통해 그는 근대적 경험의 이면에 숨겨진 부정적 감각을 발견하게 된다.

근대적 풍물을 대하는 정지용의 태도는 이전 시기의 작가들과는 상당히 다른 양상을 보인다. 계몽주의가 지녔던 근대적 문물과 제도에 대한 환상과 열광은 점차 사라지고 생활의 공간에서 만나는 일상으로서의 근대적 문물과 풍경을 대하게 된다. 정지용은 일상으로서의 근대적 문물과 풍

---

104) 「취선1」에서도 '늬긋늬긋'함이 나타난다. 「슬픈 汽車」의 멀미가 익숙치 않은 근대적 탈것에서 느끼는 새로운 감각이라면 「취선1」의 '늬긋늬긋'은 배멀미이며 곧 '해협병'이다.

> 병 중에 뱃멀미는 병 중에도 연애병과 같은 것이라 해협과 청춘을 건늬어 가랴면 의례히 앓을 만한 것으로 전자에 여긴 적이 있었는데(「해협병1」, 『산문』, 민음사, 1988, p.117)

정지용은 제주도로 여행을 가는 와중에 일본 유학시절 대한 해협을 건너며 멀미로 고생한 기억을 떠올린다. 해협을 건너면서 겪은 멀미는 익숙하지 않은 근대적 경험에서 얻게 되는 어지럼증이라고 봐야할 것이다. 결국 이런 멀미는 근대로 넘어가는 과정에서 겪게 되는 통과 의례의 부산물이라 할 수 있다.

경이 감각적 불쾌로 연결되는 양상에도 민감하게 반응한다. 「幌馬車」는 이런 경향을 대표적으로 드러내는 작품이라 할 수 있다. 이 작품은 근대적 도시 공간에서 지각하게 되는 단절과 차가움의 감각을 매개로, 소외되고 위축된 자아상과 탈현실의 욕망을 그려내고 있다.

이제 마악 돌아 나가는 곳은 時計집 모퉁이, 낮에는 처마 끝에 달어맨 종달새란 놈이 都會바람에 나이를 먹어 조금 연기 끼인듯한 소리로 사람 흘러나려가는 쪽으로 그저 지즐거립데다.

그 고달픈 듯이 깜박 깜박 졸고 있는 모양이—가여운 잠의 한점이랄지요—부칠데 없는 내맘에 떠오릅니다. 쓰다듬어 주고 싶은, 쓰다듬을 받고 싶은 마음이올시다. 가엾은 내그림자는 검은 喪服처럼 지향없이 흘러나려 갑니다. 촉촉이 젖은 리본 떨어진 浪漫風의 帽子밑에는 金붕어의 奔流와 같은 밤경치가 흘러 나려갑니다. 길옆에 늘어슨 어린 銀杏나무들은 異國斥候兵의 걸음제로 조용 조용히 흘러 나려갑니다.

슬픈 銀眼鏡이 흐릿하게
밤비는 옆으로 무지개를 그린다.

이따금 지나가는 늦인 電車가 끼이익 돌아나가는 소리에 내 조고만魂이 놀란듯이 파다거리나이다. 가고 싶어 따듯한 화로갛를 찾어가고 싶어. 좋아하는 코-란經을 읽으면서 南京콩이나 까먹고 싶어, 그러나 나는 찾어 돌아갈데가 있을나구요?

네거리 모퉁이에 씩 씩 뽑아 올라간 붉은 벽돌집 塔에서는 거만스런 XII時가 避雷針에게 위엄있는 손까락을 치여 들었소. 이제야 내 모가지가 쭐 삣 떨어질듯도 하구료. 솔닢새 같은 모양새를 하고 걸어가는 나를 높다란데서 굽어보는것은 아주 재미 있을게지요 마음 놓고 술 술 소변이라도 볼까요. 헬멭 쓴 夜警巡査가 예일림처럼 奔아오겠지요!

네거리 모퉁이 붉은 담벼락이 흠씩 젖었오. 슬픈 都會의 뺨이 젖었소. 마음은 열없이 사랑의 落書를 하고있소. 홀로 글성 글성 눈물짓고 있는것은 가엾은 소-니야의 신세를 비추는 빩안 電燈의 눈알이외다. 우리들의 그전날 밤은 이다지도 슬픈지요. 이다지도 외로운지요. 그러면 여기서 두손을 가슴에 념이고 당신을 기다리고 있으릿가?

길이 아조 질어 터져서 뱀눈알 같은 것이 반쟉 반쟉 어리고 있오. 구두가 어찌나 크던동 거러가면서 졸님이 오십니다. 진흙에 챡 붙어 버릴듯 하오. 철없이 그리워 동그스레한 당신의 어깨가 그리워. 거기에 내 머리를 대이면 언제든지 머언 따듯한 바다울음이 들려 오더니…………

……아아, 아모리 기다려도 못 오실니를……

기다려도 못 오실 니 때문에 졸리운 마음은 幌馬車를 부르노니, 회파람처럼 불려오는 幌馬車를 부르노니, 銀으로 만들은 슬픔을 실은 鴛鴦새 털 깔은 幌馬車, 꼬옥 당신처럼 참한 幌馬車, 찰 찰찰 幌馬車를 기다리노니.

「幌馬車」

발표 당시 '1925. 11月. 京都'라는 부기가 있는 것으로 보아, 이 작품의 구체적 공간은 '京都'일 가능성이 높다. 다만 이 시의 주된 내용이 이국정조나 객수의 표출이 아니라 도회의 거리를 배회하는 시적 화자의 내면 조망이라는 점에서, 공간적 배경을 '京都'로 한정지을 필요는 없을 것이다. 이 작품은 연상에 의한 이미지의 비약과 독특한 어조로 구성되며, 화자의 내면 심리와 독백, 상상과 외적 풍경의 묘사가 뒤섞인 서술 양상을 보인다.

1연에서 화자는 이제 막 '時計집 모퉁이'를 돌아나가고 있다. '時計집' 처마에 매달려 있던 낮의 종달새를 떠올려보고 지금은 졸고 있을 종달새를 생각해본다. 이 시에서 화자는 지향없이 방황하는 존재이다. 1연의 '부칠데 없는 내맘'이나 '지향없이 흘러나려 갑니다'라는 진술, 3연의 '따듯한 화로갛'를 꿈꾸지만 '찾어 돌아갈데가 있을나구요?'라는 반문 등에서 갈 곳 없는 화자의 착잡한 심리적 정황을 읽어낼 수 있다. 정처없이 밤거리를 배회하는 자에게 도시의 밤거리는 끝없는 미궁과 같다. 그런 화자의 처지는 새장에 갇힌 종달새의 그것과 별반 다를 바가 없다. 화자와 종달새의 동질감은 처지와 입장의 유사함에서 발생한다. 고달프게 졸고 있을 종달새가 화자의 마음에 떠오르는 것도 그런 동질감의 소산이다. '쓰다듬어 주고 싶은, 쓰다듬을 받고 싶은 마음'이라는 구절은 종달새에 대한 연민이 자기 자신에게로 향하게 됨을 의미한다. 갇힌 종달새도 측은하지만 갈 곳 없이 방황하는 자신의 처지 역시 측은한 것이다. 쓰다듬는 행위가 연민과 위로를 상징한다면, 연민의 대상을 위로하고 싶은 마음과 연민의 대상으로부터 위로받고 싶은 마음이라는 양가적인 심리상태가 성립된다. 이는 도시 생활에 찌들어 가는 '종달새'의 '가여운 잠'과 거리를 배회하는 '가엾은 내 그림자'라는 표현으로 이어지며, 연민의 대상으로서의 두 존재가 지니는 동질감을 재확인한다.

3연에서 화자는 차가운 도시의 밤거리를 걸으며 '따듯한 화로갛'를 꿈꾼다. '싶어'를 반복함으로써 그 욕망의 간절함을 드러내지만, 바로 다음 구절에서 '그러나 나는 찾어 돌아갈데가 있을나구요?'라는 반문을 통해 그런 낭만적 동경이 실현될 수 없음을 스스로에게 확인시킨다. 이 부분에서 화자는 상당히 위축된 모습으로 표현된다. 전차소리에 놀라는 3연의 '조고만 魂'이나, 4연에서 '거만'하고 '위엄'있는 시계 밑으로 '솔닙새' 같은 모양으로 걸어가는 '나'는 모두 위축된 자아의 모습을 드러낸다. 높은 곳에서 굽어보는 시계와 그 시계를 우러러보는 화자의 위치와 자세는 화자의 심리적 위축을 상징한다. 굽어보는 시계의 '재미'는 화자에게는 조롱이 된다. 그러므로 4연에서 '소변'을 보려는 자아의 상상은 위엄과 거만함의 상징인 시계에 대한 위반을 의미한다. 그러나 위반을 상상함과 동시에 '夜警巡査'를 떠올리는 것은 화자 자신이 내리는 위반에 대한 징계라 할 수 있다. 화자에게 그 위반은 상상에 한정될 수밖에 없다.

5연에서 화자는 비에 젖은 도회의 밤풍경과 '소-니야'를 떠올린다.[105] 비에 젖은 거리는 '슬픈 도회'의 표정을 환기하고, 그 슬픔이 다시 가엾은 '소-니야'에 대한 연상으로 이어진다. '소-니야'는 사랑의 대상이자 기다림의 대상이다. 그런데 '가엾은 신세'의 '소-니야'는 1연의 종달새처럼 연민의 대상이기도 하다. 연민의 대상이라는 점에서 '소-니야'는 1연의 종달새나 화자 자신과 동질적이다. '소-니야'와 함께 한 '그전날밤'이 슬프고 외로운 것은 이별의 전야이기 때문이기도 하지만, 연민의 대상으로서의 동질감을 느끼기 때문이기도 할 것이다.

6연에서 비에 젖어 질퍽거리는 길은 출구를 찾기 어려운 도시의 밤길을 암시한다. '뱀눈알 같은 것'이 반짝거리는 것은 불빛이 반사되는 모양을 비유한 것으로 차갑고 날카로운 느낌을 준다. 또한 가뜩이나 큰 구두를 신어 걷기 어려운 화자에게 질퍽거리는 길은 헤어나기 어려운 도시의 생활을 상징한다. '진흙에 착 붙어 버릴 듯하다'는 화자의 진술은 도시공간에 속절없이 갇혀버릴 것 같다는 자아의 내면 심리를 반영한다. 그런 상태에서 화자는 '당신'을 그리워함으로써 비정한 현실을 잊어버리려 한다. 당신의 둥근 어깨에 머리를 대는 자세에서 암시되는 기대어 쉬고 싶은 마음과 '따듯한 바다울음'을 그리워하는 마음은 모두 당신을 통해 현실을 벗어나고자 하는 화자의 심리를 드러낸다. '따듯한 바다울음'은 '따듯한 화로갛'와 마찬

105) '소-니야'라는 도스토예프스키의 「죄와 벌」에 나오는 고결한 마음을 가진 창녀 '소냐'로 볼 수 있다.(사나다 히로코, 『최초의 모더니스트 정지용』, 역락, 2002, p.143) '　안 電燈', '가엾은 신세' 등이 그런 추측을 가능케 한다.

가지로 비정한 도회의 공간과 대비되는 따스함을 환기한다. 그리고 이런 따스한 바다울음은 당신의 둥근 어깨를 통해 들려온다. 이 부분에서 '소-니야'는 탈현실을 연상케 하는, 가장 중요한 연상의 매개체이다.

그런 '소-니야'는 기다려도 오지 못한다. 기다려도 오지 못하는 '소-니야'를 대신해 화자는 '幌馬車'를 기다린다. 그러나 그 '幌馬車'는 현실의 마차라기보다는 낭만적 동경이 만들어낸 상상의 마차로 보인다. '銀으로 만들은 슬픔을 실은 鴛鴦새 털 깔은 幌馬車'에서 알 수 있듯이, 화자가 꿈꾸는 '幌馬車'는 현실의 탈 것이 아닌 동화 속의 마차처럼 꾸며져 있다. '幌馬車'라는 환상을 통해 현실 밖으로 도피하고자 하는 화자의 소망은, '따듯한 화로갛'나 '따듯한 바다'를 갈망하는 것과 동일한 것이다.

도회의 공간과 대비되는 '따스함'은 현실의 비정한 양상을 부각시킨다. 이 작품은 근대적 삶의 환경을 환기하는 풍경들에 대한 감각들로 가득 채워져 있다. 종달새의 '연기 끼인듯한 소리'나 '전차의 끼이익 돌아나가는 소리' 등의 소음, 붉은 전등의 '눈알', 자아의 삶 위에 군림하고 규율하는 시계 등은 모두 근대적 삶의 환경을 구성하는 요소들이다. 그리고 이런 요소들에 대한 감각적 포착과 반응이 내면 심리와 함께 드러난다. 특히, 이 작품에서 도시 공간의 경험에 대응하는 자아의 내면과 심리를 감각적으로 표현한 부분들에 주목할 필요가 있다. 이 시에서 자아를 상징하는 표현들은 다음과 같다.

1) 가엾은 내그림자는 검은 喪服처럼 지향없이 흘러나려 갑니다(1연)

2) 조고만魂이 놀란 듯이 파다거리나이다(3연)

3) 솔닙새 같은 모양새를 하고 걸어가는 나를(4연)

이 시의 화자는 도회의 밤거리를 방황하고 있다. 1)에서 화자의 그림자[106]가 지향없이 어디론가 흘러간다는 느낌은, 뚜렷한 목적지도 없고 어딘가로 향한다는 의지도 없이 밤거리를 떠도는 자아의 내면 상태를 반영한다. 앞서 밝혔듯이 새장에 갇힌 종달새와 갈 곳이 없는 화자는 비슷한 처지에 놓인 존재들이다. 그러므로 종달새에 대한 연민은 곧 자아 자신에 대한 연민과 통한다.

자아에 대한 연민의 시선은 자아의 왜소하고 위축된 모습을 표현한 구절에서도 드러난다. 2)의 '조고만魂'은 늦은 밤 '끼이익'하고 날카롭게 들려오는 전차의 금속성 소리와 대비된다. '魂'이 작다고 표현한 것이나, 작고 연약한 것의 잦은 움직임을 환기하는 파닥거린다는 행동의 묘사는 작고 약한 자아상을 드러내는 역할을 한다. 3)에서는 '씩 씩 뽑아 올라간 붉은 벽돌집 탑', '거만스런 XII時'의 '위엄있는 손까락'과 자아의 왜소함이 대비된다. 높은 건물의 탑 위에 위치한 시계는 근대적 삶의 질서를 규율한다. 시계는 이 시에서처럼 높은 위치 때문에 우러러 봐야 하는 대상이기도 하지만, 전근대 사회의 절대자 혹은 운명처럼, 삶의 매 순간을 제어하고 조절한다. 근대적 시간 앞에서 개인은 나약하고 왜소한 존재로 전락한다.

106) 그림자는 자아의 분신이다. 자기 정체성이 대타적인 반성에 의해 모색되는 것과 달리, 그림자는 즉자적인 관찰이 가능하다는 점에서 이성적 사유를 거치지 않는다. 자기에 대한 반성적 관찰이 이뤄지는 감각적 대상이라는 점에서, 그림자는 자아를 상징하는 중요한 매개물이 된다. 이성적이고 대타적인 자기반성과 달리, 그림자는 자아에 대한 감각적 표상으로 감각적이고 구체적인 지각의 토대가 된다.

'우러러봄/굽어봄'의 자세와 시선의 차이는 화자의 위축된 내면 심리를 암시한다. 2)와 3)은 근대적 삶의 환경에 의해 위축되고 왜소해진 자아의 모습을 표현하고 있다.

자아의 심리적 위축은 이 시의 공간적 특성과도 관련이 된다. '부칠데 없는 내맘'이나 '지향없이 흘러나려갑니다' 혹은 '찾어 돌아갈데가 있을나구요?' 등에서 확인되듯이, 이 시의 화자는 갈 곳이 없다. 그런 화자에게 '거리'는 어딘가로 통하는 수단이 아니다. 그러므로 이 시의 공간은 '담' 혹은 '벽', '집'들에 둘러싸인 유폐의 공간이다.[107] 이 시에서 사거리는 사방으로 열려 있는 듯하지만 종달새를 가둔 새장과 같은 미로의 역할을 하고 있다. 벗어날 수 없는 공간은 궁극적으로 화자가 처한 현실적 조건을 의미한다. 결국 이 시의 '네거리 모퉁이'는 근대적 도회의 축도이자 살아가야 할 삶의 환경이다. 절대적인 조건으로서의 도회적 환경은 화자를 더욱 위축시킨다. 화자가 할 수 있는 유일한 일은 몽상하는 것이다. 벗어날 수 없는 삶의 환경에서 화자가 갈망하는 '따듯한 화로갛'나 '당신의 어깨'(따뜻한 '바다울음'이 들려오는 곳)는 낭만적 동경의 공간을 의미한다. 그리고 그곳으로 가기 위해 화자가 기다리는 '幌馬車' 역시 시적 몽상이 빚어낸 상상의 마차일 것이다.

이 작품은 도시 경험에서 파생되는 고달픔과 외로움, 위축된 자아상을 표현하고 있다. 벗어날 수 없는 현실적 조건으로서의 도회의 생활은 근대적 문물이 주는 산뜻함과는 질적으로 다른 반응을 유발한다. 산뜻하고 유

---

107) 이기서, 『한국현대시의식연구』, 고려대학교 민족문화연구소, 1984. p.31.

쾌한 근대적 감각의 이면에는 고달픔 혹은 피곤함의 감각이 존재한다. 이런 양면성이 정지용이 포착한 근대의 모습이라고 할 수 있다. 정지용은 근대적 도시의 삶이 환기하는 내적 감각에 주목한다. 그의 시와 산문 곳곳에 꾸준히 등장하는 피로감이나 고달픔에 대한 감각은 근대적이고 도시적 삶의 환경에서 파생되는 것들이다. 피로감은 근대적 생활에서 발생하는 내적 감각이다. 그것은 전근대적 농경 사회의 피로와는 질적으로 다른 피로감을 유발한다. 세밀하게 계측된 시간에 의한 노동과 그 내면화에서 오는 피로감은 육체적 피로뿐만 아니라 정신적 피로를 누적시킨다. 근대적 피로감의 발생과 가장 긴밀하게 연결되는 것이 시계이다. 정지용이 시계에 대해 민감하게 반응하는 것은 시계라는 기계적 장치가 근대적 내면의 불안과 피로감을 환기하기 때문일 것이다.[108]

한밤에 壁時計는 不吉한 啄木鳥!

나의 腦髓를 미신바늘처럼 쫏다.

일어나 쫑알거리는 〈時間〉을 비틀어 죽이다.

殘忍한 손아귀에 감기는 간열핀 목아지여!

---

108) 감각 대상으로서의 시계는 다른 작품들에서도 중요한 의미 요소로 사용된다.

'거만스런 XII時가' (「황마차」)
'참한 은시계로 자근자근 얻어맞은듯,'(「이른봄 아침」)
'時計소리 서마서마 무서워' (「무서운 時計」)
'람프불은 줄어지고 벽시계는 금시에 황당하게 중얼거립니다'(「素描5(람프)」,『전집2』, p.22)
'시계가 운다. 울곤 씨그르르……울곤 씨그르르……텁텁한 소리가 따르는 것은 저건 무슨 고장일까 짜증이 난다'(「비」『전집2』, p.187)

오늘은 열시간 일하였노라.

疲勞한 理智는 그대로 齒車를 돌리다.

나의 生活은 일절 憤怒를 잊었노라.

琉璃안에 설레는 검은 곰 인양 하품하다.

꿈과 같은 이야기는 꿈에도 아니 하랸다.

必要하다면 눈물도 製造할뿐!

어쨌던 定刻에 꼭 睡眠하는 것이

高尙한 無表情이오 한趣味로 하노라!

明日!(日字가 아니어도 좋은 영원한 婚禮!)

소리없이 옮겨가는 나의 白金체펠린의 悠悠한 夜間航路여!

「時計를 죽임」

자연적인 시간의 흐름과 시계에 의해 계측되는 시간의 흐름에 대한 감각은 현격한 차이를 보인다. 전통적인 자연의 시간은 외부 환경 혹은 사물의 변화에 의해 측정되었다. 그것은 사계절의 변화, 일출과 일몰, 인간의 생로병사 등 분절되지 않고 지속되는 일정 단위를 통해 시간을 인식한다. 이에 비해 시계는 시간의 공간화를 통해 시간을 측정 가능하고 계산 가능한 양으로 변환시키는 도구이다.[109] 시계의 시간은 시계판 위를 움직이는 시계바늘의 운동에 의해 표현된다. 즉, 초침과 시침의 공간이동이 시간으로 환산되는 것이다. 근대적 시간은 이런 시계에 의해 계측된 시간을 바탕으로 성립된다. 자연적인 시간은 환경이나 생활 방식, 사회적 제도에 따라 그 척도가 다른 반면, 근대적 시간은 국가와 지역을 넘어 동일한 기준과 척도에 의한 표준화를 특징으로 한다. 시계의 보급과 표준시의 확산은 개별적이고 자연스런 삶의 리듬을 근대적 질서로 통합하고 규율한다. 시계에 의해 측정된 시간은 시간의 단위를 세밀하게 구분하고 측정한다. 결과적으로 선분화되는 근대적 시간은 인간의 노동을 세분화하여 통제할 수 있게 한다. 이는 인간의 삶 자체를 분절하는 결과를 낳으며, 기계화된 시간을 내면화하고 삶의 리듬을 거기에 맞춰 살아가게 한다.

사물로서의 시계는 근대적 일상과 질서를 환기한다. 「時計를 죽임」에서 시계는 자연적이고 생리적인 시간의 흐름을 절단하고, 자아의 생활과 내면을 강제하는 외적 기율을 상징한다. '참한 은시계로 자근자근 얻어맞은 듯'(「이른봄 아침」)에서처럼 시계는 외부에서 주어지는 자극일 뿐 내적 지속으로서의 시간과는 전혀 무관한 근대적 사물이다.

이 작품은 이런 기계로서의 시계에 대한 강한 부정으로부터 출발한다. 한밤에도 잠들지 않고 딱따구리가 나무를 쪼아대듯이, 시계는 피로에 지친 화자의 신경을 끊임없이 자극한다. '啄木鳥'로 비유된 시계는 그 소리의 규칙적인 반복성 때문에 다시 '미신(재봉틀)' 소리에 비유된다. 특히 '미신

109) 이진경, 『근대적 시·공간의 탄생』, 푸른숲, 1997, p.57.

바늘'이 환기하는 날카로움은 피로와 불면 상태에 있는 화자의 심리적 반응을 함축적으로 드러낸다.

근대적 시간은 시간의 공간화로부터 출발한다. 보이지 않던 시간을 시각화함으로써 분절된 시간이 성립된다. 그런데 정지용의 시에서 시간에 대한 감각적 체험 양상은 청각으로 전이되는 경우가 많다. 그런 지각 양상은 근대적 시간에 대한 신경질적 반응을 유발한다. 시각보다 청각이 좀더 강한 심리적 자극을 주기 때문이다. '時計소리 서마서마 무서워'(「무서운 時計」), '람프불은 줄어지고 벽시계는 금시에 황당하게 중얼거립니다'(「素描5(람프)」, 『전집2』, p.22), '시계가 운다. 울곤 씨그르르……울곤 씨그르르……텁텁한 소리가 따르는 것은 저건 무슨 고장일까 짜증이 난다'(「비」 전집2 p.187)' 등에서 확인되듯이 시계소리에 대한 정지용의 반응은 결코 긍정적이지 않다. 눈을 감아도 들려오는 시계소리는 결코 회피할 수 없는 시간의 흐름을 환기한다. 그리고 이러한 분절된 시간의 흐름은 시간의 내면화에 적극적으로 기여한다. 「時計를 죽임」에서도 분절된 시간이 소리로 전달되는 것에 대한 신경증적 반응이 나타난다. 시계소리는 단순한 청각 자료가 아니다. 그것은 주체의 의지와는 상관없이 삶을 강제하는 외적 자극 혹은 규율을 환기하기 때문에 '不吉'하고 신경에 거슬리는 소리이다. '쫏다(啄)'가 환기하는 날카로운 느낌은 근대적 시간의 흐름에 대한 내적 감각이자 부정적인 반응을 함축한다.

2연에서 '〈時間〉을 비틀어' 죽이는 화자의 행위는 시계에 대한 상당히 강한 부정을 상징한다. '간열핀 모가지여!'라는 표현에는 죽어가는 '時間'

에 대한 일말의 연민이 표시되기도 한다. 그러나 시계를 죽일 수는 있지만 시간 자체를 죽일 수는 없다. 사물로서의 시계는 '간열핀 목아지'에서처럼 파괴도리 수 있는 연약한 물건이지만, 시간 자체는 결코 연약하지 않다. 근대인의 의식과 생활 속에 내면화된 시간은 결코 벗어날 수 없는 삶의 리듬이자 규칙이 되어버리기 때문이다. 3연 2행의 '理智의 齒車'는 주체의 의지와는 상관없이 움직이고 있는 내면화된 근대적 시간을 상징한다. 감시와 통제를 내면화한 근대인은 감시 장치가 없어도 스스로 내면화한 규율에 의해 노동하고 생활한다. 피곤함에도 불구하고 여전히 '理智의 齒車'를 돌려야 하는 것이 규율을 내면화한 근대인의 비애이다. 여기서 정신은 '齒車'의 운동에 비유됨으로써 톱니바퀴로 구성된 시계의 구조와 동일시된다. 이것은 의지와 상관없이 움직이는 기계적 속성에 순응하는 상태를 의미한다. 그리고 이런 상태는 '꿈'도 없고 눈물도 '製造'하면 된다는 표현에서처럼 낭만적 몽상의 불가능성을 내포한다.

그러므로 분노를 잊은 생활은 근대적 일상에 적응해 살아감을 의미한다. 화자는 근대적 일상을 벗어나지 못하는 자신의 모습을 유리 안에 갇혀 야성을 거세당한 곰에 비유한다. 나아가 그런 일상성은 상상과 낭만적 일탈마저 불가능하게 한다. 5연에서 꿈과 같은 이야기를 하지 않는다거나 눈물마저 제조한다는 표현은 이런 탈현실조차 꿈꿀 수 없는 일상적 삶의 각박함을 드러낸다. 이런 무감성적인 생활 속에서도 '定刻'에 잠드는 것만큼은 고상한 취미로 보는 것은 다소 반어적인 가치평가를 담는다. 잠마저 정각에 자는 것에서 암시되는 내면화된 기계적 시간성과 '꼭'이라는 부사어로 강조된 강제적인 규율은 결코 고상한 것이나 세련된 취향의 문제가 아니기 때문이다.

이 작품의 마지막 연은 의미의 비약이 심해 해석에 어려움이 따른다. '明日!(日字가 아니어도 좋은 영원한 婚禮!)'이라는 구절에서 '明日'이 갑자기 나온 것도 의외거니와 괄호 안의 문장도 그 의미가 모호하다. 이렇다 할 해석의 단서를 남겨놓지 않아 의미의 구성이 어렵긴 하지만, 앞부분과 의미의 연관을 고려하여 분석을 하면 다음과 같다.

'영원한 婚禮'는 '明'字의 日과 月의 '혼례'라고 보는 것이 타당할 듯하다. 그리고 '日字가 아니어도 좋은'의 의미는 日자가 없어도 月만으로도 충분히 밝다고 풀이할 수 있을 것이다.[110] 잠 못 들고 뒤척이는 화자는 시간이 흘러 자정을 넘겨버린 것을 알아차린다. '明日!'에서 '明日'에 느낌표를 부가해 외치듯 표현한 것도 날짜가 바뀌는 바로 그 순간을 강조하기 위한 것이라 할 수 있다. 밝은 날, 즉 내일을 의미하는 '명일'은 자정에 시작된다. 그리고 그 밤은 달이 밝게 떠 있는 상황이다. 밤임에도 불구하고 달빛이 환하고 새로운 하루의 시작이라는 점에서, '明日'의 '明'에서 '日'자가 없어도 무방하다는 유머러스한 표현인 것이다. 그러므로 마지막 행의 '소리없이 옴겨가는 나의 白金체펠린의 悠悠한 夜間航路여!'에서 '白金체펠린'은 달로 보는 것이 타당하다. 체펠린은 비행선 이름이다. '백금'은 정지용의 시에서 해를 은유할 때 사용되곤 하는 색채이며 달의 빛깔과도 같다. 그러

110) '영원한 혼례'를 '明'+'日'로 보는 것은 어색하다. 明과 日은 영원히 결합된 글자가 아니라 조합된 단어라는 점에서 둘의 결합은 영원한 혼례일 수 없다. 결국 '明'자라는 글자 안에 日과 月이 결합된 것을, 시인이 '영원한 혼례'로 비유한 것으로 보는 것이 타당하다.

므로 하늘을 떠가는 백색의 비행선은 밤의 달을 의미한다고 할 수 있다.

'소리없이', '悠悠'히 움직인다는 점에서 '白金 체펠린'은 시계나 기계일 수는 없다.[111] 소리없이 유유히 밤하늘을 날아가는 것은 달밖에 없을 것이다. 이 작품의 앞부분의 시계가 소리를 내는 것과는 달리 달은 소리없이 움직인다. 시계를 죽인 화자에게 천천히 흘러가는 달은 시간을 측정할 필요없는 완상의 대상이다. 마지막 연은 분절되고 청각화된 시간을 부정하고, 흘러가는 달을 통해 자연적인 시간의 흐름을 느끼려는 화자의 의식이 작용한 것이라 할 수 있다.

이 작품에서 두드러지는 것은 피곤함에 대한 감각이 드러난다는 점이다. 기계적 시간에 의해 제어되는 일상적 생활의 리듬과 근대적 삶의 환경에서 파생되는 피로감은 근대적 삶의 가장 본질적인 감각이라고 할 수 있다. 고달픔 혹은 피로는, '어깨가 저윽이 무거웁다(「歸路」)', '오피스의 피로에/태엽처럼 풀려왔다(「파라솔」)' 등의 표현들처럼 근대적 삶의 양상이 드러나는 정지용의 작품에서 자주 등장한다.

> 생애에 비애가 있다면 그러한 것은 어떻게든 처치하기에 곤란하기에 곤란한 것도 아니겠으나 피로와 수면 같은 것이 도리혀 마음대로 해결되지 못할 것이 무엇일까 모르겠다.[112]

---

111) '백금 체펠린'에 대한 해석 역시 다양하다. 이숭원은 '白金 체펠린'을 시계 초침으로 본다.(이숭원, 『정지용 시의 심층적 탐구』, 태학사, 1999, p.125) 그러나 시계를 비틀어 죽인다는 구절에 위배되고, 그 초침이 '소리없이' '유유히' 움직인다는 점 역시 이 시의 전반적인 정서와 어울리지 않는다. 이와 달리 획일적 시간을 내면화한 화자 자신으로 보는 견해도 있다.(조해옥, 「시계판을 옮겨가는 금속의 근대인」, 최동호·맹문재 외, 『다시 읽는 정지용 시』, 월인, 2003, p.140)

112) 정지용, 「逝往錄(上)」, 『전집2』, p.170.

슬픔이나 비애 등의 감정은 어떤 식으로든 처리가 가능하지만 '피로'와 '수면'은 어찌할 수 없다는 고백이다. 이는 정지용이 근대적 일상에 지쳐가고 있음을 의미한다. 그것은 '쌀, 돈셈, 지붕샐것'(「太極扇」)을 걱정해야 하는 일이며, '어깨를 내리누르는'(「歸路」) 삶의 무게를 가늠해야 하는 '三十'이라는 나이와 생활의 무게 때문이기도 하다.

정지용은 근대적 경험을 통해 새로운 감각을 발견하고 이를 언어화한다. 그리고 그런 과정에서 새로운 감각이 지닌 감각적 쾌에 주목한다. 그러나 근대적 경험의 수용에서 파생되는 감각의 불쾌함에 대해서도 민감하게 반응한다. 근대적 도시 생활에서 파생되는 소음이나 피로는 그것의 가장 대표적인 예들이다. 이들은 더 이상 근대적 도시의 삶이 경쾌하고 세련된 감각만을 제공하지 않는다는 것을 암시한다.

근대적 경험이 환기하는 피로감이나 소음은 정지용이 경험하는 근대의 또 다른 일면이다. 정지용은 도시적 삶의 세련된 감각에도 민감하지만 그에 못지않게 부정적인 감각에도 민감하다. 그가 경험하는 근대적 공간은 소음으로 가득 차 있는 공간이다. 군중과 기계, 심지어 침실에까지 침투해 있는 시계소리는 근대적 삶의 질서를 환기한다.[113]그런 감각적 자료들은

113) 이광수는 자연과 도회 경계를 소리라는 감각으로 표현한다.

> 차가 남대문에 닿았다. 아직 다 어둡지는 아니하였으나 사방에 반짝반짝 전기등이 켜졌다. 전차소리, 인력거소리, 이 모든 소리를 합한 도회의 소리와 플랫폼에 울리는 나막신 소리가 합하여 지금까지 고요한 자연 속에 있던 사람의 귀에는 퍽 소요하게 들린다. '도회의 소리?' 그러나 그것이 '문명의 소리'다. 그 소리가 요란할수록 그 나라는 잘 된다. 수레바퀴소리, 증기와 전기기관소리, 쇠마차소리…… 이러한 소리가 합하여서 비로소 찬란한 문명을 낳는다. (이광수, 『이광수 선집』, 어문각, p.188)

실제 근대적 삶의 환경의 변화를 자각하는 데에 청각이 더 유력했을 것이다. 이광수는 도시의 요란한 소리에서 문명의 활기를 느낀다. 그리고 '그 소리가 요란할수록 그 나라는 잘 된다'고 말

정지용의 본원적 우울이나 슬픔의 정서와 맞물려, 주변 환경과 괴리된 자아의 모습으로 나타난다. 왜소하고 위축된 자아는 세계로부터 유폐된 양상을 보인다. 이런 양상은 후기 시세계에서 '산수'로 대표되는 자연의 공간과 적막의 세계로 침잠하게 되는 변화를 예비한다. 경험과 감각의 관점에서 후기 시세계의 '산수'는 피로감 혹은 도시적 삶에 대응하는 반근대의 미적 공간이라고 할 수 있다. 산수시편에서 외부 세계와의 감각적 소통을 통해 조화로운 일체감을 회복하려는 태도가 드러나는 것은 근대의 부정적 경험과 감각에 대한 문학적 대응이라고 할 수 있다.

한다. 그에게 도시의 소리는 약동하는 소리이고 도약하는 소리이다. 그러나 근대적 경험이 일상화되면서 이런 소리가 소음으로 변화한다. 정지용은 이런 소음에 민감하게 반응한다. 「幌馬車」, 「時計를 죽임」, 「歸路」 등에서 소음으로서의 근대에 대한 강한 부정적 태도를 보인다.

2. 명징한 감각의 추구와 교감의 시학

1) 찰나적 감각의 포착과 명징의 추구

정지용의 시어가 지니는 특성을 평가하는 데에 있어서 가장 자주 거론되는 단어가 '명징'이다. 명징함은 시적 언어를 통해 환기되는 대상의 선명한 감각적 특질을 의미한다. 선명한 시적 언어를 획득하기 위해서는 대상의 감각적 특질을 정확하고 예민하게 포착해야 하고, 이를 간결하고 효율적인 언어 선택과 시적 구성을 통해 표현해야 한다. 그러나 감각의 수용과 언어적 표현이 명확하게 분리되는 것은 아니다. 그것은 대부분 하나로 통합된 체험이며 순간적인 직관의 소산이다. 그러므로 정지용 시의 참신한 언어와 예민한 감각성은 상호 영향관계에 놓여 있다. 관습적이고 일상적인 인식을 넘어 새롭고 참신한 인식을 위해서는 사물 그 자체로 되돌아가 사물의 직접성을 회복하여야 한다.[114]

이런 점에서 정지용의 시적 명징은 언어적 감각과 예민한 감수성을 포괄한다. 사물의 감각에 주목하는 태도는 관습적인 인식과 일상적인 표현 방식을 벗어나 새로운 언어 표현을 가능케 한다. 그리고 그런 언어를 통

---

114) 개인적 욕망, 사회적 편견과 관습적 인식을 넘어 사물 그 자체를 인식하려는 것을 방해하는 것은 언어이다. 이미 추상화되고 개념화되어 있는 언어는 사물의 직접성에 대한 감각을 방해한다. 구체적인 감각성을 지향하는 시가 언어로 구성된다는 것은 다소 역설적이다. 그러므로 시적 수사(상징, 은유, 환유, 아이러니, 풍자)는 이런 언어의 본질적인 추상성과 개념성을 극복하려는 장치들이다. 언어로 구성된 시는 개념과 개념의 틈사이로 흘러나오는 감각의 세계를 포착해야 하는 역설과 모순의 과정을 통해 탄생한다.(조광제, 「문학과 철학에서의 감각」, 『파라 21』, 2004년 여름호, p.29)

해 다시 감각에 대한 새로운 인식이 가능해진다. 시적 인식의 과정에서 감각 자체에 민감하게 반응하고 이를 적극적으로 수용한다는 것은, 인식의 과정에서 대상에 대한 추상적이고 분석적인 접근보다 감각적이고 구체적인 접근이 우선한다는 것을 의미한다. 그의 언어가 지니는 명징함 혹은 참신함은 원초적인 상태의 감각을 그대로 지각하려는 태도와 깊이 관련되어 있다.

초기 정지용의 시에서 가장 두드러지는 특성은 대상에 대한 감각적 포착이다. 이는 대상과 경험을 정확히 포착하려는 의식이며 동시에 참신한 언어적 표현으로 나타난다. 비교적 초기 시에서도 대상에 대한 감각적 인식은 정지용의 특성이기도 했다. 감각성은 새롭고 낯선 대상을 접할 때 더욱 두드러지는 듯하다.

나지익 한 하늘은 白金빛으로 빛나고

물결은 유리판 처럼 부서지며 끓어오른다.

동글동글 굴러오는 짠바람에 뺨마다 고흔피가 고이고

배는 華麗한 김승처럼 짓으며 달려나간다.

「甲板우」 부분

유리판을 펼친 듯, 瀨戶內海 퍼언한 물 물. 물. 물.

손까락을 담그면 葡萄빛이 들으렸다.

입술을 적시면 炭酸水처럼 끓으렸다.

복스런 돛폭에 바람을 안고 뭇배가 팽이 처럼 밀려가 다 간,

나비가 되여 날러간다.

「슬픈 汽車」 부분

부분 인용된 두 편의 작품에서 정지용이 지닌 참신한 언어적 감수성의 일단을 확인할 수 있다. 「甲板우」의 1연 첫 부분에서 '물결'은 부서지며 끓어오르는 '유리판'에 비유되고, '짠바람'은 '동글동글' 굴러온다고 표현된다. 물결이나 바람처럼 형언하기 어려운 대상에 구체성을 부여하고 있는 것이다. 이런 표현들이 대상에 대한 새로운 접근을 가능케 하는 것은 언어화의 과정에서 보이는 감각의 전이에서 비롯된다. 액체인 물결이 고체인 유리판에 비유되거나, 촉각적 대상인 바람이 시각적 대상으로 환치되면서 대상에 대한 새롭고 구체적인 접근이 이루어진다. 이런 감각의 전이과정에서 대상에 대한 인식이 더욱 새롭고 구체화된다.

「슬픈 汽車」에서 인용한 부분은, 기차를 타고 가며 차창 밖으로 보이는 '瀨戶內海(setonaikai)'에 대한 인상을 간결하게 묘사하고 있다. 잔잔한 바다의 풍경을 '유리판'에 비유한 것이나 잔잔한 바다에 한껏 바람을 안은 배들을 나비로 표현한 것에서 시인의 언어적 감수성이 두드러져 보인다. 이런 표현들을 통해 산뜻하고 경쾌한 바다의 풍경이 감각적으로 구체화된다.

시인은 눈앞에 펼쳐지는 풍경을 그저 바라보는 것이 아니라, 풍경에 손가락을 담그거나 입술을 적셔보려고 한다. 차창 밖으로 보이는 대상을 단

순히 시각적 대상으로 다루지 않고 다양한 감각 과정을 통해 다각적으로 인식하고 재구성하려 한다. 비록 시적 상상이지만 이런 적극적인 감각행위는 풍경에 대한 새롭고 다양한 묘사를 가능케 한다. 그 결과 바다는 손가락을 담그면 '葡萄빛'이 들 것처럼 검푸르며, 소다수가 입술에 닿을 때의 느낌처럼 산뜻하고 자극적 느낌을 내포하는 것으로 그려진다. 여기서도 시각적 대상에 촉각을 동원하는 감각 경로의 변화가 나타난다. 정지용 시에 나타나는 풍부한 언어적 조형성은 시적 대상에 대한 다양한 감각적 접근에서 기인한다. 이는 적극적인 감각 행위와 다채로운 감각 경로의 확장을 통해 이루어진다.

해솟아 오르는 東海—

바람에 향하는 먼 旗폭처럼

뺨에 나붓기오.

「絶頂」 부분

시인은 산의 정상에서 보이는 바다를 펄럭이는 깃발에 비유한다. 그리고 그것이 뺨에 와 닿는 것처럼 표현한다. 멀리 있는 바다와의 거리를 소멸시키고 시각적인 대상을 뺨에 닿는 촉각의 대상으로 환치시키고 있는 것이다. 이런 감각 영역의 확장을 통해 바다에 대한 새로운 시적 인식이 가능해진다.

정지용 시의 언어적 조형성과 참신성은 이런 감각에 대한 민감한 감수성과 다채로운 접근에서 파생된다고 할 수 있다. 적극적인 감각행위와 감각경로의 변화를 통해 대상의 감각적 속성을 다양하게 펼쳐 보임으로써, 인식의 관습성을 탈피하고 참신한 지각을 가능하게 한다. 그리고 이런 새로운 인식을 토대로 참신한 언어적 구체성을 확보하는 것이다. 정지용의 시에서 다양한 방식으로 감각을 포착하는 태도는 곧 새로운 시적 표현을 획득하는 주요한 방법이 된다고 할 수 있다. 또한 그의 시에서 구체적이고 참신한 감각의 수용은 시의 구성과 의미 형성에 주요한 방법으로 작용하기도 한다. 특히 「琉璃窓1」은 감각이 시의 구성과 전개에서 상당히 중요한 기능과 의미를 지니고 있다는 것을 상징적으로 보여주는 작품이다.

琉璃에 차고 슬픈것이 어린거린다.
열없이 붙어서서 입김을 흐리우니
길들은양 언날개를 파다거린다.
지우고 보고 지우고 보아도
새까만 밤이 밀려나가고 밀려와 부디치고,
물먹은 별이, 반짝, 寶石처럼 백힌다.
밤에 홀로 琉璃를 닥는것은
외로운 황홀한 심사 이어니,
고흔 肺血管이 찢어진 채로
아아, 늬는 山ㅅ새처럼 날러 갔구나!

「琉璃窓 1」

「琉璃窓1」은 명징한 이미지의 포착과 이를 통한 감정의 절제가 탁월하게 표현된 작품이라 할 수 있다. 이 시는 아이를 잃은 작가의 개인적 경험을 시적 배경으로 한다. 이런 개인사적 배경을 염두에 두지 않더라도 '차고 슬픈것', '홀로', '외로운', 찢어진 '肺血管', '산ㅅ새' 등의 시어와 마지막 행의 체념적 영탄에서 시적 화자가 지닌 상실의 고통과 슬픔을 감지할 수 있다. 시의 문면에 혈육을 잃은 슬픔과 안타까움이 드러나고 있지만, 이것이 주관적 감정의 과잉과 그로 인한 시적 파탄으로 이어지지는 않는다. 「琉璃窓1」은 지극한 슬픔에서 출발하지만, 주관적 정서에 매몰되지 않고 명징한 심상의 체계를 통해 슬픔의 절제와 승화를 획득한다.

이 시의 화자는 깊은 밤 잠들지 못하고 유리창에 붙어 서서 밤풍경을 내다보고 있다. 바깥의 기온이 낮아 차가운 유리창에 입김이 서린다. 차가운 유리창의 느낌과 화자의 내면적 슬픔이 투사되어 그 느낌과 모양이 차갑고 슬퍼 보인다. 이 '차고 슬픈 것'은 입김을 불 때마다 마치 살아 있는 듯이 움직인다. 숨을 쉴 때마다 유리창에 입김이 서리고 그 모양이 날개를 퍼덕이는 것처럼 보인다. 그리고 숨을 쉴 때마다 어김없이 움직이는 것이 잘 길들인 새같다고 느낀다. 차고 슬픈 것은 곧 화자의 내면적 상태의 반영이라고 할 수 있는데, 이런 상상력이 가능한 것은 유리의 특성 때문이다.

유리창은 이 작품의 시적 공간이자 중요한 의미 형성의 요소이다. 차단과 소통의 양가적인 역할을 하는 '琉璃'는 화자와 죽은 아이, 삶과 죽음, 안과 밖, 자아와 세계, 빛과 어둠의 경계에 서 있다. 유리의 이런 이중적 특성은 이별의 안타까움을 倍加하기도 하지만, 슬픔과의 거리를 유지하게 함으로써 무절제한 감정의 과잉을 제어한다. 차단으로서의 '琉璃'는 소통할 수 없는 두 세계의 절대적 분리를 상징한다. 유리는 안과 밖, 관계와 관계를 단절하고 시인의 의지가 외부세계로 전개되는 것을 차단한다.[115] 자아와 외부 대상을 명확하게 분리함으로써 가 닿을 수 있는 가능성을 봉쇄한다. 그러나 투명한 유리창은 창 밖의 세계와 소통할 수 있는 여지를 남겨 둔다. 유리창은 가 닿을 수는 없지만 바라볼 수 있다는 점에서 욕망을 자극한다. 그러므로 '琉璃'에 입김을 불어 유리를 닦고 밖을 내어다 보려는 화자의 행위는, 절대적 분리에도 불구하고 유리창 밖의 세계 혹은 그리움의 대상과 소통하고자 하는 열망을 상징한다.

이런 양가적인 역할과 함께 유리창이 지니는 또 다른 기능은, 바깥을 내다 볼 수 있게도 하지만 안쪽을 되비추기도 한다는 것이다.[116] 그것은 '차고 슬픈것'이 어른거리고, '물먹은 별'이 맺히기도 하는 투명한 '막'의 역할을 한다. 안과 밖의 경계에 서 있는 유리는 풍경과 자아를 겹쳐보이게 한다. 밤의 유리창은 풍경과 풍경 밖의 주체를 동시에 관찰할 수 있게 하는 매개체가 된다. 이 작품에서도 유리는 외부의 풍경을 그대로 투과시키는 窓의 역할을 하면서, 화자의 내면을 비추는 거울의 기능을 수행한다. 그러므로 흐려진 유리를 계속해서 닦는 화자의 행위를 표상하는 '지우고 보고 지우고 보아도'라는 구절은 유리를 닦는 것이자 거울을 닦는 것이기도 하다. 이런 화자의 행위는 창 밖을 바라보려는 열망이면서 슬픈 자아를 응시

115) 이기서, 『한국현대시의식연구』, 고려대학교 민족문화연구소, 1984, p.35.

116) 「무서운 時計」의 '검은 유리' 역시 거울의 기능을 한다고 볼 수 있다. 「무서운 時計」에서 '오빠'가 옷깃을 '여미며 여미며' 내다보는 '검은 유리'는 창밖으로 열려진 창이 아니라, 자신을 비추는 거울의 역할을 한다.

하려는 행위이기도 하다. 그리고 그런 반복적인 행위는 극복하기 어려운 슬픔을 다스리고자 하는 무의식적 행위이기도 하다. 지우는 행위는 유리에 응결되는 성에와 같은 내면의 슬픔을 지워보려는 화자의 의지를 상징한다고 할 수 있다.

이런 반복적 행위를 통해 화자는 형언하기 어려운 세속적 슬픔을 점차 순연한 '슬픔 자체'로 승화시켜 나간다. 6행에서 이런 슬픔의 결정이 순간적 감각으로 표현된다. 물먹은 별이 반짝이는 '보석'이 되어 '琉璃'에 와 박힌다. 화자가 끊임없이 닦는 유리는 곧 화자 자신의 마음이다. 외부세계의 별이 유리에 와 박히는 것은 화자가 지닌 내면적 슬픔의 응결을 상징한다. 그리고 그것을 보석이라 표현하는 순간, 순연한 슬픔으로의 정화가 완성되는 것이다.

'외로운 황홀한 심사'에서 외로움은 '홀로' 유리를 닦는 데서 파생되고, 황홀함은 '琉璃'를 닦는 행위에서 발생한다. 유리를 닦는 행위를 통해 점차 가다듬어진 슬픔과의 대면이 이뤄진다. 황홀함은 결국 보석처럼 응결된 순연한 슬픔과의 조우에서 발생한다. 외로움이 화자의 현재적 심리 상태라면, 황홀함은 깊은 슬픔에서 솟아나는 승화에 대한 정신적 느낌이라고 할 수 있다.

흔히 정지용 시의 특성으로 언급되곤 하는 '감정의 절제'는 슬픔을 은폐하거나 억제함으로써 이루어지는 것이 아니라, 그런 슬픔의 감정에 구체적인 언어를 부여하는 데에서 이루어진다고 할 수 있다. 「琉璃窓1」에서 슬픔을 환기하는 이미지들은 '琉璃'를 중심으로 '차고 슬픈 것'-'물먹은 별'-'보석'으로 이어지며 연쇄적인 체계를 이룬다. 이런 일련의 연쇄적 이미지들은 '어른'거리는 모호한 것에서 반짝이는 '보석'으로 옮아가는 과정을 통해 점차 언어적 명징함을 획득한다. '입김'-'날개'-'산ㅅ새'로 이어지는 이미지의 연쇄 역시 무정형의 대상에 구체성을 부여하는 과정이라 할 수 있다. 시적 대상이 점차 구체성을 획득해 가는 과정은, 창작의 과정에서 주관적인 감정이 객관화되고, 내면의 어수선한 상태가 언어화를 통해 내적 질서를 회복하게 됨을 의미한다. 주관적 감정은 외적 사물의 감각성과 결합되며 이를 토대로 보다 구체적이고 감각적인 언어 표현이 가능해진다. 지적 정서적 복합체로서의 이미지는 인식의 한 수단이면서 동시에 혼란스런 감정이나 체험을 지적 통제에 의해 조정하고 질서를 부여하는 역할을 한다.

「琉璃窓1」은 정지용의 감각적 언어 구사와 명징한 이미지의 사용이 돋보이는 작품이다. 무정형의 '입김'에 '날개를 파다거린다'는 양태를 부여한 것이나, '새까만 밤'을 파도에 비유해 율동과 형태를 부여하는 표현들은 정지용의 예민한 감수성과 언어 감각을 드러내는 예들이라 할 수 있다. 특히 '반짝'이라는 부사는 순간적이지만 선명한 시각을 통해 황홀함의 찰나적 경험을 응축해 드러낸다. '반짝'은 유리에 '어른'거리는 1행의 '차고 슬픈 것'이 6행의 '물먹은 별=보석'이라는 선명한 이미지로 환치되는 순간이자, 순연한 슬픔의 정수와 조우하는 화자의 심리적 반응을 상징하기도 한다.

앞뒤의 쉼표는 '반짝'을 강조하면서, 동시에 독특한 시적 효과를 발생시킨다. 두 개의 쉼표에 의해 '반짝'은 시각적으로 부각되면서 '별'이 '보석'으로 변환되는 순간적 느낌의 강렬함을 부각시킨다. 이 구절은 '반짝'이라는 부사어에 의해 '물먹은 별'을 감각하는 순간의 찰나적 느낌을 전달하면서도, 쉼표의 사용을 통해 그 순간의 심리적 지속을 드러낸다. 여기에는 감각의 순간성과 그 감각의 내적 수용의 지속성이라는 심리적 역설을 함축되어 있다.

이런 찰나적 감각은, 감각에 대한 이지적 분석이 이루어지기 전의 순연한 감각성 그 자체가 지각되는 순간이다. 순간적 감각은 의식 이전의 순연한 감각이다.[117] 과거의 경험이나 이지적 기억과 분리된 감각은 명징한 감각성 자체를 드러내기에 적절한 소재라 할 수 있다. 명징한 감각의 순간에 대한 시적 포착은 정지용 특유의 감각에 대한 예민함과 섬세한 감수성을 드러내 보인다. 순간적 감각은 그 자체로 짧지만 강한 환기력과 명징한 감각성을 지닌다. 감각에 예민한 정지용은 그런 순간을 놓치지 않고 시적으로 포착한다. 그는 이런 순간적 감각이 주는 미적, 정서적 느낌에 주목하고 이를 효과적으로 수용한다. 정지용의 작품들에는 「琉璃窓1」의 '반짝'과 유사한 감각의 부사어들이 자주 등장한다. '반짝', '선뜻', '함폭' 등은 정지용의 여러 작품들에서 감각의 순간을 나타내는 부사어들이다.[118]

117) Erwin Straus는 순간적 감각에서 이지적 인식의 과정과 다른 감각을 그 자체로 분석해야 한다고 본다. 이런 감각은 언어 이전의 세계를 환기하며 세계와의 직접성이 살아있는 감각이다.(Erwin Straus, The Primary World of Senses, trans. Jacob Needleman, The Free Press of Glencoe, 1963, p.198) 예를 들면 '탕!'하는 큰소리에 놀랐다고 할 때 이 놀람은 위험이나 위협이라는 과거의 경험에 영향받은 결과가 아니라 '탕!' 하는 소리 그 자체에 놀라는 것이다. 그것은 우리 신체에 무선택적으로 일어나는 순간적 체험이지 사유의 결과가 아니다.(한전숙, 「감각과 신체」,『현상학의 이해』, 민음사, 1984, p.42)

118) 감각을 부각시키거나 세밀하게 포섭하려는 부사어의 사용은 정지용 시의 특징이기도 하다.

> 선뜻! 뜨인 눈에 하나차는 영창(「달」)
> 눈물이 함촉,/영! 눈에 어른거려(「기차」)

문 열자 선뜻!

먼 산이 이마에 차라.

雨水節 들어

바로 초하로 아츰,

새삼스레 눈이 덮힌 뫼뿌리와

서늘옵고 빛난 이마받이 하다.

어름 금가고 바람 새로 따르거니

흰 옷고롬 절로 향긔롭어라.

웅숭거리고 살어난 양이

아아 꿈 같기에 설어라.

미나리 파릇한 새순 돋고

옴짓 아니긔던 고기입이 오믈거리는,

거리에 燈불이 함폭! 눈물 겹구나.(「歸路」)

정지용의 작품들 가운데 순간적인 감각을 나타내는 부사어들이 사용된 구절들이다. 인용한 부분들에서 부사어들은 각각의 감각이 환기하는 순간적 느낌을 강하게 부각시키는 역할을 한다. 느낌표는 명사나 의성 의태어의 뒤에서 그 감각을 부각시키기 위해 사용되고 있다. 이들 작품들은 감각의 찰나적 순간을 포착하고 이를 시적인 계기로 삼는다.

이들은 찰나적 감각의 순간을 포착하고, 그 감각적 성질을 극대화하거나 그 지각의 순간을 최대한 지속시켜 강조하려는 것으로 보인다. 「春雪」은 이런 순간적인 감각을 시적인 계기로 삼는 작품이다.

꽃 피기전 철아닌 눈에

핫옷 벗고 도로 칩고 싶어라.

「春雪」

「春雪」의 1연은 밤새 내린 봄눈을 처음 발견했을 때의 신선한 느낌을 묘사하고 있다. 이른 봄 아침 무심히 방문을 열던 화자는 밤새 내린 눈으로 하얗게 덮인 봉우리를 발견한다. 그 발견의 순간이 지니는 놀랍고 신선한 느낌을 '이마에 차라'라는 촉각으로 표현하고 있다. 1연 2행에서 굳이 '먼'이라는 관형어를 사용한 것은 '산'과 '이마'의 거리를 강조하기 위한 것으로 보인다. '이마에 차라'는 눈 덮인 산이 이마에 와 닿는다는 표현이다. 이 감각의 순간, 거리를 두고 떨어져 있는 시각적 대상인 산이 촉각적 대상으로 환치되며 산과 이마의 거리는 소멸된다. 그 거리가 멀수록 이마에 육박하는 산의 느낌은 강렬한 것이 되며, 그 시적 효과도 강조된다. 멀리 떨어져 있지만 이마에 닿을 듯한 느낌을 줄 정도로, 눈 덮인 산은 신선하면서도 강한 감각을 환기한다. '먼'이라는 관형어는, 하얀 눈의 차가움을 더욱 선명하게 부각시키면서 동시에 시각적 대상을 촉각으로 환치하며 발생하는 시적 효과를 역설적으로 강조하는 역할을 한다.

1연의 '선뜻'은 순간의 차가움과 갑작스러움을 의미하면서, '먼 산'과의 감각적 조응이 환기하는 느낌을 간결하게 드러내기도 한다. '선뜻'은 일반적으로 미처 예기치 못한 것, 차갑고 신선한 것이 갑자기 감지될 때의 느낌을 내포한다.[119] 「春雪」에서의 '선뜻'에는 예상치 못한 눈의 발견에서 오는 놀라움이 담겨 있다. 점차 봄기운이 느껴지기 시작하는 초봄의 아침에 발견하는 눈은 작은 놀라움을 유발한다. 이와 함께 '선뜻'에는 먼 산이 이마에 와 닿을 때 감지되는 느닷없는 차가움의 느낌이 응축되어 있기도 하다. 차가움은 갑자기 감지되었을 때 그 느낌이 더 강하게 전달된다는 점에서, '선뜻'은 이런 갑작스런 차가움의 감각을 효과적으로 부각시킨다. '선뜻'은 갑자기 다가온 순간적 감각에 대한 놀라움과 시각적 대상인 눈 덮인 산이 거리를 소멸하고 이마에 와 닿는 촉각적 차가움을 응집하고 있다. 예기치 못함과 그 차가운 감각의 선명한 느낌을 복합적으로 내포하는 것이다. 그리고 느낌표의 사용을 통해 차가운 감각의 순간적 강렬함을 강조한다. 이런 점에서 '선뜻!'은 2연과 3연의 시적 정황을 하나의 단어로 함축하는 시적 효과를 발휘한다. 나아가 그 감각적 쾌감에 의해 '도로 칩고 싶어라'라는 마지막 연을 유도하기도 한다.

2연과 3연은 1연에 응축된 시적 정황을 다시 풀어서 표현하고 있다. 3연의 봄눈이 새삼스럽다는 표현에서도 철지난 봄눈에 대한 화자의 느낌을 재확인할 수 있다. 3연 2행의 '이마받이'는 1연의 내용을 한 마디로 응축하는 단어이다. 그런데 '이마받이'는 서늘하고 빛나는 것으로 표현되고 있다. '서늘옵고'는 시각적 대상인 '먼 산'이 촉각적 대상으로 변용되면서 생성되는 감각이다. 서늘한 '이마받이'는 다시 '빛난'이라는 감각을 환기한다. 서

---

119) '선뜻'은 '가볍고 빠르고 시원스럽게'라는 의미를 지닌다.(최동호 편, 『정지용 사전』, 고려대학교 출판부, 2003, p.179) 이외에도 '선뜻'은 '1) 동작이 가볍고 시원스럽게 빠른 모양, 2) 보기에 시원스럽고 말쑥한 모양'의 의미가 있다. 또 '선뜩하다'가 '선뜻하다'로 쓰이기도 하는 것으로 보아 '갑자기 서늘한 느낌이 있는 모양'의 의미도 지닌다.(신기철·신용철 편저, 『새우리말 큰 사전』, 삼성출판사, 1989)

늘함이 눈 덮인 산이 이마에 와 닿는 것처럼 느낄 때의 감각이라면, '빛난'은 흰 산의 발견이 주는 놀라움과 산뜻한 느낌을 나타내는 심리적 감각에 가깝다. '이마받이'가 변용된 내적 감각이듯이, '빛난' 역시 정신적이고 정서적인 느낌을 나타내는 형용사라 할 수 있다. 그것은 잠이 덜 깬 상태에서 이마에 차가운 것이 닿았을 때 이루어지는 정신적 각성의 느낌일 것이다. 그러므로 서늘하고 빛나는 '이마받이'는 차가운 감각과 그 감각에서 파생하는 심리적인 느낌을 복합적으로 표현한 것이라 할 수 있다.

4연에서 6연은 서서히 다가오는 봄의 느낌을 표현하고 있다. 우수는 양력 2월 18일 전후로 겨울이 가고 봄이 시작됨을 알리는 절기이다. 이 절기에 걸맞게 얼음이 녹고 불어오는 바람에서도 새봄의 느낌이 든다. 겨우내 움직이지 않던 것들이 차츰 깨어나기 시작하며 가벼워지는 옷차림에서 봄 냄새가 향기롭게 묻어난다. '새로' 부는 바람과 '새순'은 새봄의 산뜻한 출발을 상징하며, '웅숭거리고'나 '오물거리는' 등의 시어들은 서서히 움직이기 시작하는 봄의 작은 움직임들을 정밀하게 포착한 표현들이라 할 수 있다.

4, 5, 6연에서 봄을 완상하려는 태도와 마지막 연에서 '도로 칩고' 싶다는 진술은 상충되는 것으로 보인다. 향기롭다, 꿈같다 등의 표현이 서서히 깨어나는 봄을 애틋하게 바라보려는 화자의 시선을 내포한다면, '도로 칩고 싶어라'에는 예기치 못한 눈의 발견에서 오는 신선함으로부터 겨울을 다시 한 번 더 느껴보고자 하는 소망이 내재한다. 두꺼운 솜옷을 벗고 추위를 느끼고 싶어 하는 심리의 저변에는, 물러가는 겨울과 다가오는 봄을 모

두 즐기려는 태도가 병존한다. 봄이 이미 시작되었음을 認知한 시인에게 꽃샘추위는 혹독한 겨울의 추위와는 그 느낌이 사뭇 다른 것이다. 결국 7연은 겨울을 다시 환기시키는 초봄의 눈이 주는 차갑고 신선한 감각을 좀더 지속시키고 싶은 시인의 소망이 반영된 것이라 할 수 있다.

「琉璃窓1」이나 「春雪」의 '반짝'과 '선뜻'은 대상의 순간적인 현현과 그 찰나적 감각을 응축하는 부사어들이다. 「琉璃窓1」에서 '반짝'은 외부 사물이 감각되는 순간의 선명함을 함축적으로 나타낸다. 특히 모호하고 흐릿한 것이 명징하게 구체화되는 과정을 통해 슬픔이 정제되어 순연한 슬픔 그 자체에 도달하는 시적 과정에서 인식의 집중과 정서의 고양을 자극하는 역할을 한다. 「春雪」에서 '선뜻' 역시 외적 사물의 찰라적인 감각의 순간이 주는 놀랍고도 선명한 감각을 환기한다. 이른 아침의 봄눈이 주는 신선하고 차가운 느낌을 시적 계기로 하는 이 작품에서 이 부사어는 시상의 응축적인 전개와 집중을 효과적으로 드러내는 역할을 한다. 이들 작품에서 시인은 지각의 순간에 집중하고 그 감각을 지속시키고자 한다. 각각의 부사어들이 거느린 쉼표나 느낌표는 짧은 감각의 순간성을 강조하거나 그 찰라적 느낌을 좀더 지속시키는 기능을 한다.[120]

---

120) 느낌표는 감각적 이미지들의 감각적 순간을 극대화하거나 그 감각 자체를 부각시키는 데에서 가장 효과적으로 사용된다.

하이얀 洋裝의 點景!(「슬픈 印象畵」)
머언 꽃!(「유리창2」)
저달 永遠의 燈火!(「풍랑몽 2」)
사루마다 바람 으론 오호! 치워라.(「이른봄 아침」)
철나무 치는 소리만/서로 맞어 쩌 르 렁!(「산넘어 저쪽」)
소리를 깩! 지르고 간놈이- (「해바라기 씨」)
청대나무 뿌리를 우여어차!(...)쉿! 쉿! 쉿!(「말2」)
快晴! 짙푸른 六月都市는 한層階 더자랐다.(...) 아아 乳房처럼 솟아오른 水面!(「아츰」)

정지용의 작품들 가운데 상당수의 작품들에서 명징한 감각의 포착이 의미의 구조와 형성에 있어 주요한 역할을 하는 경우가 있다. 이 때 감각은 외부세계와의 소통과 내면적 감성의 언어화를 가져오는 매개체가 된다.

여기서 언어적 예민함은 감각의 예민함과 별개의 것이 아니다. 일반적으로 낯선 대상과 조우했을 때 언어적 표현이 어려워지는 것과는 달리 정지용은 그 대상의 감각적 속성을 포착하고 그것을 시적 언어로 옮기는 데에 탁월함을 보인다. 이런 인식 방식의 전환과 시적 언어의 갱신은 밀접하게 연결되어 있다. 정지용 시의 감각성은 일상적인 인식을 벗어나는 데에서 발생한다. 사물을 사물 자체로 바라보려는 태도는 사물에 대한 선입견을 벗어나 사물 자체의 감각에 주목하게 한다. 이런 새로운 인식은 관습적 표현을 벗어나 새롭고 참신한 시적 언어의 토대가 된다.

또한 뚜렷하고 선명한 감각은 그 자체로 미적인 쾌를 제공한다. 감각을 감각 그 자체로 추체험하게 되는 것은 관습적 인식과 낡은 언어 표현의 한

방안 하나 차는 불빛!(「촉불과 손」)
香料로운 滋養!(...)그싯는 성냥불!(「毘盧峯 1」)
쓰고남은 黃燭불!(...) 聖主 예수의 쓰신 圓光!(「臨終」)
바늘 같이 쓰라림에/솟아 동그는 눈물!(「恩惠」)
白墨痕跡이 的歷한 圓周!(「다시 海峽」)
멩아리 소리 쩌르렁! 하게 울어라,(「말3」)
珊瑚보다 붉고 슬픈 생채기!(「바다9」)
기슭에 藥草들의/소란한 呼吸!(「玉流洞」)
회회 돌아 살어나는 燭불!(...)砂金을 흘리는 銀河!(「별 2」)

위의 예들을 통해 볼 때 느낌표는 주로 감각적 대상의 선명한 제시나 뚜렷한 부각을 위해 사용된다. 정지용의 시에서 느낌표는 글자 그대로 감각적 순간의 느낌을 부각시키거나 그 감각의 순간을 현시하려는 듯한 인상을 준다. 느낌표가 붙은 시어는 그 자체로 감각의 선명한 느낌을 전달한다. 이들 찰나적 감각을 포착하는 시어들은 특정한 감각에 대한 강한 주의를 환기한다. 또한 시 구성의 계기나 시상 전개의 주요한 고리의 역할을 하기도 한다.

계를 벗어나게 한다. 풍부한 감각성과 그로부터 환기되는 참신한 정서를 통해 대상에 대한 재인식이 새롭게 이루어진다. 특히 특정한 감각이 크게 부각되거나 아예 약화되는 근대적 삶의 환경에서 구체적인 감각의 회복은 그 자체로 미적 가치를 지니는 것이라 할 수 있다.

앞서 분석했듯이 정지용은 경험의 순간에, 감각 자체에 집중하는 경향을 보인다. 경험의 과정에서 대상에 대한 이지적 분석보다 그 자체의 감각과 환기되는 정서에 더 주목하는 듯한 태도는 정지용의 시적 인식 과정에서 감각이 차지하는 의미가 상당히 중요함을 입증해 준다. 이런 태도는 시에서 감각의 순간에 집중하거나 그것을 연장하려는 양상으로 표현된다. 찰나적인 감각의 순간이 시적 계기가 되기도 하고, 구성상의 중요한 역할을 수행하기도 하는 것이다.

2) 산수의 발견과 교감의 시학

『白鹿潭』(1941년)을 전후로 한 정지용의 후기 시세계는 '산수'를 배경으로 간결하고 고담한 미의식을 보인다. 「長壽山1」은『白鹿潭』을 전후로 한 정지용의 후기 시세계를 대표하는 작품이라 할 수 있다.

> 伐木丁丁 이랬거니 아람도리 큰솔이 베혀짐즉도 하이 골이 울어 멩아리 소리 쩌르렁 돌아옴즉도 하이 다람쥐도 좃지 않고 뫼ㅅ새도 울지 않어 깊은산 고요가 차라리 뼈를 저리우는데 눈과 밤이 조히보담 희고녀! 달도 보름을 기달려 흰 뜻은 한밤 이골을 걸음이랸다? 웃절 중이 여섯판에 여섯번 지고 웃고 올라 간뒤 조찰히 늙은 사나히의 남긴 내음새를 줏는다? 시름은 바람도 일지 않는 고요에 심히 흔들리우노니 오오 견듸란다 차고 几然히 슬픔도 꿈도 없이 長壽山속 겨울 한밤내―
>
> 「長壽山1」

「長壽山1」에는 고요에 대한 감각과 내면적 허정의 추구가 절묘하게 결합되어 나타난다. 이 작품에서 '長壽山'은 적막과 무욕을 상징하는 공간이다. 시인의 내면은 이런 풍경에 대비되며 '시름'으로 흔들리는 갈등의 장이다. 스스로의 인정을 다스려 평정에 도달하려 한다는 점에서 화자의 태도는 초월 지향적이다. 그러나 이 작품에서 초월은 쉽게 허락되지 않는다. 대신 풍경과 내면의 긴장에서 형성된 자기 침잠과 견딤의 자세를 견지한다. 안이한 초월보다는 겨울밤 내내 깨어 있으려는 각성의 태도를 택함으로써 이 작품의 시적 긴장은 마지막까지 팽팽하게 유지된다.

> 伐木丁丁 이랬거니 아람도리 큰솔이 베혀짐즉도 하이 골이 울어 멩아리 소리 쩌르렁 돌어옴즉도 하이

이 작품에서 가장 두드러지는 것은 '고요'의 감각이다. 첫 부분의 세 문장은 화자의 상상이다. 아름드리 소나무로 울창한 숲과 그 고요 앞에서 화자는 『詩經』 '小雅'편의 '伐木丁丁'을 떠올린다. '~하이'로 종결되는 뒤의 두 문장은 앞의 '伐木丁丁'에 대한 풀이에 가깝다. '아람도리 큰솔이 베혀짐즉도 하이'는 '伐木'에서 연상된 구절이며, '골이 울어 멩아리 소리 쩌르렁 돌어옴즉도 하이'는 '丁丁'에서 연상된 구절이라고 할 수 있다. 특히 '쩌르렁'은 '丁丁'이 갈무리하고 있던 소리를 우렁차게 풀어 놓는 역할을 한다. 앞뒤에 여백을 두어 그 소리의 여운을 강조하기도 한다. 또한 맑고 우렁차게 울리는 소리는 골이 깊고 사위가 고요함을 암시한다. 이런 고요는 바로 다음 구절에서 보다 구체적으로 드러난다.

> 다람쥐도 좃지 않고 뫼ㅅ새도 울지 않어 깊은산 고요가 차라리 뼈를 저리우는데 눈과 밤이 조히보담 희고녀! 달도 보름을 기달려 흰 뜻은 한밤 이골을 걸음이랸다?

한밤의 '長壽山'은 미동도 없고 새소리조차 없이 적막하다. 시인은 그런 고요를 뼈에 저리는 것으로 표현한다. '저리다'는 그 사전적 의미에 따라 감각의 양상이 조금씩 다르긴 하지만,[121] 피부에 닿는 것을 넘어 뼈 속까지 스며들 정도로 강한 감각을 환기한다. 고요는 청각적 이미지이긴 하지만 청각의 대상은 아니다. 아무 소리도 나지 않는 고요는 감각기관을 자극하는 감각자료가 없는 상태이다. 고요는 부재에 대한 지각이고, 부재는 감각의 대상이 아니라 의식의 대상이다. 그러므로 소리 없음을 의미하는 고요는, 직접적인 감각이 아니라 감각 자료가 없음을 인식하는 의식적 판단의 소산이다. 감각자료가 없는 상태이기 때문에, 고요를 환기하기 위해 시인은 감각의 경로를 바꾸거나 또 다른 청각적 자료를 사용해야 한다.[122] '뼈를 저리는 고요'라는 표현은 감각의 경로를 변경해 고요를 표현하면서 접촉의 강렬함을 통해 고요의 깊이를 효과적으로 드러내 보인다.[123]

고요와 함께 이 작품의 시적 공간을 채우고 있는 것은 백색의 심상이다. 골짜기에는 하얗게 눈이 쌓이고 보름달까지 떠올라, 밤의 장수산은 온통 백색의 공간으로 변한다. 어둠을 배경으로 달빛에 빛나는 눈은 낮보다 더 하얗게 보이기 마련이다. 시인은 눈이 쌓인 밤의 장수산을 종이보다도 하

121) '저리다'는 '근육이나 뼈마디가 오래 눌려서 힘이나 감각이 없다'와 '뼈마디 따위가 쑤시듯이 아프다'의 두 가지 의미를 지닌다. (최동호 편저, 『정지용 사전』, 고려대학교 출판부, 2003)

122) 「무서운 時計」, 「삽사리」, 「九城洞」 등의 작품들에서는 소리를 통해 고요를 환기하기도 한다. 「무서운 시계」의 '時計소리'나 「九城洞」의 '누뤼'가 쌓이는 소리 등은 주변의 고요를 환기하는 기능을 한다.

123) '고요가 뼈를 저리우는데'와 '내음새를 줏는다'는 관습적인 관용어구로 보이기도 한다. 표현 기법상 참신성이 떨어지는 듯하지만, 부재하는 감각을 감각의 경로를 바꾸어 표현함으로써 강한 감각의 상태를 환기한다. 특히 '고요'의 감각은 주체에 의해 구성되었으면서도 깊은 고요의 상태를 직감하게 한다. 청각적 감각자료가 없는 고요의 환기를 위해 '쩌르렁'소리를 상상하기도 하고, 그 고요의 정도를 '뼈를 저린다'는 내부 촉각으로 변화시키기도 한다. 여기서 감각적 심상을 주조하는 시인의 섬세한 솜씨를 엿볼 수 있다.

얗다고 표현한다. 이때의 종이는 아무것도 쓰이지 않은 공백의 상태일 것이다. 하얀 종이에는 하얀 색감과 함께 비어있음의 의미가 부가된다. 흰색에서 연상되는 정갈함과 순수함은 장수산을 탈세속의 시적 공간으로 만든다. 특히 흰색은 하얗다는 질료적 속성과 함께 무색의 의미를 동시에 내포한다. 고요가 모든 소리가 사라진 상태인 것처럼, 흰색은 모든 색이 탈색된 상태를 의미하기도 하는 것이다. 아무 것도 씌어지지 않은 공백의 종이보다도 하얗다는 표현에는 눈 덮인 장수산을 허정의 공간으로 보려는 시인의 태도가 깔려 있다. 이때의 흰색은 순수한 정신의 색이 된다. 백색의 장수산은 현실의 욕망과 번뇌가 탈색된 공간이라 할 수 있다. 고요와 백색으로 가득 찬 장수산이 무욕과 허정의 공간이라는 점은 다음 구절에 등장하는 '웃절 중'의 이미지와 연결된다.

> 웃절 중이 여섯판에 여섯번 지고 웃고 올라 간 뒤 조찰히 늙은 사나히의 남긴
>
> 내음새를 줏는다?

'웃절 중'의 초연한 자세는 그가 '長壽山'이라는 공간에 속한 존재임을 암시한다. 그런데 시인은 '중'을 다시 '조찰히[124] 늙은 사나히'라 칭하고 그가 남긴 '내음새'를 찾으려 한다. 시인이 찾고자 하는 '내음새'란 인간적 흔적을 의미할 것이다. 그러나 풍경에 속한 수도자가 냄새로 상징되는 인간적 자취를 남겼을 것 같지는 않다. 그러므로 '내음새'를 줍는 행위는 풍경

124) '조찰히'는 '깨끗이'를 의미한다. (최동호 편저, 『정지용 사전』, 고려대학교 출판부, 2003)

적 존재에 대한 시인의 의식적 지향을 상징한다. 이는 스님이 남긴 '웃음'과 함께 다음 구절의 견딤의 자세를 이끌어낸다. 고요한 장수산에서 유일하게 실재하는 소리는 '웃절 중'의 '웃음'이다. 초탈을 연상케 하는 웃음소리는 화자의 마음에 잔잔한 여운으로 남는다. 외적 자극으로 주어진 이 소리는 시인의 내면적 갈등에 반향하며, 자기 응시와 견딤이라는 초월지향의 자세를 견지하게 한다.

> 시름은 바람도 일지 않는 고요에 심히 흔들리우노니 오오 견듸란다 차고 几然히 슬픔도 꿈도 없이 長壽山속 겨울 한밤내—

일반적으로 고요는 불현듯 지각된다. 바람에 흔들리는 꽃이나 촛불처럼, 갑자기 찾아온 고요는 화자의 내면적 시름을 떠오르게 한다. 바람도 없는데 심하게 흔들린다는 역설적 표현은 시름과 고요의 상관관계를 적확하게 드러낸다. 적막한 풍경과 대비되어 내면의 어수선함은 더욱 잘 부각된다. 이런 심리적 갈등의 상태에 있는 화자는 장수산의 정밀로 완전히 동화될 수 없다. 그러므로 화자는 고요 앞에서 내면을 응시하며 장수산의 겨울밤을 견디고자 한다. 시름을 털어내고 견딤의 자세를 유지하려는 시인의 의지는 '오오 견듸란다'에서 적극적으로 고양된다. '차고 几然히[125]'와 '슬픔도 꿈도 없이'는 그런 견딤의 자세를 구체화하고 있다. 시인은 번뇌와 욕망을 지우고 겨울밤을 꿋꿋하게 견뎌나가려 한다.

---

125) '几然히'는 '兀然히'의 오식으로 '홀로 우뚝한 모양'을 의미한다. (최동호 편, 『정지용 사전』, 고려대학교 출판부, 2003, p.244)

「長壽山1」에는 감각을 매개로 주체와 풍경의 공명이 표현되고 있다. 이 작품에서 화자는 장수산에서 고요와 탈색의 공간을 발견한다. 그리고 그 풍경은 다시 주체의 내면에 반향을 일으킨다.[126] 무음의 막막함과 탈색의 순수함이 화자의 내면에 울림을 유발한다. 그러나 화자의 내면은 '쩌르렁'처럼 맑고 우렁차게 공명하지 못한다. 비어있는 골짜기와 달리 화자의 내면은 인간적 번뇌와 갈등으로 가득 차 있기 때문이다. 「長壽山1」은 감각적 심상들이 일으키는 언어적 반향과 의식의 흐름을 빌려 정신적 고요의 공간을 빚어내는 시적 표현과 구성의 긴밀성이 돋보이는 작품이라 할 수 있다.[127] 특히 현존재의 내면적 갈등을 초월해 평정을 회복하고자 하지만, 이 작품은 그 갈등의 승화를 보여주지는 않는다. 다만 끊임없이 흔들리는 시름과 번뇌와 욕망을 견디려는 태도만을 제시한다. 이 시의 긴장은 이런 견딤의 자세를 끝까지 견지하는 데에서 생성된다. 시 속에서 화자는 풍경과 동질적 존재가 아님을 확인한다. 그러나 그는 풍경과의 감각적 소통을 통해 그 풍경을 닮아가고자 한다. 슬픔도 꿈도 지우고 밤을 견뎌내려는 태도는 곧 허정의 풍경을 내면화하고자 하는 화자의 의지의 표현이라 할 수 있다. 그리고 이런 과정은 자아와 풍경의 감각적 상호 작용을 매개로 표현되고 있다. 이런 감각적 순환 과정을 통해 주체와 풍경의 상호 교감과 감각하는 자아가 세계 내적 존재라는 사실을 드러내 보인다.[128]

126) '고요가 뼈를 저린다' 혹은 '고요에 시름이 흔들린다' 등의 표현은 주체와 풍경의 감각적 상호 작용을 나타낸다. 주체는 풍경을 감각적으로 인식하지만 다시 풍경을 통해 영향을 받는다.

127) 최동호, 「鄭芝溶의 '長壽山'과 '白鹿潭'」, 『하나의 道에 이르는 詩學』, 고려대학교 출판부, 1997, pp.121~122.

128) 감각하는 자는 자기를 둘러싸고 있는 세계와 교통하는 자이다. 그는 세계의 구체적인 일부분이며, 감각함을 통해 '풍경의 공간'(the Space of Landscape)에 서 있는 존재이다. 이 때의 감각은 풍경과 그 풍경 속의 자아를 동시에 감각하는 상호 소통의 방식으로 전개된다.(한전숙, 「감

초기의 작품들과 비교해 정지용의 후기 작품들에서 보이는 가장 큰 현상적 변화는 공간의 이동이다. '바다'와 '도시'에서 '산수'로 시적 배경이 옮아간다. 전통적인 의미의 '산수'가 인간적 성품과 삶의 가치를 상징한다면, 정지용의 시에서 山水는 순수 자연 그 자체를 표상한다는 점이 이채롭다. 시에 나타나는 산수는 인간적 자취를 최소화하고 적막과 무시간성을 강조한 공간으로 표현된다. 이런 적막의 공간을 그려내는 것은 먼저 이즈음 정지용의 정신적 정황과 깊은 관련이 있다.

> 『白鹿潭』을 내놓은 시절이 내가 가장 정신이나 육체로 피폐한 때다. 여러 가지로 남이나 내가 내 자신의 피폐한 원인을 지적할 수 있었겠으나 결국은 환경과 생활 때문에 그렇게 된 것이었다.
> 그러나 모든 것을 환경과 생활에 책임을 돌리고 돌아앉는 것을 나는 고사하고 누가 동정하랴? 생활과 환경도 어느 정도로 극복할 수 있는 것이겠는데 친일도 배일도 못한 나는 山水에 숨지 못하고 들에서 호미도 잡지 못하였다.[129)]

이즈음 피폐해진 심신의 정황은 '생활과 환경'에서 파생되며, 그 궁극적 원인은 '친일'도 '배일'도 못하고, '산수'에 숨지도 '호미'를 잡지도 못하는 정신적 딜레마에 있다. 『白鹿潭』을 전후로 한 시기에 씌어지기 시작한 '山水詩'는 결국 식민지 시대 말기를 사는 인간적 고통스러움을 바탕으로 한다.[130)] 이

각과 신체」, 『현상학의 이해』, 민음사, 1984, pp.47~48)

129) 정지용, 「朝鮮詩의 반성」, 『전집2』, 민음사, 2001, p.266.

130) 최동호, 「山水詩의 世界와 隱逸의 精神」, 『하나의 道에 이르는 詩學』, 고려대학교 출판부, 1997, p.139.

런 시대적 중압감으로부터 탈피하는 공간으로서의 산수는 현실적 삶의 자취가 지워지고 적막만이 자리하는 공간이라고 할 수 있다. 이 글이 1948년에 쓰였다는 점에서 근본적인 문제가 '친일'과 '배일'이라는 정치적 선택에 맞추어져 있음을 간과할 수 없다. [131]

정지용이 산수로 침잠하게 되는 데에는 중층적인 내적 동인이 자리하는 것으로 보아야 한다. 정지용이 자신의 심신이 피폐해진 원인을 '생활'과 '환경'에서 찾을 때, 그 '생활'과 '환경'은 곧 식민지 현실과 근대적 일상일 것이다. '산수'가 식민지 현실로부터의 도피처이기도 하지만 근대적 일상의 미적 대응이기도 하다. 이런 의미부여가 가능한 것은 정지용의 작품에 나타나는 山水의 구체적인 양상과 특성 때문이다. 적막과 무시간성, 세계와의 원초적인 교감이 두드러지게 나타나는 산수시편들은 식민지 현실로부터의 도피처라는 의미를 넘어 근대적 일상이 지닌 획일성, 도시적 삶의 피로와 소음, 익명성과 소외의 문제에 대한 미적 대응이라는 의미를 지닌다. 정지용의 산수 시편들은 근대의 부정성에 대응하는 시적 공간이라는 관점에서 새롭게 해석될 필요가 있다.

老主人의 膓壁에

無時로 忍冬 삼긴물이 나린다.

---

131) 이런 회고의 이면에는 해방 이후 지속적으로 제기되는 일제 강점기의 청산 문제가 자리한다. 바로 뒤이어 정지용은 '비정치적 예술파'를 '위축된 정신이나마 정신이 조선의 자연풍토와 조선인적 정서 감정과 최후로 언어 문자를 고수하였던 것'이라 보고 '위축된 업적이나마 남겼다'는 점을 강조한다. 순수 예술의 업적을 소극적이나마 조선적인 것의 수용과 표현에서 찾는 태도는 민족/반민족의 문제설정에서 출발한다.

자작나무 덩그럭 불이

도로 피여 붉고,

구석에 그늘 지여

무가 순돋아 파릇 하고,

흙냄새 훈훈히 김도 사리다가

바깥 風雪소리에 잠착 하다.

山中에 册曆도 없이

三冬이 하이얗다.

「忍冬茶」

'老主人'과 그의 오두막은 은자의 모습과 은거의 삶을 연상시킨다. 짧고 간결한 리듬과 단아한 시형은 한 폭의 산수화처럼 여백의 미를 풍긴다. 이 작품의 각 연은 간명하면서도 선명한 감각적 심상들로 구성된다. 노주인의 장벽으로 흘러내리는 찻물, 붉게 피어오르는 불, 파릇한 무, 훈훈하게 풍겨오는 흙냄새와 풍설의 소리, 하얀 눈 등의 다채로운 감각들은 적막한 공간임에도 불구하고 감각적 풍요로움을 느끼게 한다. 특히 훈훈한 온기와 흙냄새, 파릇한 무순과 '忍冬茶'의 심상은 한겨울의 혹독한 추위에도 불구하고 은근하게 이어지는 생명의 모습과 그 회생을 상징한다고 할 수 있다.

이런 점에서 '忍冬'이라는 시어가 지닌 '견딤'의 의미는 새롭게 부각될 필요가 있다. 이 작품의 오두막은 세속의 삶을 피해 숨어사는 은거의 공간이기도 하지만, 풍설이 몰아치는 겨울을 정신적 긴장을 유지하며 견뎌내는 공간이기도 하다. 현실로부터의 도피처라기보다는 혹독한 현실을 견디기 위해 발견해낸 시적 공간으로 보아야 할 것이다.

이런 정신적 측면과 함께 이 작품의 말미에 등장하는 '山中에 册曆도 없이'라는 구절은, 이 시기 정지용의 정신적 지향의 중층적 구조를 적절히 드러내는 구절이라고 할 수 있다. 이 구절에는, 1연의 '無時'라는 시어에서 암시되듯이, '册曆'으로 상징되는 시간의 흐름을 벗어나고자 하는 시인의 욕망이 내재한다. 이 시의 공간은 끊임없이 삶을 규율하려는 외재적 시간이 부재하는, 백색의 무시간적 공간이라 할 수 있다. 현실과 그 현실의 시간을 잊고 한겨울을 산중에서 보내고 싶어 하는 화자에게 이 시의 공간은 단순한 도피처의 의미를 넘어 현실의 삶이 결여하고 있는 자연과의 원초적인 접촉이 가능한 곳이다. 그러므로 정지용의 시에서 '산수'로 상징되는 자연으로의 회귀는 '수척해진 정신'의 착잡한 선택이면서, 근대적 삶의 환경에서 시인이 발견해낸 근대적 부정성에 대응하는 미적 공간이라는 의미를 지닌다고 할 수 있다.

시인은 도시 공간으로 대표되는 물질문명의 순환 구조를 벗어나 자연과 대면한다. 그리고 그 자연이라는 시적 대상을 대하는 자아의 태도에도 변화가 일어난다. 한가로운 삶과 자연의 감각적 풍요 속에 파묻히려는 탈주체의 모습을 보인다. 「長壽山1」이 적막과 관조적 거리를 유지하며 주체와 풍경의 긴장 관계를 포착하고 있다면, 「白鹿潭」은 외부 세계 혹은 사물과의 적극적인 교감에의 지향이 드러나는 작품이다. 「白鹿潭」은 한라산 등반기록이면서 동시에 정신적 상승에 대한 상징을 내포한다.[132] 이 시의 화자는 산을 오르는 행위를 통해 풍경 속으로 들어간다. 외부 세계와의 적극적인 감응이 일어나는 것은 이런 구체적인 경험의 정황을 바탕으로 하기 때문이다. 「白鹿潭」은 등반 과정에 따라 변화하는 자연의 풍경을 주체의 반응과 함께 제시한다. 「白鹿潭」에 나타나는 시적 풍경은, 일방적인 주관화 혹은 객관화가 아닌 외적 사물과의 내면의 조응관계에 의해 펼쳐진다.

1

絶頂에 가까울수록 뻑국채 꽃키가 점점 消耗된다. 한마루 오르면 허리가 슬어지고 다시 한마루 우에서 목아지가 없고 나종에는 얼골만 갸웃 내다본다. 花紋처럼 版박힌다. 바람이 차기가 咸鏡道끝과 맞서는 데서 뻑국채 키는 아조 없어지고도 八月한철엔 흩어진 星辰처럼 爛漫하다. 山그림자 어둑어둑하면 그러지 않어도 뻑국채 꽃밭에서 별들이 켜든다. 제자리에서 별이 옮긴다. 나는 여긔서 기진했다.

외적 사물과 화자의 내면이 조응한다는 것은 이 단락의 첫 문장과 끝 문장이 서로 호응을 이루는 것에서도 확인할 수 있다.[133] '뻐꾹채 꽃키'가

132) 김우창, 「韓國詩와 形而上」, 『궁핍한 시대의 詩人』, 민음사, 1978, p.52.
133) 이성우, 「높고 쓸쓸한 내면의 거울」, 최동호·맹문재 외, 『다시 읽는 정지용 시』, 월인, 2003, p.202.

'消耗'되는 과정은 '나'가 점차 '기진'해 가는 과정과 일치한다. 산을 오르는 과정에서 꽃의 크기가 줄어드는 모습을 발견하고, 이를 언어화는 솜씨는 탁월하다. '허리'→'목아지'→'얼골'→'花紋'→'별'로 이어지는 일련의 이미지들은, 꽃을 별로 변용하는 시적 상상력이 구체적 매개물을 통해 표현되는 과정을 보여준다. 특히 꽃이 별로 변용되는 것은 한라산이 백록담으로, 산이 물로 굴절되는 이 작품의 구조와 더불어 지상적 심상이 천상적 심상으로 치환되는 중층적인 의미구조를 생성한다.[134] 이런 외부 심상의 변용은 곧 주체의 내면적 변화와도 조응한다. 키가 줄어들 듯이 화자 역시 지쳐간다. 이 작품의 화자는 진공 상태의 구도자나 관조자도 아니며, 초월과 몰입을 위해 입산하는 자도 아니다. 산을 오르는 평범한 사람이다. 그러므로 그는 육체적으로 지쳐 힘들어하고, 어미 잃은 소를 보고 자신의 아이들을 떠올리고 마음 아파하기도 하며, 길을 잘못 들어 헤매기도 한다. 그런 그가 산을 오르는 과정에서 점차 한라산의 자연과 교감하며 몰입함으로써, 주체의 내적 변화를 경험하게 된다.

7

風蘭이 풍기는 香氣, 꾀꼬리 서로 부르는 소리, 濟州회파람새 회파람부는 소리, 돌에 물이 따로 굴으는 소리, 먼 데서 바다가 구길 때 쏴- 쏴- 솔소리, 물푸레 동백 떡갈나무속에서 나는 길을 잘못 들었다가 다시 측넌출 긔여간 흰돌바기 고부랑길로 나섰다. 문득 마조친 아롱점말이 避하지 않는다.

134) 오탁번, 『한국 현대시사의 대위적 구조』, 고려대학교 민족문화연구소, 1988, p.99.

이 단락은 자연이 쏟아내는 향기와 소리로 가득 차 있다. 이런 감각적 범람 속에서 화자는 길을 잃는다. 자연의 공간에서 길이란 인간이 남긴 하나의 흔적에 불과하다. 화자는 갈 길을 망각하고 넘쳐흐르는 감각에 매료된다. '아롱점말'이 피하지 않는 것은 이런 몰입의 상태와 긴밀하게 연관된다. 길을 잘못 들었다는 자각은 이런 감각적 범람 속에 자신을 내맡겼던 화자가 다시 자의식을 회복하는 것을 의미한다. 그러나 이런 주체의 자의식은 점차 소멸되며 '9'에 이르러서 '祈禱'조차 잊고 한라산과 교감하게 된다.

9

가재도 긔지 않는 白鹿潭 푸른 물에 하늘이 돈다. 不具에 가깝도록 고단한 나의 다리를 돌아 소가 갔다. 쫓겨온 실구름 一抹에도 白鹿潭은 흐리운다. 나의 얼골에 한나잘 포긴 白鹿潭은 쓸쓸하다. 나는 깨다 졸다 祈禱조차 잊었더니라.

자아는 내면적 에너지를 소진하고 정상에 선다. 이런 소진된 주체는 점차 풍경에 동화되어 간다. '7'에서 '아롱점말'이 화자를 피하지 않는 것이나, '9'에서 화자의 다리를 돌아 '소'가 지나가는 것에서 자연물과 화자의 거리가 점차 소멸된다. 화자 스스로가 풍경 속의 존재인 것처럼 느낀다.

한참을 얼굴과 포개어진 백록담은 주체의 흔적을 지니기도 한다. 실구름-백록담/자아-쓸쓸함이 대응된다. '쓸쓸하다'는, 작은 실구름에 흐려질 만큼 명징한 백록담처럼, 인간적 갈등이 사라지고 난 후 그 정신적 비어있음에서 환기되는 마지막 남은 내적 감각을 의미한다고 할 수 있다.[135] 백록담은 자아의 내면을 비추기도 하고, 자아는 명징한 백록담을 내면화하기도 한다. '祈禱'조차 잊어버린다는 표현은 내면과 상응하는 풍경과 그 풍경의 양상에 따라 마음이 동함을 상징적으로 함축한다. 결국 이 구절은 주관이 해소되고 객관적인 세계에 대한 투명한 인식만이 있는 세계를 암시한다.[136] 「白鹿潭」은 풍경과 주체의 상호교감을 통해 주체가 자연에 몰입하게 되는 과정을 드러낸 작품이라 할 수 있다. 이런 몰입의 궁극적 정황을 드러내는 작품이 「九城洞」이다.

골작에는 흔히
流星이 묻힌다.

黃昏에
누뤼가 소란히 싸히기도 하고,

꽃도
귀향 사는곳,

절터ㅅ드랬는데

135) 최동호는 쓸쓸함을 완전히 분해되지 못한 의식의 잔재이자, 철저히 주체가 배제되었을 때 일어나는 여백의 공간을 표현한 것이라고 본다. (최동호, 「鄭芝溶의 '長壽山'과 '白鹿潭'」, 『하나의 道에 이르는 詩學』, 고려대학교 출판부, 1997, p.118)

136) 김우창, 「韓國詩와 形而上」, 『궁핍한 시대의 詩人』, 민음사, 1978, p.52.

바람도 모히지 않고

山그림자 설핏하면

사슴이 일어나 등을 넘어간다.

「九城洞」

이 시의 구성방식은 상당히 독특하다. 주관적 정서는 철저히 배제되고 절제된 묘사와 사태의 단순 서술로 구성되어 있다. 전체적인 구조의 연관성 역시 희박해 보인다. 문장의 연결 관계로만 본다면, 독립된 1연, '고'로 연결되고 '곳'으로 끝맺는 2연과 3연, 다시 '고'로 이어진 4연과 5연이 각각 하나의 묶음으로 보인다. 그러나 이는 문장의 형식적 관계이지 의미나 내적 연관을 드러내는 것은 아니다.

외형상 성긴 구조를 보이는 듯하지만, 면밀히 살펴보면 각각의 연들은 앞뒤의 연들과 형식적 혹은 의미적 연관성을 지니고 있다. 1연과 2연, 3연과 4연, 그리고 5연의 1행과 2행은 서로 대응되는 운을 갖추고 있다. 1연과 2연에서 부사어인 '흔히/소란히'와 술어인 '묻히고/싸히고', 3연과 4연에서 주어인 '꽃도/바람도', 그리고 5연 1행과 2행에서 '산그림자/사슴' 등이 서로 대응되며 일정한 음이 반복됨을 알 수 있다. 비록 그 위치가 일정치 않고 불규칙하다는 점에서 표면적인 리듬을 형성하지는 않지만, 지나치게 규칙적이지 않으면서도 은연중에 산만한 시적 흐름을 제어하고 있다. 이 작품의 1연과 2연, 3연과 4연, 5연의 1행과 2행은 내적으로 대응하거나 병렬적 관계를 이룬다고 할 수 있다. 이런 관계는 의미 관계로도 설정될 수 있다. 1연과 2연의 주체는 '流星'과 '누뤼'(우박)이며 이들은 모두 하늘에서 골짜기로 하강한다. 3연과 4연은 절터를 배경으로 하고 그 주체인 '꽃'과 '바람'은 지상적 존재들로, 구성동이 적멸의 공간임을 드러낸다. 5연에서 '山그림자 설핏하면'은 시간의 경과이자 사슴이 움직이게 되는 계기이다. 이처럼 이 작품은 연과 연, 행과 행의 연관성이 약한 듯하면서도 내적 연관성을 유지하고 있다.

「九城洞」은 나름의 유기적 연관성을 지니면서도 작위적 구성이 잘 드러나지 않도록 안배되어 있는 작품이다. 이런 구성은 이 시가 다루는 대상의 성격과 시 형식이 밀접하게 조응함에서 비롯된다. 이 시의 공간이자 대상인 '九城洞'은 적멸의 공간이다. 우박이 쌓이는 소리가 소란하게 들릴 정도로 고요하며, 꽃도 귀향살 듯이 홀로 피어 있고, 바람조차 모이지 않을 정도로 적막한 공간이다. 어떤 소리도 움직임도 없기에 희미한 '山그림자'에 사슴이 움직일 정도이다. 인간의 자취란 절터라는 흔적으로만 남아있을 뿐이다. 비인간의 공간이라는 상징적 의미와 인위적 시선을 배제하려는 시적 구성이 적절하게 조화를 이루는 것으로 보인다.

이 시는 그 표현과 수사가 다른 시편들에 비해 빈약해 보인다. 그러나 상당히 성긴 언어로 이뤄지는 것처럼 보이지만 '九城洞'의 적막을 정확히 포착하고 있다는 점에서 간결한 시적 수사의 완성[137]을 보여준다고 할 수 있다. 이즈음 정지용 시는 장황한 수사가 사라지고 시적 여운과 여백을 살

137) 롤랑 바르트,『기호의 제국』, 김주환·한은경 역, 민음사, 1997, p.81.

리는 형태를 취하는 경우가 많다. 이들은 한시의 영향과 함께 언어의 절제와 간결한 시 형식의 추구에서 나오는 결과라 할 수 있다. 「白鹿潭」에서 객관적 묘사와 암시로 일관하는 시인의 태도는, 주체와 객체의 대립을 소멸시키고 화자의 감정과 풍경이 동화되어 일체화되는 느낌을 주는 것이라면. [138] 「九城洞」의 간결하고 담백한 문체는 주체의 소멸과 정적으로의 완전 몰입을 상징하는 것이라 할 수 있다.

정지용의 시를 관류하는 가장 중요한 특징은 명징한 감각의 포착과 언어적 표현이라고 할 수 있다. 그리고 이런 감각 지향은 감각함의 과정에서 파생되는 미적 감수성의 성향에 따라 다양하게 굴절된다. 근대적 경험에 대한 양가적인 반응이나 '산수'의 적막과 자연에 대한 몰입은 감각적 쾌/불쾌에 따른 미적 감수성을 반영하고 있다.

정지용 시의 기저에는 미적 혹은 감각적 쾌에 대한 강한 집착이 있다. '바다'로 상징되는 근대 지향의 시세계에서 '산수'로 상징되는 전통 지향의 시세계로의 변화는 다양한 방식으로 설명되어 왔다. 모던 지향과 그 균열, 시대적 조건의 악화와 그에 따른 의식 지향성의 변화, 동양정신의 발견과 미적 근대 등, 사회·역사적이고 의식적인 원인이나 문학 내적인 동인의 모색이 꾸준히 이루어져 왔다.

본고는 이런 정지용 시의 변화가 시의식의 변화로부터 파생된다는 점에 동의하면서도, 왜 '산수'로 상징되는 자연으로의 회귀라는 양상으로 귀결되는가라는 질문을 설정하고 이를 해명하고자 했다. 그런 시적 선택에서

---

138) 최동호, 「鄭芝溶의 '長壽山'과 '白鹿潭'」, 『하나의 道에 이르는 詩學』, 고려대학교 출판부, 1997, p.116.

미적 감수성과 '감각적 쾌'에 대한 지향이 중요하게 작용한 것으로 보고, 이를 토대로 산수의 양상과 특성을 감각의 관점에서 분석해 보았다.

정지용의 시에서 감각적 '쾌/불쾌'는 시적 대상을 선택하고 조직하는 데에서 상당히 중요한 원리로 작용한다. 산수의 발견과 자연으로의 몰입은 근대적 경험이 환기하는 소음과 피로, 기계적 시간에 대한 강박증으로부터 벗어날 수 있는 공간이다. 그곳은 적막과 한거의 공간이다. '풍경의 공간'으로서의 '산수'는 이는 그런 근대적 삶이 결여하고 있는 원초적인 경험을 보존하고 있는 곳이다. 그리고 그런 자연과의 교감이라는 감각 방식을 채택한다. 풍경을 주관화하거나 객체화하는 것이 아니라 스스로 그 풍경 속의 존재임을 느끼려는 태도를 보인다. 이런 감각의 방식은, 감각하는 자가 자기를 둘러싸고 있는 세계와 교통하면서 자기 스스로 세계의 일부임을 감각하는 것을 의미한다. 정지용 시에 나타나는 '산수'는 '지리학의 공간'과 대비되는 '풍경의 공간'이며, 근대적 삶에 대비되는 미적 근대의 공간이라고 할 수 있을 것이다.[139)]

139) 19세기 전반의 서구에서는 '모더니티'의 분열이 일어난다. 산업 혁명과 과학 기술의 진보, 자본주의 산물인 '사회·역사적 모더니티'와 그런 사회·역사적 모더니티에 대한 반발로서의 '미적 모더니티' 사이에 균열이 일어난다. '미적 모더니티'는 산업화와 자본주의가 초래한 비인간화와 물신화, 속물주의, 경박한 대중문화에 대해 비판하며, 진보에 대한 회의를 드러내는 광범위한 이즘과 예술 운동을 아우르는 개념이기도 하다.(칼리니스쿠, 『모더니티의 다섯 얼굴』, 이영욱·백한울·오무석·백지숙 역, 시각과 언어, 1994)

Ⅲ. 토속적 감각의 재현과 회감의 시학 - 백석

1. 경험의 감각적 포착과 회감의 시학

1) 풍경과 기억의 감각적 포착

백석[140]은 1935년『조선일보』에 「定州城」을 발표하며 작품 활동을 시작한다. 백석의 시세계는 전통적이고 향토적인 소재를 바탕으로 우리 민족의 원형적 시공간을 재현하고 이를 통해 민족적 정체성을 모색한 것으로 평가된다. 백석 시 연구의 가장 중요한 쟁점은 시세계를 형성하는 시적

140) 백석(白石, 본명은 白夔行)은 1912년 평북 정주에서 출생, 1929년 오산학교를 졸업하고 일본 아오야마(青山)학원에서 영문학을 공부했다. 1934년 귀국 후 조선일보에 입사했고, 1935년『조선일보』에 「定州城」을 발표하며 작품 활동을 시작했다. 이후 시집『사슴』을 포함하여 100여 편의 작품을 발표하였다. 1936년 함흥 영생여고보의 교원을 거쳐 1938년『여성』지 편집에 관여하다 1939년 만주로 이주했다. 광복 직후 신의주에 잠시 머물다가 고향 정주로 귀향하여 이북에 남는다. 1959년까지 작품 활동을 한 것으로 보이며, 이후의 행적은 정확히 밝혀진 바가 없다. 최근의 보도에 의하면, 1995년까지 양강도 삼수군에서 농사일을 하며 문학도를 양성하다 1995년 1월 83세의 나이로 타계하였다고 한다.(『동아일보』, 2001.5.1)

대상의 향토성과 시적 방법을 어떻게 연결지어 설명하는가의 문제이다. 백석 시의 창작 방법이 끊임없이 문제로 제기되는 것은 백석 시가 지닌 독특한 시적 세계와 방법 때문이라고 할 수 있다.[141] 이런 백석의 독특한 시세계와 방법은 『사슴』이 발표된 당시에도 상당히 독특한 것으로 평가된다.

> 1) 그 점에서 「사슴」은 그 외관의 철저한 향토 취미에도 불구하고 주착없는 일련의 향토주의와는 명료하게 구별되는 '모더니티'를 품고 있는 것이다.[142]

> 2) 자긔의 감정이나 의견을 이야기하지 않는다. 사투리와 옛니야기, 年中行事의 묵은 記憶 等을, 그것도 질서도 업시 그저 곳간에 볏섬 쌓듯이 구겨 놓은……[143]

1)은 『사슴』에 대한 김기림의 평이고 2)는 오장환의 평이다. 향토적 세계를 다룸에 있어 백석이 보여주는 방법적 특성에 대해, 김기림은 '모더니티'를 지닌 것으로 상찬하는 반면, 오장환은 백석을 '스타일만을 찾는 모-던이스트'라고 평가하고, 시적 특성을 자질구레한 복고 취향이라고 혹평한다. 두 사람의 평가는 엇갈리지만 백석 시의 특성이라고 평가한 부분은

141) 지극히 토속적이고 전통적인 시적 내용에도 불구하고 시적 방법은 주지주의 혹은 이미지즘적 양상을 드러낸다는 점에서 백석의 시세계와 창작 방법은 연구자들의 관심의 대상이 되어 왔다. 백석 시의 창작 방법에 대한 연구는 독특한 시적 방법을 해명하고 이를 시세계의 성격과 연관지어 설명하는 방향에서 이루어져 왔다. 백석의 시적 방법에 대한 연구는 대략 토속적 시세계와 모더니즘의 창작 방법으로 파악하는 경향이나(최두석, 김용직), 시적 방법을 시인의 정신과 연관지어 보고 모더니즘의 함의를 폭넓게 파악해 적용하고자 하는 경향(김윤식, 나명순)으로 구분해 볼 수 있다.

142) 김기림, 「'사슴'을 안고-白石 시집 독후감」, 조선일보, 1936.1.29.

143) 오장환, 「백석론」, 『풍림』 통권 5호, 1937.4.

일치한다. 김기림이 감정을 절제하는 백석의 태도에 주목하는 것처럼, 오장환도 역시 백석의 시에 감정이나 의견이 드러나지 않는다는 점에 주목한다. 시에 대한 가치 평가는 시론이나 미적 취향의 차이에 따라 달라지기 마련이지만, 백석의 시가 지닌 이런 특성은『사슴』이 발표되었을 당시에도 상당히 독특한 것으로 인식된 것으로 보인다. 김기림이 적극적으로 평가한 것처럼, 백석의 시에서 현상적으로 두드러진 특성은 감정의 표현보다 풍경과 사물에 대한 객관적 진술이 우세하다는 것이다. 백석의 시는 인식의 대상이 기억이든 풍경이든 그 구체적인 감각에 주목하고 그것을 사실적으로 재현하는 데에 주력한다.

> 山턱원두막은뷔였나 불빛이외롭다
>
> 헌겁심지에 아즈까리기름의 쪼는소리가들리는 듯하다
>
> 잠자리조을든 문허진城터
>
> 반디불이난다 파란魂들같다
>
> 어데서말있는듯이 크다란山새한마리 어두운 곬작이로난다
>
> 헐리다남은城門이
>
> 한울빛같이훤하다
>
> 날이밝으면 또 메기수염의늙은이가 청배를팔러올것이다

「定州城」(『사슴』, 선광인쇄주식회사, 1936, p.60)[144)]

「定州城」은 1935년 『조선일보』에 실린 백석의 등단 작품이다. 이 작품은 백석 시세계의 출발점으로 이후의 작품 경향을 가늠해 볼 수 있다는 점에서 주목을 요한다. 이 작품은 '정주성'을 시적 대상으로 한다. 전통적인 취락 구조에서 읍성은 그 지역의 정치·경제·사회적 활동이 이루어지는 중심 공간이다. 또한 그 지역을 대표하는 정서적 상징물의 역할을 하기도 한다. 그런데 '정주성'은 '홍경래난'이라는 비극적인 사건을 계기로 역사에서 지워져 버린 공간이다. 현재적 삶에서 소거된 정주성은 더 이상 사회적 활동의 장도, 지역을 상징하는 정서적 공간도 아니지만, 그 허물어짐 자체로 평북민들의 설움과 좌절을 상징하는 유적이었을 것이다. 백석 개인에게 '정주성'은 이런 현실적 고향을 표상하는 기호이자, 근대에 떠밀려 사라져 가는 유년의 '고향'을 떠올리게 하는 상징물이었을 것이다.

이 작품의 가장 두드러진 특징은 어떤 정서적 감회도 드러내지 않고 밤의 정주성에 대한 감각적 인상을 전달하는 것으로 일관한다는 점이다. 1연은 '원두막'과 거기서 비춰지는 불빛을 묘사하고 있다. 비어있는 원두막과 그 주변의 적막감 때문에 불빛이 외롭게 느껴지고, 그런 적막감은 마치 등잔의 불이 타며 내는 '기름의 쪼는소리'가 들려올 것 같은 착각이 들게 한다. 2연 역시 무너진 성터로 날아다니는 반딧불과 '山새'를 통해 정주성

144) 작품 인용은 시집 『사슴』과 해당 작품이 발표된 잡지나 신문을 토대로 한다. 『사슴』에 실린 작품의 경우 자세한 출판 사항은 생략하고 면수만을 부기하고, 『사슴』에 실리지 않은 작품인 경우, 발표 지면의 이름과 년도를 부기한다.

의 적막함을 강조하고 있다. 화자는 한밤 골짜기를 나는 새를 보며, 새가 날아오른 것이 말소리 때문이 아닐까 추측한다. 이를 통해 고즈넉한 정주성의 적막감이 더욱 강조된다. 2연에서 잠자리가 졸던 '문허진城터'는 정주성의 적막과 폐허를 의미하는 것이며, 반딧불을 '파란魂'에 비유한 것은 허물어진 정주성의 잊혀진 역사에 대한 암시로 읽을 수도 있다. 3연의 성문이 훤한 것은 공제선 때문이다. 밤임에도 불구하고 훤하게 밝은 성문은 곧 동터올 날을 환기한다. 그리고 날이 밝으면 '청배'를 파는 '메기수염' 노인의 일상이 되풀이된다.

이 작품의 문면에서 가장 두드러진 것은 정주성의 폐허와 고적감이다. 백석에게 '定州城'은 고향의 '이정표'[145]와 같은 존재일 것이다. 고향을 상징하는 이 기호는 고향에 대한 애착과 자부심, 친숙함과 편안함 등의 다양한 감정을 매개한다. 그러나 그 상징이 허물어지고 잊혀져간다. '문허진城터'와 '헐리다남은城門'은 붕괴된 城에 대한 객관적 서술이다. 이제는 허물어져 유적이 되어버린 성은 더 이상 삶의 중심일 수 없다. 사람들의 생활과 기억으로부터 멀어져버린 성은, 잠자리가 졸고 반딧불이 날아다니며 불빛마저 외롭게 보이는 공간이다. 붕괴된 역사적 상징물의 고적감을 감각적으로 표현하면서도 이런 풍경이 유발하기 쉬운 감상적 태도와는 일정한 거리를 유지한다는 점 역시 이채롭다.

이 작품의 각 연은 일차적인 시각 대상과 이로부터 변용된 이차적 감각

---

145) 고향은 기념비, 성지, 신성한 전투지나 묘지 같은 '이정표'를 가지고 있다. 이 가시적 기호들은 사람들의 정체성을 심어주고 장소에 대한 인식과 충성심을 고취한다.(이-푸 투안, 『공간과 장소』, 구동회·심승희 역, 대윤, 1999, p.255)

으로 구성되어 있다. 화자의 정서적 반응은 드러나지 않으며 지각 대상의 감각적 재현과 여기서 파생된 감각적 이미지만으로 시가 전개된다.[146] 시인은 자신의 주관과 정서적 태도를 드러내기보다는 다채로운 감각을 통해 정주성의 밤풍경을 재구성하는 데 주력한다. 각 연의 내용은 화자가 포착한 감각과 그로부터 연상된 새로운 감각들로 구성된다. 각 연의 감각적 요소들을 추출하면 다음과 같다.

1연(원두막) : 불빛-소리

2연(무너진城터) : 반디불-파란魂/山새-말

3연(城門) : 흰함-한울빛/밝은 날

1, 2, 3연의 시적 배경은 각각 '원두막', '문허진城터', '헐리다남은城門'이다. 이들은 관찰의 주요대상이라기보다는 지각 대상인 감각들을 부각시키는 배경 역할을 한다. 각 연에서 일차적인 지각 대상은 '불빛', '반디불'과 '山새', '城門의 환함'이다. 이들 시각적 이미지들은 다시 '기름의 쪼는소리', '파란魂'과 '말', '한울빛'과 '밝은 날'을 환기한다. 관찰에 의해 포착된 시각적 이미지들이 추측과 비유적 연상을 거쳐 다시 시각이나 청각적 이미지들로 변환되는 것이다.

백석은 시적 대상이 비극적인 역사를 담고 있는 유적임에도 불구하고, 역사적 사실이나 정서에서 출발하지 않고 시적 대상의 직접적 감각에 주

146) 최두석은 이런 시적 방법을 이미지즘과 연관지어 살핀다. (최두석, 「백석의 시세계와 창작 방법」, 고형진 편, 『백석』, 새미, 1996)

목한다. 시인은 대상의 지각과 수용과정에서 파생되는 정서를 시적 대상으로 언어화하기보다는, 대상의 감각과 인상에 대한 묘사로 일관하려는 태도를 보인다. 이를 통해 감정과 정서는 은폐되고 풍경의 재구성과 인상적 감각의 재현이 이루어지는 것이다.

의미나 정서의 직접적인 노출보다 감각적 인상의 포착과 재구성에 중점을 두는 「定州城」의 구성 방식은, 시집 『사슴』을 전후로 한 작품들에 관류하는 시적 방법의 한 단면을 보여주는 예라 할 수 있다. 시집 『사슴』에 실린 「비」, 「青柿」, 「山비」 등의 비교적 단형의 작품들과 「曠原」, 「머루밤」, 「初冬日」, 「城外」, 「흰밤」, 「彰義門外」, 「三防」 등의 작품들 역시 이런 경향에 속한다. 이들 작품들은 「定州城」과 마찬가지로, 시인의 정서적 태도의 노출보다 외적 풍경이나 대상의 감각적 묘사를 위주로 하여 구성되는 양상을 보인다.

1)

아카시아들이 언제 힌두레방석을깔었나

어데서 물쿤 개비린내가온다 「비」(『사슴』, p.51)

2)

흙담벽에 이따사하니

아이들은 물코를흘리며 무감자를먹었다

돌덜구에 天上水가 차게

복숭아낡에 시라리타래가 말러갔다 「初冬日」(『사슴』, p. 25)

3)

불을끈방안에 횃대의하이얀옷이 멀리 추울것같이

개方位로 말방울소리가들려온다

門을 열다 머루빛밤한울에

송이버슷의내음새가났다 「머루밤」(『사슴』, p. 45)

1)의 「비」는 하얗게 떨어져 내린 아카시아 꽃과 풍겨오는 냄새를 통해 초여름의 비를 표현하고 있다. 비에 대한 언급을 생략한 채 시각과 후각 심상을 환기하는 주변 정황만으로 초여름의 비를 효과적으로 드러낸다. 떨어진 아카시아를 '힌두레방석'이라는 감각적 대상으로 표현한 것이나, 냄새가 풍겨오는 양상을 '물큰'이라는 촉각으로 변용함으로써 냄새가 풍겨오는 느낌을 한층 더 실감나게 표현한 부분에서, 감각을 효과적으로 구체화하는 시인의 감수성이 돋보인다. 비교적 짧은 형태지만 간결한 감각적 인상을 통해 비온 뒤의 느낌을 효과적으로 환기하고 있는 작품이다.

2)의 「初冬日」에서 1연은 따스한 볕을 받으며 고구마를 먹는 아이들을, 2연은 돌절구에 고인 차가운 빗물과 말라가는 시래기 타래를 시적 대상으

로 한다. 1연과 2연은 각각 '흙담벽'/'돌덜구', '따사하니'/'차게'의 대칭적 구조를 보이는데, 따스함과 차가움이 묻어나는 장면의 대칭적 배치를 통해 초겨울 풍경이 간결하게 표현되고 있다. 시인은 코를 흘리며 고구마를 먹는 아이들의 모습과 시래기를 말리는 장면을 통해 토속적인 초겨울 풍경을 포착해낸다. 특히 '따스함'과 '차가움'의 감각이 병렬·교차되면서 겨울의 감각적 느낌이 보다 구체적으로 전달된다. 이 작품 역시 감각적 이미지들을 통해 초겨울의 인상을 적절히 표현하고 있다는 점에서 앞의 작품과 동일한 경향을 지닌다고 할 수 있다. 시집『사슴』의 '돌덜구의 물'에 속한 작품들이 전반적으로 순간적인 감각을 포착해 그 인상을 토대로 작품을 구성하는 경향을 보인다.

3)의 「머루밤」은 어두운 밤에 감지되는 몇 가지 감각들로 구성된 작품이다. 1연은 어두운 방안에 하얗게 보이는 옷, 2연은 말방울 소리, 3연은 까만 밤하늘과 송이버섯의 냄새를 주요한 시적 대상으로 한다. 특히 1연의 하얀 옷과 2연의 말방울 소리가 교차되는 지점에 '멀리 추울 것 같다'는 촉각을 배치함으로써 감각적 연상을 자극한다.

시각의 기능이 제한되는 어둠 속에서 촉각, 청각, 후각 등의 감각은 오히려 민감해지는데, 이런 감각들을 통해 어두운 밤의 인상적 경험을 재현하고 있다. 이 작품의 이런 감각적 인상의 강렬함에 비해 작품의 의미를 추적하기란 쉽지 않다. 1연과 2연은 중층적인 연관성을 지니는 것으로 보인다. 먼저 어둠 속에서 하얗게 보이는 '옷'과의 거리를 '멀리'라고 표현하고 그 옷이 추울 것 같다는 해석이 가능하다. 이때 벗어서 걸어 놓은 옷은 자아의 분신이라 할 수 있다. 잠들기 직전 자아로부터 분리되는 옷은 또 다른 자아를 상징한다.[147] 그 옷이 추울 것 같다고 느끼는 것은 화자의 고적한 심리 상태를 드러내는 것이라 할 수 있다. 한편으론 바깥에서 들려오는 말방울 소리가 차가운 바깥을 환기하는 것으로도 해석할 수 있다. 차갑게 들려오는 말방울 소리는 3연에서 화자가 문을 여는 행위로 이어지는 매개가 된다. 2연과 3연에서는 화자가 잠을 이루지 못하고 있음이 암시된다. 그러나 이런 정황은 미묘한 시적 여운을 형성할 뿐 뚜렷한 의미를 표면화하지는 않는다.

인용한 세 작품들은 비교적 단형의 작품들이지만 감각의 적절한 활용으로 시적 대상을 효과적으로 표현하고 있다. 시적 대상의 감각적 인상을 포착하고 이를 바탕으로 그 대상을 묘사하려는 태도는 백석의 시세계에서 중요한 시적 경향을 형성한다. 「定州城」을 비롯한 「曠原」, 「노루」, 「흰 밤」, 「彰義門外」 등의 작품에 투영된 백석의 시적 방법은 감각의 포착과 그것의 언어적 구체화로 요약될 수 있다. 이들 작품들은 대상에 대한 주관적 인식과 정서적 반응보다는 경험과 인상의 감각적 포착과 그 언어화에 더 치중함으로써, 시적 대상을 감각적이고 구체적으로 재현한다. 이는 백석의 시가 감각성 자체에 집중하여 이를 구체적으로 언어화하는 데 주력함을 의미한다. 구체적인 감각의 시적 포착은 시적 풍경이나 경험을 재현하려는 데에 가장 효과적인 수단이 된다. 백석은 그 대상이 현재적인 풍경이든 과거의 기억이든 대상의 감각적인 인상에 주목해, 그 감각적 구체성

147) 「흰 바람벽이 있어」의 '때글은 다 낡은 무명샤쯔가 어두운 그림자를 쉬이고'에서 벗어서 걸어 논 '낡은 무명샤쯔'는 현실의 삶에 지친 화자의 자아상과 그가 처한 고달픈 정황을 상징한다.

을 바탕으로 시를 구성하는 태도를 보인다.

봄철날 한종일내 노곤하니 벌불 장난을 한날 밤이면 으레히 싸개동당을 지나는데 잘망하니 누어 싸는 오줌이 넙적다리를 흐르는 따끈따끈한 맛 자리에 평하니 괴이는 척척한 맛

첫 녀름 일은저녁을 해 치우고 인간들이 모두 터앞에 나와서 물외포기에 당콩포기에 오줌을 주는때 터앞에 밭마당에 샛길에 떠도는 오줌의 매캐한 재릿한 내음새

긴 긴 겨울밤 인간들이 모두 한잠이 들은 재밤중에 나혼자 일어나서 머리맡 쥐발같은 새끼오강에 한없이 누는 잘매럽던 오줌의 사르릉 쪼로록하는 소리

그리고 또 엄매의 말엔 내가 아직 굳은 밥을 모르던때 살갖 퍼런 망내고무가 잘도 받어 세수를 하였다는 내 오줌빛은 이슬같이 샛맑 기도 샛맑았다는 것이다

「童尿賦」(『文章』, 1939.6)

「童尿賦」는 어릴 적 기억 속의 '오줌'과 관련된 경험을 나열하고 있다. 1연에서 3연까지의 각 연은 봄, 여름, 겨울이라는 계절적 배경과 '오줌'의 촉감, 냄새, 소리와 관련된 경험을 연결해 배치하고 있다. 마지막 연은 오줌

의 빛깔과 관련된 일화를 어머니의 말씀을 통해 전달하는 방식을 취한다. 이 시는 촉감, 냄새, 소리, 빛깔 등 네 가지 감각의 병렬이라는 시적 구조를 취하고 있다. 1연에서 3연까지는 '맛', '내음새', '소리'라는 명사형으로 끝맺으면서 마지막 연만은 '~것이다'라는 종결형 어미를 택한 것은 병렬적 구성이 지니는 단순함에 대한 형태적 고려라 할 수 있다.

계절별로 구분된 각 연은 오줌의 촉감, 냄새, 소리, 빛깔의 네 가지 감각으로 각각 구성된다. 1연은 불장난을 한 봄날 밤에 잠자리에서 오줌을 눈 기억을 다룬다. 따뜻한 오줌이 넓적다리로 흘러가는 촉감과 젖은 이부자리가 주는 척척한 촉감을 묘사한다. 2연은 여름 저녁 텃밭에서 풍겨오는 오줌의 냄새를 다루고 있다. 밭에 오줌을 누는 살뜰한 '인간들'의 모습을 통해 전형적인 농촌의 저녁 풍경을 그려낸다. 3연은 '긴긴 겨울밤' 내내 참았던 오줌을 시원하게 눌 때 요강에서 나는 소리를 재현한다. 방뇨의 시원함이 경쾌한 소리와 적절하게 결합되어 묘사되고 있다. 4연에서 맑은 오줌의 빛깔은 곧 유년을 상징하는 시각적 대상이다. 4연은 경험에 대한 직접적인 기억을 바탕으로 하지 않는다. 화자 자신의 기억에는 없지만 '엄매의 말'을 통해 전해지는 오줌의 빛깔에 대한 서술이다. 이슬처럼 '샛맑았다는' 오줌의 빛깔은 순수한 아이의 삶을 상징한다. 특별한 세숫물로 쓰일 정도로 맑은 오줌의 빛깔은, 2연의 '매캐한 재릿한 내음새'와 감각적으로 대비된다. '아직 굳은 밥'을 모를 때는 현실의 삶과 부딪히기 전, 즉 어머니의 보살핌 속에서 살았던 때를 의미한다. 여기에는 맑고 순수했던 유년의 시절에 대한 무의식적 그리움이 담겨 있다고 할 수 있다.

이 작품은 감각의 병렬이라는 구성을 취한다. 각 연에 표현된 감각들은 강한 환기력을 통해 그 구체적 상황을 연상시켜 준다. '따끈따끈한 맛/척척한 맛', '매캐한 재릿한 내음새', '사르릉 쪼로록 하는 소리', '이슬같이 샛맑았다는 오줌빛' 등의 감각은 모두 일정한 상황을 배경으로 인지된 감각들로서, 그 감각적 상황을 구체적으로 떠올리게 한다. 작품에 표상된 감각들은 모두 특수하고 구체적인 경험으로 구성되어 있다. 이 작품에서 감각이 강하게 환기되며 생생하게 전달되는 것은 이러한 구체적인 경험적 토대 위에서 가능한 것이다. 그리고 그런 특수하고 구체적인 감각을 토대로 경험의 보편화가 가능해진다. 이 작품은 시인의 구체적인 유년기 경험을 바탕으로 하지만, 그 감각적 경험에 대한 공감을 통해 보편화가 가능하기도 하다.

흥미로운 점은 「童尿賦」의 경우 시적 대상이 유년기 기억 속의 몇몇 경험들과 거기서 파생되는 감각들이라는 점이다. 외부 대상을 관찰할 때와 마찬가지로 심층적 화자(성인화자)는 표면적 화자(유년기 화자)의 행동과 느낌을 객관적 시선으로 바라보고 있다. 이런 태도는 유년기 기억 속의 경험을 정확히 재현하고 이를 시화하려는 데서 나온 것이다. 이는 고향 재현의 시편들 전반에서 발견되는 백석의 시적 태도라 할 수 있다. 백석은 이미 상실된 고향에 대한 애수나 그리움을 토로하기보다는 그 고향의 모습을 정확히 재현하려는 태도를 보인다. 그리고 이러한 고향 재현에 있어 감각은 중요한 매개의 역할을 한다.

앞서 인용한 일련의 작품들에서 알 수 있듯이, 백석의 시는 감각에 상당히 민감하게 반응하고 이를 적극적으로 활용한다. 감각의 포착과 그 재현은 백석 시가 지닌 주요한 특성이자 시적 방법이라고 할 수 있다. 그의 시는 경험과 인상에서 파생되는 주관적 정서보다는 그 감각성에 주목하고 이를 정확히 재현하고자 한다. 주관적 정서를 배제하고 감각적 인상의 포착에 주력하는 시적 태도는 고향 재현 시편들에서 집중적으로 나타난다. 특히 유년기 기억 속의 경험을 다룰 때 백석 시의 감각적 민감성은 유난히 두드러진다.

백석의 시에서 감각은 경험을 가장 정확하고 구체적으로 재현하는 도구이자 기억을 촉발하는 매개로 작용한다. 현재적 경험을 재구성할 때나 과거의 기억을 회상할 때, 백석은 감각을 적극적으로 활용한다. 백석의 시에서 감각은 현실의 경험에 구체성을 부여하고 기억을 생생하게 재현하는 효과적인 수단이다. 또한 감각은 망각했던 경험을 떠오르게 하는 수단이 되기도 한다. 의지적인 기억 작용보다 우연한 감각적 자극에 의해 우리는 보다 풍부한 과거의 경험을 떠올리기도 한다. 의식과 별개로 우리의 기억에 작용하는 감각은 우리가 미처 떠올리지 못한 기억들을 생생하게 떠오르게 하는 강한 환기력을 지닌다. 백석의 시에서 감각은 우리가 지닌 고향의 원체험을 떠올리게 한다. 그의 시에 나타나는 감각적 경험은 구체적이고 개별적인 형식으로 작용하지만, 보다 폭넓은 공감을 유발한다. 그의 고향 재현 시편들은 평북 지방의 토속적 감각과 경험을 재현하지만, 그것은 다시 전통적이고 민족적인 경험과 감각을 자극한다. 지극히 지역적인 경험이 보편화될 수 있는 것은, 그의 시가 구체적 경험 속에 녹아 있는 감각을 일깨움으로써 그 감각을 통해 경험을 추체험하게 하는 방식을 취하기 때문이다.

2) 고향의 재현과 토속적 감각의 탐구

백석은 지속적인 고향 탐구를 통해 한국 문학의 영역을 확장한 시인이다. 평북 사투리의 완강한 고수, 전통적인 삶과 생활방식에 대한 꾸준한 관심, 풍물·풍속의 탐구와 토속적인 음식에의 탐닉 등은 새로운 시적 양상이라 할 수 있다. 이런 경향과 시적 탐구는, 1930년대 후반의 사회·역사적 지형을 고려해 볼 때 상당히 중요한 가치를 지닌다.

1930년대 후반은 일제에 의한 치밀한 식민화와 기형적 근대화가 한반도의 전역에 걸쳐 가속화되던 시기였다. 하이데거가 신의 부재라는 점에서 서구의 근대를 궁핍의 시대로 파악했다면,[148] 우리의 1930년대는 국가의 상실과 함께 세계와의 조화 혹은 충만한 의미를 상징하는 신의 상실이라는 이중의 부재에 직면해 있었다. 일제의 의한 식민화와 그로 인한 착종된 형태의 근대는 다양한 정신적 대응을 유발한다. 특히, 근대 세계의 물신적 성격과 국가 상실이라는 조건에서 완전한 통일성의 과거를 동경하는 것은 자연스러운 일일 것이다. 문학에서 '집' 혹은 고향의 문제가 부각되는 것은 이런 정신적 대응의 한 결과라 할 수 있을 것이다. 그러므로 문학 속의 고향은 조화로운 경험, 개인적인 친밀감의 표지들이 가득한 공간이 된다. 이 때문에 고향은 그것을 찾는 주체에게 근대적 이질감을 상쇄시켜 주는 장소로 인식 가능하게 되는 것이다.[149]

백석의 고향 재현은 이런 부재와 결핍의 시대를 지평으로 하여 성립된

148) 하이데거,『시와 철학』, 소광휘 역, 박영사, 1977, pp.207~209.
149) 이명찬,「1930년대 후반 한국시의 고향의식 연구」, 서울대 박사논문, 1999, p.5.

다. 백석의 시에 재현된 고향[150]은 점차 상실되거나 잊혀져가는 경험들로 가득 찬 곳이다. 그 고향의 모습은 설화와 민간신앙, 유년의 놀이와 풍성한 음식, 전래의 풍속과 풍물 등으로 가득 차 있다. 백석의 시는 이런 고향을 통해 근대적 현실이 누락한 것들을 재경험할 수 있게 한다.

이에 따라 백석의 시는 이런 고향의 풍경을 사실적으로 재현하려는 경향을 보인다. 그의 시는 개인적 서정을 객관 사물에 의탁해 드러내기보다는, 풍물과 풍속의 재현에 주력하면서 그것과의 접촉에서 파생되는 정서를 부차적으로 드러내곤 한다. 여행 체험이나 유년기의 기억을 통해 우리 민족의 토속적인 생활 양상을 기록하는 작품들이 대부분 이런 계열에 속한다고 할 수 있다.

승냥이가새끼를치는 전에는쇠메듩도적이났다는 가즈랑고개

가즈랑집은 고개밑의
山넘어마을서 도야지를 잃는밤 즘생을쫓는 깽제미소리가 무서웁게 들려오는집
닭개즘생을 못놓는
멧도야지와 이웃사춘을지나는집

예순이넘은 아들없는가즈랑집할머니는 중같이 정해서 할머니가 마을을가면
긴담배대에 독하다는막써레기를 멫대라도 붗이라고하며

150) 문학에서 고향은 단순히 지리적 공간만을 의미하지 않는다는 점에서 시공간적 좌표 설정이 필요하다. 백석의 고향은 구체적으로 '유년기'의 '定州'일 것이다. 그러나 그 고향을 대할 때와 유사한 정서적 태도를 유발하는 장소 역시 확장된 의미의 고향으로 볼 수 있을 것이다.

간밤엔 섬돌아레 승냥이가왔었다는이야기

어느메山곬에선간 곰이 아이를본다는이야기

나는 돌나물김치에 백설기를먹으며

넷말의구신집에있는듯이

가즈랑집할머니

내가날때 죽은누이도날때

무명필에 이름을써서 백지달어서 구신간시렁의 당즈께에넣어 대감님께 수영을들였다는 가즈랑집할머니

언제나병을앓을때면

신장님단련이라고하는 가즈랑집할머니

구신의딸이라고생각하면 슳버졌다

토끼도살이올은다는때 아르대즘퍼리에서 제비꼬리 마타리 쇠조지 가지취 고비 고사리 두릅순 회순 山나물을하는 가즈랑집할머니를딸으며

나는벌서 달디단물구지우림 둥굴네우림을 생각하고

아직멀은 도토리묵 도토리범벅까지도 그리워한다

뒤우란 살구나무아레서 광살구를찾다가

살구벼락을맞고 울다가웃는나를보고

미꾸멍에 털이 자나났나보자고한것은 가즈랑집할머니다

찰복숭아를먹다가 씨를삼키고는 죽는것만같어 하로종일 놀지도못하고 밥도

안먹은것도

가즈랑집에 마을을가서

당세먹은강아지같이 좋아라고집오래를 설레다가였다

「가즈랑집」(『사슴』, pp.1~5)

「가즈랑집」은『사슴』의 첫 번째 작품으로 백석의 고향 재현 시편들을 대표하는 작품이다. 이 작품의 시적 대상은 '가즈랑집'에 대한 기억이다. 시인은 회상을 통해 유년의 기억 속에 존재하는 '가즈랑집'에 얽힌 추억을 상기해내고 이를 사실적인 어조로 진술하고 있다. 이 작품에서 '가즈랑집'은 '가즈랑고개'에 있는 집이며, '가즈랑집 할머니'는 그 택호를 따른 이름이다. 이 작품의 1연에서 5연은 자연과 민간 신앙의 세계에 속한 '가즈랑집'에 대한 기억을 다루고 있다.

1연과 2연은 '가즈랑고개'와 그곳에 있는 '가즈랑집'을 소개한다. '가즈랑고개'는 '승냥이'가 새끼를 치고 도적이 날 정도로 산세가 험하고 인적이 드문 곳이다. '가즈랑집' 역시 산짐승들이 수시로 출몰하는 까닭에 가축을 키우지 못할 정도로 외딴 집이다. '멧도야지와 이웃사춘을지나는집'은 외진 산 속에 있는 '가즈랑집'에 대한 장난스러우면서도 정겨움을 함축한 표현이라 할 수 있다.

이런 외진 곳에 사는 '가즈랑집할머니'는 어린 화자에게 평범한 인물로 비춰지지 않는다. 3연과 4연은, 나이에 비해 정정한 할머니의 모습과 그런

할머니가 들려주는 이야기들로 구성되어 있다. 노인임에도 불구하고 독한 담배를 몇 대씩 피우고, 낯설고 무서운 이야기 속의 세계에 속해 있는 듯한 '가즈랑집할머니'는 결코 평범하고 일반적인 사람으로 보이지 않는다. 특히 5연의 '가즈랑집할머니'는 민간 신앙의 세계를 살아가며, '구신집'에 사는 '구신의딸'로 여겨질 만큼 신비한 인물이다. 어린 화자에게 '가즈랑집할머니'는 두렵고 신기하면서도 호기심을 유발하는 존재이다. 그러나 '가즈랑집할머니'가 화자에 대해 보이는 애정과 관심은, 이 시의 화자가 따뜻한 보호 속에서 자라고 있음을 의미한다.

1연에서 5연이 전반적으로 '가즈랑집'과 '가즈랑집할머니'에게서 풍기는 신비로운 인상을 중심으로 진행된다면, 후반부의 6연과 7연은 '가즈랑집할머니'의 다정한 모습과 어린 화자의 천진난만한 모습이 그려지고 있다. '제비꼬리', '마타리', '쇠조지', '가지취', '고비', '고사리', '두릅순', '회순' 등과 '물구지우림', '둥굴네우림', '도토리묵', '도토리범벅' 등은 산에서 나는 산나물과 음식들의 이름이다. 이들 산나물과 음식들에서 환기되는 토속적인 맛과 향 그리고 그 이름의 병렬에서 파생되는 풍성함은, 다양한 먹을거리에 대한 기억과 함께 산에 기대어 사는 '가즈랑집할머니'의 삶의 단면을 드러내기도 한다. 봄에는 산나물을, 가을에는 도토리를 채취하며 자연과 어울려 살아가는 삶의 방식을 암시하면서, 다양한 먹을거리를 제공하는 자연의 풍성함을 만끽하려는 태도가 엿보이기도 한다.

7연에는 어린 화자에 대한 '가즈랑집할머니'의 애정과 관심, 그리고 천진난만한 어린 아이의 모습이 그려진다. '살구벼락'을 맞고 당황하는 것이나 복숭아씨를 삼키고 내심 걱정하는 일화들에는 모두 순수한 어린아이의 모습이 담겨있다. '당세[151]먹은 강아지처럼'이라는 표현은 곧 천진난만하게 뛰노는 아이의 모습을 가장 집약적으로 드러내 보인다. 이 시의 시적 대상은 '가즈랑집'이지만, 시적 초점은 '가즈랑집'을 배경으로 어른들의 관심과 보호 속에서 결핍없이 뛰어 놀았던 화자의 유년기의 재현에 있다고 할 수 있다.

이 시에서 '가즈랑할머니'는 半은 자연과 정령의 세계에 속해 있고, 또 반은 인간의 삶 속에 속해 있는 존재로 나타난다. 5연에서 알 수 있듯이 '가즈랑집할머니'는 '명다리'로 맺어진 무녀라 할 수 있다.[152] 속신과 설화의 세계 속을 살아가는 '가즈랑집 할머니'는 인간의 삶과 동떨어진 '가즈랑집'이라는 신비한 공간을 표상하는 존재이기도 하다. 백석의 시에서 신비감 혹은 호기심과 무서움은 동질의 정서적 반응이라고 할 수 있다. '배암이 푸르스름히 빛난 달밤'(「旌門村」)과 같은 신비한 현상이나, '人間보다 靈한 소'(「절간의 소이야기」)같은 신기한 이야기, 혹은 '냅일물'(「古夜」), '신장님 단련'(「가즈랑집」), '부증이 나서 찰거머리를 부르는 소리'(「오금덩이라는 곳」) 등의 독특하고 기묘한 습속들은 모두 신기하면서도 호기심을 유발하는 대상들이다. 백석의 시에서 무서움은 대개 설화나 옛이야기의 귀신들로부터 파생된다. '조마구', '할미귀신', '눈귀신'(「古夜」) 등의 귀신이

151) '당세'는 '당수'의 사투리로 추정된다.(이동순, '낱말풀이', 『백석시전집』, 창작과비평사, 1987, p.193) '당수'는 우리나라 전래 음식의 하나이다. 쌀, 좁쌀, 보리, 녹두 따위의 곡식을 물에 불려서 간 가루나 마른 메밀가루에 술을 조금 넣고 물을 부어 미음같이 쑨다.

152) '명다리'는 우리나라의 전국적인 속신으로 신령에게 소원을 비는 사람의 생년월일을 써서 걸쳐놓는 무명필을 말한다. 특히 아이가 태어나면 무당에게 가서 아이의 명다리를 써서 바친 뒤, 수양아들로 무당에게 의탁해 무병장수를 기원했다고 한다.(김명인, 『한국 근대시의 구조연구』, 한샘, 1988, p.77)

나 정령 혹은 '여우'(「오금덩이라는 곳」)는 모두 현실적 삶보다는 옛이야기나 속신에 등장하는 존재들이다.[153] 이들은 시 속에서 무서움을 유발하는 대상이지만, 그 무서움은 현실의 삶에서 느끼는 공포와는 질적으로 다른 것이다. 기묘한 습속이나 신비한 현상 혹은 설화들에서 파생되는 신비함 혹은 무서움은 흥미진진한 호기심을 유발하는 역할을 하기도 한다. 또한 무서운 이야기들과 거기에 등장하는 귀신들은 화자가 설화의 세계에 속해 있음을 상징적으로 드러낸다. 이것은 곧 이성적 사유에 의해 탈신비화되지 않은, 상상과 설화가 인간의 삶과 분리되지 않은 세계이다. 어린아이는 설화가 허구가 아닌, 현실의 삶과 융합되어 있는 사실이라고 느끼기 때문에 무서움을 느낀다. 정령과 동물과 인간이 동일한 시공간을 공유한다는 것은 무서움을 주기도 하지만, 이는 근대 이후 주체가 느끼게 되는 근원적 고독과 공포와는 전혀 다른 차원의 무서움이라 할 수 있다.[154]

이 작품의 화자는 어린아이인 '나'로 설정되어 있다. 시인은 자신의 과거에 있었던 추억을 유년의 자아의 관점에서 재현하기도 하지만, 그 자아를 관찰하는 태도를 보이기도 한다. 5연과 6연처럼 '가즈랑집할머니'가 중심 대상이 되는 경우, 화자는 어린아이의 시선을 가장하여 그 기억을 완연히 현재화하여 드러낸다. 아이의 시선을 빌려 그 기억들을 마치 현재에 일어나는 것처럼 위장하는 것은 그런 경험을 현재의 시점에서 재경험하려는

153) 이외에도 백석의 시에는 '조앙신'(「古寺」), '성주님', '디운구신', '조앙님', '굴대장군', '텅늘구신', '연자망구신', '달걀구신'(「마을은 맨천 구신이 돼서」) 등이 등장한다.

154) 특히 성인이 되었을 때 환기하는 유년의 공포는 기억을 용이하게 하는 소재이기도 하다. 무서움은 가장 오래 그리고 가장 깊게 기억 속에 각인된다. 그리고 성인이 되어 회상하는 유년의 공포는 동일한 공포를 불러일으키기 보다는 어린 시절의 순수함 혹은 천진난만함을 느끼게 한다.

것이라 할 수 있다. 그러나 7연처럼 '나'의 천진난만한 행동에 대한 기억을 더듬어 갈 때는 유년의 '나'를 관찰 대상으로 하고 시제 역시 과거형을 취한다. 일관성이 결여된 것처럼 보이는 이런 진술 태도는, 일견 동일해 보이는 이 시의 표면적 화자와 심층적 화자가 일치하지 않기 때문에 발생한다. 실제 경험을 토대로 쓰였기 때문에 이 시의 화자는 작가와 동일한 인물로 보아도 무방할 것이다. 그러나 표면적 자아인 어린 화자 '나'와 시 속에 은폐된 심층적 자아는 비동질적이다. 이런 비동질성은 각각의 화자가 속한 세계의 차이에서 발생한다. 이 시의 심층적 화자는 성인이며 근대에 속하는 존재이다. 반면 시적 대상이 되는 자아는 유년의 자아이며 근원적인 시공간에 속해 있다. 이 때의 유년의 자아는 '가즈랑집할머니'와 등위의 존재이다. 백석의 고향 재현 시편들에서 '나'는 시적 주체가 아니라 기억의 대상이다. 어린 '나'는 회귀하고자 하는 시공간 속에 존재하는 다른 풍경들과 동일한 존재이다.

이는 백석의 시가 고향에 대한 주체의 정서적 태도나 주관적 감정을 표현하기보다는, 그 고향이 지닌 풍물과 풍속, 놀이와 음식의 재현에 집중하는 것과 깊은 관련이 있다. 고향 시편들에 나타나는 백석의 시적 태도는 지극히 즉물적이다. 즉 자아의 내면을 응시하거나 풍경에 대한 주관적 반응을 자제하고 그 대상만을 담아내려는 태도를 보인다. 그것은 발견된 고향을 시적으로 재현해내고 이를 근대적 지평에서 불러내 재경험하려는 백석의 시적 방법과 관련된다.

백석 시의 '고향'은 근대의 시선에 의해 발견되는 것이다. 고향을 벗어난

근대적 시선을 전제해야 시적 풍경으로서의 고향이 성립된다.[155] 고향은 근대로의 이행이라는 지평의 변화가 있어야 발견 가능하며 시적인 대상이 된다. 이질적 세계에 정위한 주체에게만 고향은 특별한 의미공간이 될 수 있다. 풍경 밖의 자아가 전제되어야 풍경이 성립되듯이, 근대적 자아가 전제되어야 근대의 미적 공간으로서의 고향이 성립되는 것이다. 토속적 경험과 감각이 시적 방법이 되려면 그런 토속적 감각을 대상화하는 주체의 내면이 선행해야 한다. 그런 점에서 백석의 고향은 지극히 근대적인 내면이 만들어낸 미적 공간이라 할 수 있다. 즉, 그저 단순한 생활 풍경이던 '고향'을 시적 '풍경'으로 인식하는 여행자의 시선이 필요한 것이다. 이런 시선을 매개로 기록할 만하다고 여겨지는 절경이나 문화유적이 아니라 일상적인 사람살이의 모습이 시적 대상이 된다.[156] 그러므로 토속적인 감각의 재현이 백석 시의 방법이 되는 것은 근대적 제도의 산물이라고 할 수 있다.

백석 자신이 일본에서 영문학을 전공한 근대적 지식인이었다. 그가 활동하던 1930년대 후반 역시 근대적 생활환경이 보편화되는 시기였다. 그

---

155) 이는 '풍경'을 발견하기 위해서는 외적인 것에 무관심한 '내적 인간'이 전제되어야 하는 것과 동일하다.(가라타니 고진, 『일본 근대문학의 기원』, 박유하 역, 민음사, 1997, p.36) 고향을 떠난 자만이 고향을 인식한다는 김윤식의 지적 역시 동일한 의미이다.(김윤식, 「백석론」, 고형진 편, 『백석』, 새미, 1996, p.208)

156) 풍물과 풍속을 대하는 백석의 시선은 '여행자의 심미의 태도'가 '생활적 경관'을 발견했을 때의 시선이라고 할 수 있다. 근대 문학의 풍경은 여행자의 심미적 태도가 생활적 경관과 마주쳤을 때 발생한다.(李孝德, 『표상 공간의 근대』, 박성관 역, 소명출판사, p.46) 여행 과정에서 경험하게 되는 '탐승적 경관'보다는 '생활적 경관'에 주목하는 백석의 태도에서 근대문학의 '익명적 풍경'이 발생한다. 일상생활이 기록과 재현의 대상이 된다는 것은 이미 생활적 풍경 밖에 서 있는 자아를 전제한다. 백석은 풍경으로부터 소외된 내면의 소유자라고 할 수 있다. 그런 점에서 백석의 고향 탐구도 유년기 고향으로부터 멀어진 여행자의 심미적 태도로 바라보는 하나의 익명적 풍경이라고 할 수 있다.

럼에도 불구하고 백석의 시적 관심은 전통적인 삶의 흔적들에 머문다. 이런 백석 시의 고향 지향은 단순한 복고나 퇴행이 아닌, 근대에 결여된 경험과 민족적 정체성의 회복을 위한 시적 방법이라는 중층적인 의미를 지닌다고 할 수 있다. 유년기 고향을 재현하는 작품들은, 토속적이고 전통적인 삶을 복원하고, 이를 통해 현실적 삶이 결여하고 있는 풍요로운 감각과 세계와의 조화를 재경험하려는 시적 의지의 소산이라 할 수 있다.

> 명절날나는 엄매아배따라 우리집개는 나를따라 진할머니 진할아버지가있는 큰집으로가면
>
> 얼굴에별자국이솜솜난 말수와같이눈도껌벅걸이는 하로에베한필을짠다는 벌하나건너집엔 복숭아나무가많은 新里고무 고무의딸李女 작은李女
> 열여섯에 四十이넘은홀아비의 후처가된 포족족하니 성이잘나는 살빛이매감탕같은 입술과 젖꼭지는더깜안 예수쟁이마을가까이사는 土山고무 고무의딸承女 아들承동이
> 六十里라고해서 파랗게뵈이는山을넘어있다는 해변에서 과부가된 코끝이빩안 언제나힌옷이정하든 말끝에설게 눈물을짤때가많은 큰곬고무 고무의딸洪女 아들洪동이작은洪동이
> 배나무접을잘하는 주정을하면 토방돌을뽑는 오리치를잘놓은 먼섬에 반디젓닮으려가기를좋아하는삼촌 삼춘엄매 사춘누이 사춘동생들
> 이그득히들 할머니할아버지가있는 안간에들뭏여서 방안에서는 새옷의내음

새가나고

또 인절미 송구떡 콩가루차떡의내음새도나고 끼때의두부와 콩나물과 뽂운잔디와고사리와 도야지비게는모두 선득선득하니 찬것들이다

저녁술을놓은아이들은 외양간섶 밭마당에달린 배나무동산에서 쥐잡이를하고 숨굴막질을하고 꼬리잡이를하고 가마타고시집가는노름 말타고장가가는노름을하고 이렇게 밤이어둡도록 북적하니 논다

밤이깊어가는집안엔 엄매는엄매들끼리 아르간에서들웃고 이야기하고 아이들은 아이들끼리 웋간한방을잡고 조아질하고 쌈방이굴리고 바리깨돌림하고 호박떼기하고 제비손이구손이하고 이렇게화디의사기방등에 심지를 멫번이나독구고 홍게닭이멫번이나울어서 조름이오면 아릇목싸움 자리싸움을하며 히드득거리다 잠이든다 그래서는 문창에 텅납새의그림자가치는아츰 시누이동세들이 욱적하니 홍성거리는 부엌으론 샛문틈으로 장지문틈으로 무이징게국을끄리는 맛있는내음새가 올라오도록잔다

「여우난곬族」(『사슴』, pp.6~11)

「여우난곬族」은 1935년 12월 『朝光』에 발표되고, 시집 『사슴』의 '얼럭소새끼의 영각'부에 재수록된 작품이다. 이 작품은 유년기의 기억 속에 남아 있는 친족 공동체의 명절 풍경을 백석 특유의 화법으로 재현하고 있는 작품이다. 명절날 큰집에 모인 친족들, 홍성거리는 분위기와 명절 음식, 천

진난만한 아이들의 놀이 등 북적이는 명절의 모습을 정감어린 시선으로 재현해내고 있다.

이 작품의 1연과 2연은 명절날 큰집에 모이는 사람들의 모습을 구체적이면서도 정겨운 시선으로 포착하고 있다. 1연은 명절날 큰집으로 가는 화자 가족들의 모습을 간결하게 그려낸다. '나'는 어머니와 아버지를 따르고 '우리집 개'는 '나'를 따라 가는 풍경에서는 단란함이 묻어난다.

2연은 명절날 큰집에 모이는 친족 구성원들에 대한 묘사로 구성되어 있다. 성격과 버릇, 특징적인 외양과 살아온 이력 등이 나열되면서 각 인물들의 개성이 구체적이고 뚜렷하게 드러난다. '얼굴에별자국이솜솜난 말수와같이눈도껌벅걸이는' '新里고무'나 '포족족하니 성이잘나는 살빛이매감탕같은 입술과 젓꼭지는더깜안' '土山고무', 그리고 '코끝이　안 언제나흰옷이정하든 말끝에설게 눈물을짤때가많은' '큰곬고무'에 대한 묘사는 구체적이고 생동감있는 표현이라 할 수 있다. 그리고 생활력이 강해 보이는 '新里고무'나 '포족족하니 성'을 잘 내는 '土山고무'와는 달리 '큰곬고무'의 인상은 '큰곬고무'가 지녔을 슬픔에 대한 연민을 위주로 구성된다. 그것은 온전한 아이의 시선이라기보다는 '큰곬고무'에 대한 어른들의 시선과 정서가 어린 화자에게 투영된 것으로 추측된다.

시집 『사슴』에는 독특한 띄어쓰기가 사용되고 있는데, 이 작품의 2연에서 사용된 띄어쓰기는 인물에 대한 인상의 일정 단위와 일치한다. 일반적인 어법을 지키기보다는 인물이 지니는 특징의 한 단위 단위를 중심으로 띄어쓰기가 이뤄진 느낌을 준다.[157] 또한 '~ㄴ' 혹은 '~는'의 구절 반복이 주는 규칙성은, 인물들의 독특한 개성이 두서없이 나열되는 데에서 파생하는 무질서함과 기묘한 조화를 이룬다.

3연과 4연은 이렇게 한자리에 모인 대가족들의 명절나기 모습을 그린다. 3연은 홍성거리는 명절의 분위기를 다양한 감각을 동원해 표현한다. '그득히들'이 환기하는 가득 찬 느낌, '새옷의**내음새**'와 '인절미 송구떡 콩가루차떡의**내음새**', '모두 **선득선득하니 찬**것들' 등, 풍부한 감각성이 환기되고 있다. 집안을 가득 채우는 새 옷의 냄새와 명절 음식이 환기하는 냄새는 평상시와 다른 명절의 분위기를 후각적으로 재현한다. 또한 다양한 음식들이 환기하는 미각과 음식들이 주는 촉각의 느낌까지 덧붙여져 홍성거리는 명절의 분위기를 다양한 감각을 통해 묘사하고 있다. 3연에서 옷과 음식의 냄새, 음식 자체가 환기하는 맛과 질감 혹은 촉각들은 모두 토속적인 감각 자료들이라 할 수 있다.

4연은 즐겁게 노는 아이들의 모습과 다양한 놀이, 천진난만한 모습 등을 통해 홍겨운 명절의 분위기를 묘사한다. 큰집에 모인 친족들은 개성적인 외모만큼이나 다양한 삶을 살아온 인물들이다. 고되고 힘든 삶을 살더라도 명절만큼은 홍겹게 보내는 것이 우리의 보편적인 심성이며, 이 시의 가족 구성원들 역시 현실의 삶을 잠시 잊고 즐겁고 풍요로운 시간을 즐긴다. 명절만큼 우리 민족의 귀소본능을 강렬하게 자극하는 것도 드물다. 특히

---

157) 백석의 『사슴』에 실린 고향 재현의 시편들에 보이는 띄어쓰기는 어법에 따른 띄어쓰기가 아닌, 응축된 일련의 이미지들의 단위로 구분되는 것처럼 보인다. 음절보다는 어휘가, 어휘보다는 구절이, 구절보다는 일련의 감각의 단위들이 배열되고 있는 듯한 인상을 준다.

유년기 기억 속의 명절은 대부분 홍겹고 풍족한 축제의 기간이다. 이 시의 화자 역시 가족들 속에서 결핍이 없는 시간을 보낸다. 이 시의 제목인 '여우난곬族'은 이런 친족 공동체를 의미한다. 친족 공동체는 그 자체로 어린 아이에게 안전하고 평화로운 삶의 환경이 된다. 그 안온한 삶의 테두리 안에서 아이는 현실적 삶과 갈등을 겪지 않으며, 관심과 보살핌에 의한 평화로운 삶을 살아간다. 이런 공동체적 삶이야말로 시인이 그리워하는 가장 원형적인 삶의 형태라 할 수 있다.

기억에 의해 재현된 고향의 풍경 속에는 조화롭고 풍요로운 삶이 보존되어 있다. 백석의 시는 토속적인 감각을 환기하는 전근대의 풍속과 풍물, 사람들과 음식이 가득한 시적 풍경을 고스란히 간직하고 있다. '살빛이매감탕같은'이 환기하는 색감이나 '인절미 송구떡 콩가루차떡'의 냄새, '선득선득하니' 차가운 음식들, 부엌으로 난 문틈으로 들어오는 '무이징게국' 끓이는 냄새 등은 모두 우리의 전통적인 생활상과 관련된 감각을 표상한다. 이들 이미지는 구체적이고 특수한 시각이나 후각, 촉각적 감각들로 구성되며, 전통적이고 토속적인 우리의 생활로부터 파생된 것들이다.

4연에 나타나는 시간의 흐름 역시 전통적인 삶의 리듬을 반영한다. 저녁부터 다음날 아침까지의 시간의 경과는, '저녁술을놓은'→'밤이어둡도록'→'밤이깊어가는집안엔'→'화디의사기방등에 심지를 번이나독구고'→'홍게닭이 번이나울어서'→'문창에 텅납새의그림자가치는아츰' 등으로 서술된다. 시간의 흐름이 외부 환경의 변화에 의해 감지된다. 크게는 낮밤의 교차로, 세밀하게는 심지를 돋우는 횟수나 문창에 드리워지는 그림자의 모습으로 시간의 경과를 측정한다. 여기에 분절되고 추상화된 시계의 시간은 존재하지 않는다. 이는 이 시의 리듬과도 관련이 있는 것으로 보인다. 이 작품이 반복과 병렬로 인해 일견 장황해 보이는 문체를 이루는 것도 이런 생활 리듬과 관련되는 것으로 보인다. 작품 전체를 관류하는 시적 리듬은, 정신없이 북적거리고 어수선함에도 불구하고 전통과 관습에 따라 차근히 진행되는 우리 명절의 일상적 리듬을 반영하는 것이라 할 수 있다.

이런 다채로운 감각의 펼쳐짐은 홍성거리는 명절의 분위기를 사실적으로 재구성하면서 그에 대한 정서적 몰입을 유도한다. 명절은 같은 민족이라면 누구나 공감하는 보편 경험을 포함하고 있기 때문이다. 그 경험들은 명절 특유의 감각적 대상들과 분위기를 떠올리게 한다. 명절에 경험하는 가족들과 음식, 풍속과 놀이에는 우리 민족만의 전통적이고 토속적인 감각을 내포하기 때문이다.

백석의 시는 이런 토속적이고 전근대적인 삶의 양상을 사실적으로 재현하는 데 주력한다. 이런 태도는 백석의 고향 재현이 근대적 삶이 상실한 감각적 경험을 복원하는 것과 관련이 있다. 기억의 감각적 재현은 결국 현재적 삶이 상실한 경험의 복원을 위한 시적 방법이라고 할 수 있다.

백석의 시학은 추상적 시간을 넘어 실재적 자아를 구성하는 지속으로서의 시간을 회복하는 것이다. 이는 그 지속으로서의 시간 속에 내재하는 삶의 지층으로서의 고향을 떠올리고 재현하는 것으로 구체화된다. 백석의 시에서 고향에 대한 기억은 베르그송의 '순수기억' [158]이나 프루스트의 '무의지적 기억' [159]과 동일한 의미를 지닌다. 베르그송이나 프루스트의 '순수기억' 혹은 '무의지적 기억'은 우리의 참된 과거사의 기록이며 자아의 진실된 실재성을 구성하는 기억이다. 베르그송과 프루스트는 순수 기억 혹은 무의식적 기억에 시간과 자아를 회복하는 주요한 기능을 부여한

158) 기억을 새로운 관점에서 바라보고 거기에 새로운 의미를 부여한 사람이 베르그송이다. 그는 의식 존재에 있어서 존재한다는 것은 지속한다는 것이며, 지속한다는 것은 기억한다는 것으로 본다. 기억이 수반되지 않은 의식은 있을 수 없으며 기억이 현재의 의식에 침투하지 않은 연속이란 존재하지 않는다. 그러므로 베르그송의 내적 지속은 과거를 현재 속에 연장시키는 기억의 연속적인 삶을 의미한다.

베르그송은 기억을 습관적 기억(기계적 기억)과 순수 기억(자발적 기억)으로 구분한다. 습관적 기억이 실용적인 목적을 가지고 반복을 통해 습득된다면, 순수 기억은 일회적이고 비실용적이다. 습관적 기억은 의식적으로 암기하거나 반복에 의해 형성된다. 의지적인 기억, 지성에 의해 조성되는 기억, 기억에의 자의식을 지닌 것이 습관적 기억이 된다. 습관적 기억은 실용적인 목적에 의해 형성된다. 이에 반해 자발적 기억 또는 순수 기억은 기억에의 자의식이 없지만 훗날 불현듯 떠오르는 것이다. 굳이 기억할 필요가 없었으나 후에 떠오르는 기억이므로 '무관심적' 동기에 의해 형성된 기억이다.

습관적 기억은 과거의 특정한 시간 속에서의 우리의 의식 상태와 독특한 감정을 지니고 있지 않은 기억이다. 습관적 기억은 과거 속에서 우리의 관심에 의해 선택된 어떤 사실만을 추상하여 마치 축음기의 편처럼 과거와 동일한 시간과 질서 속에서 그것을 표상한다. 과거 사건의 독특한 초점과 반복 불가능한 일회적인 성격에 대해서는 의식을 갖지 못한다. 이는 실용적인 필요에 의해, 지성과 의지 작용에 의해 이루어지며 삶에 유용하다.

반면, 순수 기억은 즐거운 여행을 했을 때 일어났던 독특하고 일회적인 여러 인상들을 상기할 경우의 기억이다. 자발적인 기억은 습관적인 성격을 조금도 지니고 있지 않으며, 우리의 모든 체험의 고유한 질을 순수한 상태로 보존한다.(이상은 김진성,『베르그송 연구』, 문학과 지성사, 1985, pp.131~134 참조)

159) 프루스트가 기억을 의지적 기억mémoire volontaire과 무의식적 기억mémoire involontaire으로 구분한 것 역시 베르그송 철학의 영향이라고 할 수 있다. 프루스트의 의지적 기억이 일반명사라면 무의지적 기억은 고유명사이다. 의지적 기억이 생의 실천 법칙에 매여 있는 도구에 불과한 것이기 때문에 우리의 삶의 순수한 즐거움을 지니지 못한 반면, 무의식적 기억은 우리에게 시간에 대한 참된 인상을 주며 과거에 생명력을 불어넣어 준다. 이런 무의식적 기억은 정신적 이완의 상태, 지성적 기억이 민첩하게 작용하지 않는 나태의 순간에 나타난다.

그러나 그것은 하나의 조건일 뿐, 무의식적 기억이 살아나기 위해서는 우연한 어떤 현실적 감각이 작용해야 한다. 프루스트에 의하면 현재의 감각의 지각은 모두 과거의 무의식적 기억, 특히 감성적 기억에 연결되어 있으며, 이 무의식적 기억을 떠올리는 감각은 평소에는 별 의미가 없는 아주 하잘 것 없는 것들에 불과하다. 이런 점에서 프루스트에게 감각은 상당히 중요하다. 그것은 현재의 지각을 형성하면서 동시에 무의지적 기억 속에 있는 과거의 감각을 떠오르게 한다.(이상은 발터 벤야민,『발터 벤야민의 문예이론』, 반성완 편역, 민음사, 1992, p.122 참조)

다. 자아의 연속성과 동일성이 심각하게 손상되는 근대세계에서 무의식적 기억의 재구성은 과거의 회복을 통해 자아를 회복하는 역할을 하는 것이다.[160] 백석의 고향 재현은, 현실의 삶이 상실한 풍부한 감각과 근원적인 조화 및 일체감을 회복시켜 준다는 점에서 순수 기억이라 할 수 있다.

벤야민은 프루스트의 이런 방법을 일컬어 '과거의 일들을 현재 속에 생생히 떠올리는 방식Vergegenwärtigung'이라고 한다.[161] 무의식적 기억에 의해 우리는 어떤 특정한 순간에 잃어버린 듯하나 실은 우리 내부에 아직도 존재하는 과거를 발견하게 된다. 현실의 어떤 감각에 의해 이런 기억을 환기시킬 수 있고 이를 통해 과거의 세계와 만날 수 있는 것이다. 즉, 근대적 삶의 지평에서 상실한 '진정한 경험'을 회복할 수 있는 것이다.[162] 이 진정한 경험은 결핍과 부재의 시대에 조화의 붕괴와 의미의 결락을 메우기 위해 과거의 삶으로부터 불러오는 것이다. 이들 진정한 경험은 풍부한 감각으로 구성된 것으로,[163] 분석적 이성과 과학적 사유에 의한 경험과

---

160) 한스 마이어호프, 『문학 속의 시간』, 이종철 역, 문예출판사, 2003, pp.71~77.

161) 발터 벤야민, 앞의 책, p.114.
본고에서는 벤야민의 'Vergegenwärtigung'를 '회감(回感)'이란 용어로 번역해 사용한다. 벤야민은 프루스트가 과거의 경험을 생생히 떠올려 재경험하려는 태도에 주목하여, 기억을 재현하는 방법을 '회상 혹은 기억'(Reflexion)이 아니라 '떠올려 다시 경험함'(Vergegenwärtigung)이라고 명명한다. 'ein ganzes Leben mit der höchsten Geistesgegenwart zu laden. Nicht Reflexion - Vergegenwärtigung'(Walter Benjamin Gesammelte Schriften Ⅱ-1, Suhrkamp Verlag, 1977, p.320) 백석의 고향 재현 시편들이 유년기의 고향을 생생하게 떠올리고 재경험하려는 양상을 보인다는 점에서, 프루스트의 이런 방법과 유사하다고 할 수 있다.

162) 진정한 경험은 조각나지 않은 경험, 환경과 자아가 불화를 경험하기 이전의 경험이다. 유년기 기억 속의 고향은 벤야민의 '진정한 경험'(발터 벤야민, 앞의 책, p.120)이 자리하는 시공간이며, 이는 곧 근대의 부정성에 대응하는 미적 시공간이라고 할 수 있다.

163) 슈트라우스는 공간의 체험을 '풍경의 공간'과 '지리학의 공간'으로 구분한다. '풍경의 공간'이 풍부한 감각적 경험을 바탕으로 구성된다면, '지리학의 공간'은 추상적이고 기하하적으로 설계되고 측정된 경험을 바탕으로 구성된다.(Straus, 앞의 책, p.321) 이때의 '지리학적 공간'은 근대적 경험의 본질적 속성을 드러내 보인다. 근대적 경험은 편향된 감각(주로 시각과 청각)에 치중하거나 직접적이고 다양한 경로의 감각이 결여된 상태이다. 반면 '풍경의 공간'은 세계와의 직

는 질적으로 구분된다. 그것은 이지적 분석 이전의, 지각된 감각 그 자체로 구성된 경험이다.[164] 백석의 고향 재현 시편들에서의 감각성도 이런 맥락에서 파악해야 할 것으로 보인다. 근대적 경험이 지니는 편향성 혹은 감각적 결핍에 대응해 백석의 고향 재현 시편들은 원형적 삶의 회복 혹은 현실의 불모를 넘어선 풍부한 감각적 경험을 지향한다. 백석의 시는 고향의 감각적 재구성을 통해 근대적 경험이 상실한 감각을 복원한다고 할 수 있다.

아배는타관가서오지않고 山비탈외따른집에 엄매와나와단둘이서 누가죽이는 듯이 무서운밤 집뒤로는 어늬山곬작이에서 소를잡어먹는 노나리군들이도적 놈들같이 쿵쿵걸이며다닌다

날기멍석을저간다는 닭보는할미를차굴린다는 땅아래 고래같은기와집에는언제나 니차떡에 청밀에 은금보화가그득하다는 외발가진조마구 뒷山어늬메도 조마구네나라가있어서 오줌누러깨는재밤 머리맡의문살에대인유리창으로 조마구군병의 새깜안대가리 새깜안눈알이들여다보는때 나는이불속에자즐어붙

접적인 조화와 공감을 통해 형성된다는 점에서 근대적 경험과는 다른 지평을 형성한다. 김우창 역시 지도와 풍경의 경험을 구분하고 지도의 경험이 근대적 경험의 속성과 닮았다고 본다. 그는 우리가 마음속에 고향을 간직하며 아름다운 풍경을 찾는 것은 이러한 세계와의 조화를 갈구하기 때문이라고 본다.(김우창, 「꽃과 고향과 땅」,『지상의 척도』, 민음사, 1993, p.87)

164) 프루스트의『잃어버린 시간을 찾아서』에서 무의지적 기억을 떠올리고 과거의 시간을 회복하는 데에 감각이 주요한 매개체가 되는 것도 이런 인식과 깊은 관련이 있다. 프루스트가 무의식적 기억을 떠올리게 하는 여러 감각들 중에 제일 큰 관심을 보인 것은 후각과 미각이다(그는 눈의 기억은 대부분 지성적 기억이라고 본다). 프루스트의 '특권적인 순간'은 감각에 의해 촉발된 기억이 되살아나 갑자기 명료해진 의식의 표층에 생생한 과거사가 펼쳐지는 순간을 의미한다.(김진성,『베르그송 연구』, 문학과 지성사, 1985, p.139)

어 숨도쉬지못한다

또이러한밤같은때 시집갈처녀망내고무가 고개넘어큰집으로 치장감을가지고 와서 엄매와둘이 소기름에쌍심지의불을밝히고 밤이들도록 바느질을하는밤같은때 나는아룻목의샅귀를들고 쇠든밤을내여 다람쥐처럼밝어먹고 은행여름을 인두불에구어도먹고 그러다는이불옿에서 광대넘이를뒤이고 또 눟어굴면서 엄매에게 옿목에둘은평풍의 샛빩안천두의이야기를듣기도하고 고무더러는 밝는날 멀리는 못난다는뫼추라기를 잡어달라고졸으기도하고

내일같이명절날인밤은 부엌에 쩨듯하니 불이밝고 솥뚜껑이놀으며 구수한내음새 곰국이무르끓고 방안에서는 일가집할머니가와서 마을의소문을펴며 조개송편에 달송편에 죈두기송편에 떡을빚는곁에서 나는밤소 팟소 설탕든콩가루소를먹으며 설탕든콩가루소가가장맛있다고생각한다
나는얼마나 반죽을주물으며 힌가루손이되여 떡을빚고싶은지모른다

섯달에 내빌날이드러서 내빌날밤에눈이오면 이밤엔 쌔하얀할미귀신의눈귀신도 내빌눈을 받노라못난다는말을 든든히녁이며 엄매와나는 앙궁옿에 떡돌옿에 곱새담옿에 함지에 버치며 대냥푼을놓고 치성이나들이듯이 정한마음으로 내빌눈약눈을받는다
이눈세기물을 내빌물이라고 제주병에 진상항아리에 채워두고는 해를묵여가며 고뿔이와도 배앓이를해도 갑피기를앓어도 먹을물이다

「古夜」(『사슴』, pp.16~21)

「古夜」는 유년의 밤들을 배경으로 그 밤과 관련되 인상 깊었던 경험들을 시적 대상으로 한다. 어린아이의 시선을 통해 포착된 몇몇 밤의 경험들을 선명하게 재현해 내고 있다는 점이 특징적이다. 천진난만한 아이의 상상과 여성들의 노동, 납일날의 풍습과 명절 전날의 정경이 정감있게 그려지고 있다. 이들은 모두 백석의 고향 재현 시편들이 공통적으로 보이는 특성인 바, 성인의 세계 혹은 근대적 현실에는 더 이상 존재할 수 없는 것들이다.

「古夜」의 각 연들은 각각 독립적인 일화나 경험들로 구성되며, 전체적인 구조는 그 경험과 일화들이 병렬되는 형태로 이루어진다. 밤은 원형적으로 두려움의 시간이다. 빛의 부재에서 오는 시각의 무기력은 절대적 공포를 발생시킨다. 특히 설화와 전설 속에서 밤은 짐승들과 도둑들과 귀신들이 활동하는 시간대이다. 1연과 2연은 그런 밤에 대한 어린아이의 공포심과 관련된 경험들을 담고 있다. 1, 2연에서 「古夜」의 공간은 이야기 속의 '노나리꾼'과 '조마구군병'이 돌아다니는, 설화와 현실이 분화되지 않은 세계이다. 1연의 공포는 아비의 부재와 밀접하게 연관된다. '엄매와나와 단둘이서'라는 구절에서도 보이듯이, 아버지가 없음에서 파생되는 공포와 심리적 압박감이 '노나리꾼들'이 집 뒤로 '쿵쿵걸이며' 다니는 듯한 환청을 유발한다. 2연에서 어린 화자는 문살에 댄 유리를 통해 보이는 바깥의 어둠에서 '조마구군병'의 까만 머리와 눈을 연상한다. 깊은 밤 홀로 깨어 있다는 사실 자체가 두려움을 낳고 이런 심리 상태가 설화 속의 무서운 존재를 불러오는 것이다. 1연과 2연에서 어둠이 주는 공포와 설화를 토대로 한 아이의 상상은 천진난만한 유년 시절을 떠올리게 한다. 귀신과 도깨비들의 존재를 믿고 무서움을 느끼는 것 자체가 순수한 유년시절에야 가능한 것이기 때문이다. 그런 점에서 이 작품의 어린 화자가 느끼는 무서움은 순수한 유년과 동화의 세계를 상징한다. 사실과 환상, 현실과 설화가 분리되지 않은 세계 속의 어린 화자가 '조마구군병'과 '할미귀신'에게서 느끼는 두려움은, 성년이 되어 세계와의 불화를 경험하며 주체가 떠안게 되는 공포나 불안과는 질적으로 다른 것이다. 오히려 어린아이의 이런 두려움은 아이의 순진함과 기억의 선명함을 더해주는 역할을 하기도 한다.

3, 4연에는 여성적 노동과 천진한 아이의 모습, 명절 전날의 홍성거림과 풍성한 음식들이 표현되어 있다. 혼수를 준비하는 시누이와 올케의 오붓한 모습 혹은 명절을 준비하는 친족들의 북적거리는 모습들은 전통적인 우리 민족의 밤풍경이라 할 수 있다. 1, 2연과 전혀 다른 밤 풍경이 가능한 것은 가족들과 불빛이 함께 하기 때문이다. 3연의 '소기름에쌍심지의 불'이나 '부엌에 쩨듯하니' 밝은 불은 어둠을 밝혀 낮의 활동을 가능하게 하는 도구이자 가족들을 모이게 하는 매개체의 역할을 한다. 이런 밤은 즐거운 놀이의 연장이자 홍겨운 이야기와 맛있는 음식이 풍성하게 제공되는 시간이기도 하다. 특히 4연의 불빛과 음식이 환기하는 맛과 냄새는 전통적인 우리의 명절 전날의 풍경을 감각적으로 풍부하게 재현한다. 화자는 반죽을 주물러 떡을 빚고 싶다는 구절에서 부드러운 촉각적 대상에 대한 욕망

을 표현하기도 한다. 명절 전의 흥성거림은 곧 감각적 흥성거림과 일치한다. 그것은 전통적이고 공동체적 삶이 감각적 풍부함을 지니고 있었음을 의미한다. 그런 공동체 속에서 유년의 시적 자아는 만족과 행복을 느낀다.

5연은 '내빌날'의 풍속과 관련된 경험을 담고 있다. '납일(臘日)'[165]에 내린 눈을 약물로 쓰는 풍속에 따라 화자는 어머니를 따라 눈을 받는다. '귀신도 내빌눈을' 받느라 이날만큼은 돌아다니지 않는다는 말에서 인격화된 귀신과 이를 믿는 아이의 천진한 모습 등이 정겹게 그려지고 있다. '치성이나 들이듯이 정한마음으로' 눈을 받는 모습에서도 역시 순수함을 엿볼 수 있다.

근대적 삶의 방식이 보편화되면서 이런 풍속과 신앙은 점차 사라져간다. 非과학적이고 의학적 신빙성이 없는 믿음은 부정과 비판의 대상일 뿐이다. 그러나 시인은 그런 고향을 애정어린 시선으로 재현한다. 그렇게 재현된 세계는 근대적 지식에 의해 분석되고 사유되는 세계가 아니다. 유년의 고향을 구성하는 것은 귀신과 도깨비가 돌아다니는 곳이며, 민간 신앙과 동화가 공존하는 세계이다. 그곳에는 근대에 의해 축출된 요정들이 여전히 살아 존재한다. 이런 세계는 결국 자아와 세계의 원초적인 소통이 가능한 세계라 할 수 있다. 옛이야기는 단순한 이야기가 아니라 생활 방식과 세계를 이해하는 교과서이기도 했다.

근대적 자의식에 의해 재현된 전근대의 고향은, 근대적 이성이 적극적으로 비판하고 극복하고자 했던 관습적인 봉건의 잔재이기보다는, 근대

165) '납일'은 한 해 동안 지은 농사 형편과 그 밖의 일을 여러 신에게 고하며 제사지내는 날. 동지 뒤의 셋째 술일. (이동순, '낱말풀이', 『백석시전집』, 창작과비평사, 1987, p.191)

적 삶이 결락하고 있는 세계와의 조화와 풍부한 감각적 경험이 깃들인 시공간이다. 근대적 삶의 방식과는 다른 공동체의 모습과 노동 속에서 어린 화자는 행복감을 느낀다. 「여우난곬族」의 친족 공동체나, 「가즈랑집」의 민간 신앙의 세계와 맥을 같이 하는 「古夜」의 세계는 세계와의 불화가 개입되지 않은 조화로운 세계이며, 순수한 경험이 깃들여 있는 세계라 할 수 있다.[166)]

이런 의미에서 근대 사회로의 이행은 조화롭고 풍부한 삶으로부터의 이탈 과정이다. 사물과의 총체적인 관계가 결여된 현재적 삶에 비해 고향의 체험은 세계와의 근본적인 조화를 바탕으로 한다. 그리고 그 고향은 과거에 존재하며 기억의 방식으로만 환기 가능한 것이다. 그 기억의 방식은 「古夜」에서처럼, 현재적 자아가 개입되지 않음으로 인해 그 세계에 대한 시인의 감정이 철저히 배제되며 현재형을 사용함으로써 과거의 사실을 추억한다기보다는 흡사 현재 일어나고 있는 듯한 인상을 준다. 이미 붕괴되어 가는 전통적 사회, 과거 저편의 세계를 백석은 기억의 방식으로 현재화하고 있는 것이다. 기억이란 경험의 완성이라고 할 수 있다.[167)] 기억되는 사실들은 현재의 자아가 지니는 절박한 상황 인식 혹은 미래에 대한 공포에 의해 조정되어 하나의 완전한 경험 형식으로 일깨워진다. 백석의 시에서 과거는 지나가 버린, 그래서 무화된 시간이 아니라 기억의 방식으로 현재에 개입하는 실재적 시간이라고 보아도 될 것이다. 그리고 그렇게 환기

166) 졸고, 「잃어버린 시간의 복원과 허무의 시의식」, 상허문학회, 『1930년대 후반 문학의 근대성과 자기성찰』, 깊은샘, 1996.
167) 김준오, 『시론』, 문장사, 1982, p.286.

된 기억 속의 고향은 현재적 삶이 지닌 불모성을 극복하기 위한 미적 모색의 결과라 할 수 있다.

백석의 시에서 유년기 고향은 기억의 대상이라기보다는 감각의 대상에 가깝다. 백석의 시에서 감각은 기억을 재생하는 중요한 도구이며, 시를 구성하는 매개체이다. 유년기의 고향을 다룬 「가즈랑집」, 「古夜」, 「여우난곬族」 등에서 생생한 감각은 시적 대상이자, 경험의 보편화를 가능하게 하는 도구이다. 시인은 이런 경험로부터 감각을 연상해 내고, 그 구체적 정황을 정확히 재현해냄으로써 경험의 공간을 확장하고자 한다.

경험의 기록과 재현은 필연적으로 감각적 구체성을 수반하여야 한다. 특히 앞 절에서 밝힌 바대로 주관적 정서에 의해 가공되거나, 분석적인 사유에 의해 재구성되지 않은 상태의 경험을 있는 그대로 전달하고자 하는 백석의 시에서, 감각은 생생한 체험을 포착하고 전달하는 시적 방법이 된다. 백석 시에 나타나는 이러한 감각은 그가 다루는 시세계의 특성과 관련되어 독특한 양상을 빚기도 한다.

닭이 두홰나 울었는데

안방큰방은 홰즛하니 당등을하고

인간들은 모두 웅성웅성 깨여있어서들

오가리며 석박디를 썰고

생강에 파에 청각에 마눌을 다지고

시래기를 삶는 훈훈한 방안에는

양염내음새가 싱싱도하다

밖에는 어데서 물새가 우는데

토방에선 햇콩두부가 고요히 숨이들어갔다

「秋夜一景」(『三千里文學』, 1938.1)

제목의 '秋夜一景'은 가을밤 명절이나 잔치를 준비하는 집안 풍경을 의미한다. 늦도록 불빛이 환하고 사람들의 웅성거리는 소리가 들려오며, 음식 장만하는 소리와 음식 냄새가 집안에 가득하다. 환한 불빛과 홍성거리는 분위기는 명절이나 잔치를 준비하는 전통적인 우리 민족의 집안 풍경을 떠올리게 한다. 이런 토속적인 풍경을 재구성하는 데 가장 중요한 것이 바로 감각이다. 특히 '오가리', '석박디', '생강, 파, 청각, 마늘', '시래기', '햇콩두부' 등의 음식과 양념들은 전통적인 미각과 후각을 자극한다. 그리고 불빛과 사람들의 웅성거리는 소리를 통해 홍성거리는 잔치나 명절 전야의 분위기를 재현한다. 「秋夜一景」의 구성은 감각을 통해 시적 대상인 명절 전야의 집안 풍경을 재현한다는 점에서 「定州城」의 시적 방법과 유사하다고 할 수 있다.

그런데 이 작품에서 눈길을 끄는 것은 풍경의 재현에 사용된 토속적인 언어와 그것이 환기하는 감각이다. '홰즛하니' 밝은 '당등'은 전등의 밝은 불빛과는 전혀 다른 정서를 환기한다.[168] 밝기의 정도를 나타내는 부사어인 '홰즛하니'[169] 역시 단순한 밝기를 나타내는 데 그치지 않고 독특한 시적 정취를 환기한다. 또한 이 작품에서 거론되는 양념들과 음식들은 그 자체로 전통적인 입맛과 냄새를 환기한다. '오가리', '석박디', '생강, 파, 청각, 마늘', '시래기', '햇콩두부' 등의 토속적인 음식들은 각각 독특한 냄새와 맛을 환기하는 감각 자료들이다. 이들 토속적인 감각들은 구체적이고 사

168) 음식이 토속적인 감각과 함께 생활습속을 매개한다면 백석 시의 불빛은 토속적인 정취를 환기한다. 백석의 시에서 밤을 배경으로 한 작품들이 상당수 있지만 밤을 밝히는 불빛은 늘 등잔불이거나 등불이다. 이런 불빛들은 근대적 조명 장치들과 달리 토속적인 풍경을 조성하는 데 적극적으로 기여한다. '불빛'과 관련된 시어는 다음과 같다.

헌겁심지에 아즈까리기름의쪼는 소리(「定州城」)
화디의사기방등에 심지를 번이나독구고(「여우난곬族」)
소라방등이 불그레한 마당에(「統營」)
소기름에 쌍심지의불/째듯하니 불이밝고(「古夜」)
뜨수할 것같이 불이 뿌연히 밝다/초롱이 히근하니/종이燈(「未明界」)
홰즛하니 당등을 하고(「秋夜一景」)
처마끝에 종이등의 불을 밝히고(「山中吟-饗樂」)
째듯하니 줄등을 헤여달고(「외가집」)
접시귀에 소기름/소뿔등잔에 아즈까리 기름(「개」)
해빛이 초롱불같이 희맑은데(「咸南 道安」)
환한 촛불 밑에(「木具」)
하로밤 뽀오 흰김 속에 접시귀 소기름불이 뿌우현 부엌에(「국수」)

한밤의 불빛은 기억과 경험을 재구성하는 데에서 상당히 중요한 역할을 한다. 밤의 불빛은 그 풍경의 분위기를 구성하는 가장 중요한 요소이기도 하다. 그런 점에서 백석의 시에 나타나는 불빛들이 대부분 전통적이고 토속적이라는 점은 그의 시세계의 전반적인 특성과 밀접하게 연관된다. 대부분의 토속적인 불빛과 달리, 유일하게 전등이 등장하는 작품이 「흰 바람벽이 있어」이다.

희미한 十五燭 전등이 지치운 불빛을 내어던지고(「힌 바람벽이 있어」)

여기서 '전등'은 지치고 고된 현실적 삶을 조명하는 도구로 사용된다. 토속적인 불빛들이 독특한 밤이 정취 혹은 정겨운 밤의 삶의 풍경을 연상시키는 것과 달리, 「힌 바람벽이 있어」의 '전등'은 고되고 남루한 자아의 현실상을 조망한다는 점에서 대조적이다.

169) '홰즛하니'는 '어둑어둑한 가운데서 호젓한 느낌이 드는'의 뜻을 지닌 부사어이다.(이동순 편, '낱말 풀이', 『백석시전집』, 창작과 비평사, 1987) 불빛이 환한 상태를 지칭하는 '째듯하니'와 대비된다.

실적인 풍경의 재현에 있어 중요한 역할을 한다. 「秋夜一景」은 다채로운 감각들로 가득 찬 시적 세계의 한 단면을 묘사하고 있다. 그리고 그 감각들은 모두 토속적인 세계를 구성하는 요소들이다. 이런 감각들은 점차 사라져가는 전통적인 생활상을 재구성하고 이를 추체험하게 한다. 그런 점에서 백석 시의 토속성은 그의 토속적인 감각과 긴밀하게 연결되어 있다고 할 수 있다.

토속성을 환기하는 시어들은 백석의 거의 대부분에 분포되어 나타난다.[170] 그런데 이들 토속성을 드러내는 시어들 중에는 전통적이고 토속적인 감각을 환기하는 경우가 있다. 사물 자체의 감각적 성질이 전통적이고 토속적이어서 그 감각에 대한 별다른 수식 없이도 독특한 감각적 자극을 환기하는 시어들이다.

1) 아즈까리 기름의 쪼는 소리(「定州城」)

2) 박이 달같이 하이얗게 빛난다(「흰밤」)

3) 가지취의 내음새(「女僧」)

부분 인용한 위의 구절들은 모두 일정한 감각을 환기한다. 그런데 그 감각들은 일반적인 소리나 빛깔, 냄새와는 구별되는 독특한 감각적 자질을 내포한다. 아즈까리 기름이 타는 소리와 그 불빛, 지붕 위에서 하얗게 빛나는 박, 여승에게서 나는 '가지취' 냄새 등은 모두 우리 민족의 전통적인

170) 이런 토속적인 소재와 시어에 대한 정리는 김학동의 『백석전집』(새문사, 1990, pp.252~261)을 참조할 것.

경험과 정서를 토대로 형성된 감수성에 조응하는 감각들이다.[171] 위와 같이 감각 자체가 독특한 사물이나 대상과 연결되는 경우도 있지만, 감각을 구체화하고 수식하는 과정에서 토속적 양상이 구체화되고 부각되는 경우도 있다.

1) 쩨듯하니 불이 밝고(「古夜」)

2) 쩌락쩌락 떡을 친다(「山中吟-饗樂」)

3) 들믄들믄 더웁기도 하다(「山中吟-山宿」)

---

171) 인용한 구절 이외에 토속적인 사물들에 의해 독특한 감각이 환기되는 경우는 다음과 같다.

솥뚜껑이 놀으며 구수한 내음새(「古夜」)
빨갛게 질들은 八모알상/새파란 싸리를 그린 눈알만한 盞(「酒幕」)
문창에 텅납새의 그림자(「여우난곬族」)
흙담벽에 볕이 따사하니/돌덜구에 天上水가 차게(「初冬日」)
양철통을 쩔렁거리며 달구지는(「城外」)
수리취 하이얀 복이(「쓸쓸한 길」)
바리깨 두드리는 쇳소리(「오금덩이라는 곳」)
키질하는 소리/오지항아리 독이 빛난다(「彰義門外」)
주홍칠이 날은 旌門(「旌門村」)
바람 맛도 짭짤한 물맛도 짭짤한(「統營」)
시큼털털한 술(「고방」)
빨갛고 노랗고 곱기도 한 건반밥(「固城街道」)
얼럭궁 덜럭궁 색동헌겊/소거름 내음새 구수한(「넘언집 범 같은 노큰마니」)
뜨수한 구들/구수한 술국(「球場路」)
정갈한 노친네의 내음새같은 메밀내(「北新」)

여기에 음식과 불빛에 관련된 시어를 포함한다면 백석의 시에서 토속적 감각을 환기하는 사물과 감각은 상당히 많은 분량을 차지할 것이다. 백석의 시에 등장하는 음식은 여러 논문에서 이미 정리된 바 있으므로 여기서는 그 양상만을 간단히 열거하고자 한다.

호박잎에 싸오는 붕어곰(「酒幕」), 인절미, 송구떡, 콩가루차떡의 내음새, 두부, 콩나물, 뽂은 잔디, 고사리, 도야지 비계, 무이징게국의 내음새(「여우난골族」), 쇠든 밤, 은행 여름, 곰국, 조개송편, 달송편, 죈두기송편, 밤소, 팥소, 설탕 든 콩가루소(「古夜」), 돌나무 김치, 백설기, 물구지우림, 둥글레우림, 도토리묵, 도토리범벅, (「가즈랑집」), 찹쌀탁주, 두부산적(「고방」), 시라리타래(「初冬日」), 미역국(「寂景」), 술국(「未明界」), 가지취(「女僧」), 호박떡(「여우난골」)

4) 시큼한 배척한 퀴퀴한 이 내음새(「咸州詩抄-北關」)

인용한 구절들은 모두 사물 자체보다 그로부터 환기되는 감각의 양상을 구체화하는 토속적인 양태 부사들의 역할이 부각되는 경우이다.[172] 1)에서 불의 밝기를 나타내는 '쩨듯하니'는 환하다는 의미를 지니지만, 단순한 환함의 의미 이외에 전통적인 조명 기구의 불빛이 지니는 독특한 분위기

172) 이외에 부사어나 형용사를 통해 토속적 감각을 부여하거나 구체화하는 경우는 다음과 같다.

물쿤 개비린내(「비」)
선득선듯하니 찬 것들(「여우난곬族」)
게구멍을 쑤시다 물쿤하고 배암을 잡은(「夏畓」)
鰍湯집 부엌은 뜨수할 것같이 불이 뿌연히 밝다/초롱이 희근하니(「未明界」)
술집 문창에 그느슥한 그림자(「城外」)
기왓골에 배암이 푸르스름히 빛난 달밤(「旌門村」)
장 이나 하듯이 떠들썩하니 시끄럽기도(「오리」)
장글장글하니 따사하다(「黃日」)
달큼한 구수한 향기로운 내음새(「湯藥」)
줄레줄레 달고 가며 덕신덕신 이야기(「昌原道」)
재릿재릿하니 볕이 담복 따사로운/볏짚같이 누우란(「三千浦」)
얼근한 비릿한 구릿한(「咸州詩抄-北關」)
잠풍하니 볕바른 골짝(「咸州詩抄-山谷」)
지중지중/하이얀 햇볕만 쇠리쇠리하야(「바다」)
홰즛하니 당등을 하고/시래기를 삶는 훈훈한 방안(「秋夜一景」)
쇠리쇠리한 저녁해(「夕陽」)
보득지근한 북쪽재비들이 씨굴씨굴 모여서 짱쟝 짱쨩 쇳스럽게 울어내도/
쩨즛하니 줄등을 혜여달고(「외가집」)
산듯한 청삿자리/찌륵찌륵 우는 전복회(「물닭의 소리-三湖」)
게사니가 벅작궁 고아내고(「넘언집 범 같은 노큰마니」)
매캐한 재릿한 내음새/사르릉 쪼로록 하는 소리(「童尿賦」)
디퍽디퍽/터벅터벅/사물사물 햇볕은 목덜미에 간지로워서(「歸農」)
들쿠레한 갈바람/히수무레하고 부드럽고 수수하고 슴슴한 것(「국수」)
무썩무썩 더운 날/건들건들 씨언한 바람/
번들번들하는 노리개는 스르럭스르럭 소리가 나고(「七月 백중」)

토속적인 감각을 구체화하는 언어들은 대부분 사투리들이다. 사투리에 대한 애정과 관심은 궁극적으로 감각을 통해 세계를 포착하려는 백석의 시적 지향과 연결된다. 언어가 지닌 추상성을 넘어 살아있는 구어의 구체적인 실체에 가닿으려는 노력은, 생생한 감각을 통해 세계를 인지하려는 태도와 동일한 것이라 할 수 있다.

를 조성하는 데 기여한다. 2)의 '쩌락쩌락'은 떡을 칠 때의 소리를 형용하는 의성어이다. '떡'이라는 음식 자체가 우리의 전통적인 음식이기도 하지만, '쩌락쩌락'은 그 떡을 칠 때 나는 소리의 독특함과 토속적인 성격을 두드러지게 한다. 3)의 '들문들문'은 '곡식부대 따위가 윗목에 잔뜩 쌓인 시골 농가의 방에 군불을 과하게 넣었을 때, 한편으로 들쿠레한 냄새가 나면서도 정겹게 와닿는 따뜻한 느낌'[173]을 의미한다. 이는 따뜻함의 정도를 나타내면서 동시에 곡식이 잔뜩 쌓인 농가의 방안 풍경과 거기서 환기되는 다채로운 감각을 떠올리게 한다. 4)에서 '시큼한', '배척한', '퀴퀴한' 냄새들은 각각 우리 민족의 독특한 후각적 영역을 자극하는 냄새들이다. 이들은 '가자미식혜'의 일종인 북관의 토속 음식의 냄새를 구체화하면서 그 음식이 지닌 토속성을 부각시키는 역할을 한다.

토속적인 사물과 그 감각에 주목하거나, 감각의 양상을 구체화하고 언어화하는 과정에서 그 토속적 성격을 부각시키는 것들은 백석의 토속적 감각에 대한 적극적 지향을 반영한다. 백석의 시에서 토속성은, 사물 자체가 토속적 느낌을 환기하거나 형용사와 부사어에 의해 토속적 느낌이 가미되어 형성된다. 그리고 이런 토속적인 감각은 직·간접적으로 경험의 지평을 공유해야 그 감각의 양상을 제대로 이해할 수 있다. 이런 토속적인 감각들이 번역된다면, 그것이 지닌 독특한 잉여의 감각은 쉽게 전달되지 못할 것이다. 이들 감각은 그 자체로 감각적 양상을 드러내면서 동시에 그것에 내재하는 민족의 생활과 풍속, 취향과 정서적 태도를 내포하고 있기

173) 이동순, '낱말풀이', 『백석시전집』, 창작과 비평사, 1987, p.194.

때문이다.

흥미로운 점은 이런 토속적인 감각은 대부분이 긍정적인 시세계를 그리는 데 사용된다는 것이다.[174] 고향의 전통적이고 공동체적인 삶이나 여행의 과정에서 발견하게 되는 전통적인 삶의 양상을 재현할 때 어김없이 토속적인 감각이 사용된다. 백석의 감각 지향이 토속적인 세계에 밀착되어 있다는 것은 그의 시적 지향이 반근대적 미의식과 밀접하게 연관됨을 드러낸다. 백석의 시는 토속적인 풍물과 풍속, 그 토속적 감각에 주목하고 이를 재현하는 독특한 시세계를 지향한다. 그의 시는 토속적인 세계를 재현함으로써 현실에서 이것을 다시 감각하려 한다는 점에서 회감의 시적 방법을 지닌다고 할 수 있다.

백석의 시에서 토속적 감각은 토속적 경험이 깃들어 있는 기억의 세계를 여는 열쇠라 할 수 있다. 백석의 시에서 토속적 감각은 대상을 정확하게 재현하는 데 기여하기도 하지만, 그 대상의 정체성을 직접 현현하게 하는 기능을 한다. 그 토속적 감각은 특수하고 구체적인 속성 때문에 우리 민족만이 실감하고 공감할 수 있는 감각이다. 그러므로 백석 시의 토속적

---

174) 백석의 토속적 감각은 정지용의 '근대적 감각'과는 대조되는 양상이다. 「柿崎의 바다」에서 화자가 '물기에 누굿이 젖은 왕구새자리'에 누워 '참치회'를 먹지 못하는 장면은 여러모로 상징적이다. 이국의 음식에 적응하지 못하는 백석에게 근대적인 감각이 그대로 내면화되기는 쉽지 않았을 것이다.
근대적 경험에 대한 시적 수용이 적은 것은 이러한 감각적 부적응과 관련있는 것으로 보인다. 정지용이 예민한 감수성으로 감각의 쾌적함에 따라 반응한 감각주의자라면, 백석은 보수적이고 완고한 취향을 지녔던 것으로 보인다. 백석은 근대적 경험의 수용과 근대적 감각에의 적응보다는 전통적이고 토속적인 감각에 더 예민했다.
산문인 「疥浦」에서는 단편적이나마 근대적 풍경에 대한 백석의 태도가 드러난다. '개포의 맑은 하늘아래 뾜사납게 서서 흰구름과 눈빨기를 하는 전기공장의 시꺼먼 굴뚝이 미워서'라는 구절에서는 근대의 풍경에 대한 부정적 태도가 엿보인다. 이는 백석의 염결적인 태도와 깊은 관련이 있는 것으로 보인다.

감각지향은 전통적이고 토속적인 경험의 복원을 통해 민족적 정체성을 자극한다. 그리고 그 경험은 점차 상실되어 가는 전근대의 삶을 환기함으로써 근대에 대한 미적 부정의 감수성을 생성시킨다.

2. 동일성의 확산과 현실의 인식

1) 동일성의 확산과 근원의 탐색

백석 시의 경험적 토대 중 상당 부분은 여행 혹은 유랑 체험으로 이루어진다. 고향 정주를 떠난 이후 일본(1929년)-서울(1934)-함흥(1936년)-서울(1938년)-만주(1939년)-신의주(1945년)로 이어지는 백석의 행적은, 그의 삶 자체가 방랑의 연속이었음을 알 수 있게 한다. 또 '남행시초' 연작, '함주시초' 연작, '서행시초' 연작 등의 기행시를 쓴 것으로 보아, 잦은 이주의 와중에도 통영, 함주, 북관 등지를 여행하기도 한다. 백석의 전체 시편들(96편, 1935~1948) 중에서 여행 과정임이 뚜렷하게 드러나는 작품들만 27편인[175] 것만 보아도, 백석의 시적 경험이 상당부분이 유랑체험에서 파생되었음을 짐작케 한다.

일반적 의미의 여행이 집을 떠나 낯선 곳을 돌아보고 다시 집으로 돌아오는 것이라면, 백석의 기행 시편은 이런 일반적인 의미의 여행과는 다른 정서적 태도를 기저에 깔고 있다. 여행의 도중에 돌아올 집이 사라진다는 의미에서 그것은 방랑이나 유랑에 가깝다.[176] 백석의 시는, 한 곳에 정주하지 못하고 끊임없이 떠돌아다녔던 백석 자신의 삶과, 식민화와 근대화에 의해 점차 근원공간을 상실해가는 당대의 현실을 토대로 한다. 고향을

175) 「咸州詩抄」, 「山中吟」, 「물닭의 소리」는 각각 5편, 4편, 6편의 소제목이 달린 작품들로 구성된다. 소제목의 작품들을 독립된 작품으로 본다면, 여행 체험을 바탕으로 한 작품 수는 더 늘어날 것이다. 또 구체적인 여행지를 밝히고 있지 않지만 정황상 여행의 과정이라고 볼 수 있는 작품들도 상당수 있어, 기행과 관련된 작품의 비중은 훨씬 더 늘어날 수 있을 것이다.

176) 이명찬, 「1930년대 후반 한국시의 고향의식 연구」, 서울대 박사논문, 1999, p.42.

상실했다는 점에서 백석의 여행은 유랑이 되지만, 그의 시는 유랑의 과정에서 끊임없이 고향으로 회귀하고자 한다. 그의 기행은 새롭고 낯선 것에 대한 단순한 박물학적 보고가 아니라, 그 낯선 풍물과 풍속으로부터 고향과의 유사성을 발견하고 동질성을 확인하려는 태도를 내포한다.

백석의 시는 끊임없이 새롭고 낯선 곳을 여행하지만 늘 고향으로 회귀하고자 한다. 이것은 여행 체험이 드러나는 작품들에서도 전통적이고 토속적인 생활 양상을 발견하고 그것을 정겹고 친숙하게 대한다는 점에서 확인된다. 여행 혹은 유랑 체험이 드러나는 작품들은 고향 재현의 시편들처럼 토속적이고 전통적인 감각을 바탕으로 풍경과 풍물의 재현에 주력한다. 이는 백석의 시의식이 고향을 구심점으로 전개됨을 의미한다.

백석은 여행의 과정에서 점차 근대로 편입되는 삶의 양상보다는 근대적 삶의 환경에서도 여전히 지속되는 우리의 전통적인 것들을 발견하고자 한다.[177] 백석의 시적 관심이 전근대적인 삶의 요소들에 고착되어 있다는 점에서, 그의 기행은 근대적 삶의 환경 속에서도 여전히 지속되는 전통적인 삶의 흔적들에 대한 보고서라 할 수 있다. 그리고 백석은 그런 흔적들을 고향의 그것과 동일시함으로써 고향을 확장하려고 한다. 백석의 시는 탐승의 경험을 통해 획득된 우리 민족의 삶과 생활상, 그 터전의 모습을 언어화하려고 한다. 그리고 이 과정에서 토속적인 생활상을 발견해내고 이를 토속적인 감각으로 포착한다.

177) 백석의 시에 등장하는 근대적 문물은 '화륜선'(「統營」), '輕便鐵道', '假停車場', '車'(「曠原」), '뽕뽕車'(「咸南 道安」), '乘合自動車'(「八院」), '전등'(「흰바람벽이 있어」) 정도이다. 백석이 시작활동을 하던 시기가 근대적 삶의 환경이 점차 보편화되던 때였으며, 백석 자신이 일본 유학을 다녀온 지식인이었다는 점에서 근대적 문물을 외면 혹은 무시하는 백석의 태도는 다분히 의도적인 것이라 할 수 있다.

졸레졸레 도야지새끼들이간다

귀밑이 재릿재릿하니 볏이 담복 따사로운거리다

재ㅅ덤이에 까치올으고 아이올으고 아지랑이올으고

해바라기 하기조흘 벼ㅅ곡간마당에

벼ㅅ집가티 누우란 사람들이 물러서서

어늬눈오신 날 눈을츠고 생긴듯한 말다툼소리도 누우라니

소는 기르매지고 조은다

아 모도들 따사로히 가난하니

「三千浦-남행시초4」(『朝鮮日報』, 1936.3.8)

화자는 햇볕이 따스한 어느 날 '三千浦'의 어느 시골 마을에 접어든다. 따스한 햇볕은 이 시 전체의 분위기를 한가롭고 포근하게 만든다. '졸레졸레' 움직이는 돼지 새끼들과 '기르매'(길마, 안장)를 짊어진 채 졸고 있는 소의 모습은 평온한 시골 마을을 연상케 한다. 2연의 '재ㅅ덤이에 까치올으고 아이올으고 아지랑이올으고'와 같은 표현은, 백석 시의 특성인 병렬과 반복의 기법이 사용되고 있는 바, '까치'와 '아이'와 '아지랑이'가 조화로운 풍경을 구성하는 동질적 주체이며 공동체적 삶을 공유하는 기호들임을 드러낸다. 이런 전반적인 분위기에 비추어 3연의 '말다툼소리'는 심각한 갈등일 수 없다. 눈을 치우고 생긴 말다툼 같다는 비유는 곧 그 다툼이 격렬하지 않다는 것을 의미한다.[178] 특히 '벼ㅅ집가티 누우란 사람들'처럼 말다툼 소리도 누렇다는 것은 그 다툼소리에 사람들의 심성이 반영되어 있다는 표현이다. 그 싸움은 왁자지껄 시끄럽지만 조금은 싱거운 말다툼이며, 나른한 풍경에 활력을 불어넣는 역할을 한다. 이런 풍경들에 대한 시인의 정서적 태도는 마지막 연의 '아 모도들 따사로히 가난하니'라는 구절에 집약된다. '따사로히 가난하다'라는 구절에는, 비록 가난하지만 그 삶 속에 깃들어 있는 사람살이의 따스함을 발견하려는 시인의 온정어린 시선이 내재한다.

이 작품은 한반도의 남쪽 지방을 여행한 경험을 바탕으로 한다. 그곳에서 발견한 삶은 지극히 전통적이고 토속적이다. 시인은 그 인상과 경험을 토속적 감각으로 구체화한다. '벼ㅅ집가티 누우란' 같은 표현을 통해 환기되는 색채 감각은, 단순히 노랗다는 것으로는 포섭되지 않는 한국인의 얼굴색과 정서적 색감을 함축적으로 보여준다. 여기에는 누렇다는 색감과 함께 소박함 혹은 수수함이라는 심성이 함께 표현되어 있다. 그러므로 '볏짚같이'라는 비유적 표현은 단순한 색감을 표현하는 것을 넘어 전통적인 생활방식과 정서를 동시에 환기한다고 볼 수 있다. 이와 마찬가지로 '말다툼소리'도 그런 색감에 비유됨으로써 그 음색의 토속성이 재차 강조된

178) 경상도 사투리에 익숙하지 않은 시인에게는, 멀찍이 들려오는 여러 사람들의 경상도 사투리가 마치 다투는 소리로 들렸을 수도 있다.

다.[179]

이런 토속적인 감각의 발견은 곧 객지가 결코 이질적인 세계가 아닌 자아의 고향과 동질적인 세계에 속해 있음을 깨닫는 것을 암시한다. 이는 여행의 과정이 고향과 민족적 동질감을 확인하는 것을 의미한다.

> 旅人宿이라도 국수집이다
>
> 모밀가루포대가 그득하니 쌓인 웃간은 들믄들믄 더웁기도하다
>
> 나는 낡은 국수분틀과 그즈런히 나가누어서
>
> 구석에 데굴데굴하는 木枕을 베여보며
>
> 이山골에 들어와서 이木枕들에 새깜아니때를 올리고간 사람들을 생각한다
>
> 그사람들의 얼골과 生業과 마음들을 생각해본다.
>
> 「山中吟-山宿」(『朝光』, 1938.3)

북쪽 지방을 여행 중인 화자는 어느 산골의 여인숙에서 하루를 묵는다. 산골이기에 '모밀'이 많이 나고 그 덕에 '모밀국수'(「山中吟-夜半」, 「山中吟-白樺」)가 흔하다. 국수분틀이 놓여 있는 방안에는 '모밀가루포대'가 잔뜩 쌓여 있고 까맣게 때가 오른 '木枕'들이 굴러다닌다. 화자는 그 목침을 베고 누워 방을 거쳐 간 사람들을 생각한다. 그 사람들의 '얼골'과 '生業'과 '마음'에 대한 '생각'은 단순한 상상이라기보다는 그들에 대한 연민과 공감의

179) 이 작품에서 별의 따사로움을 '재릿재릿'이라는 부사어로 표현한 것 역시 따스함의 양상을 전통적이고 토속적인 언어를 통해 구체화한 예이다. 「南行詩抄」 연작들은 토속적인 감각을 바탕으로 토속적 생활과 풍경을 담아내고 있다. '승냥이 줄레줄레/덕신덕신 이야기하고'(「昌原道」), '문둥이 품바타령'(「統營」), '빨갛고 노랗고/눈이 시울은 곱기도 한 건반밥/당홍치마 노란 저고리'(「固城街道」) 등이 그 예이다.

표시라 할 수 있다. 때오른 목침은 그 방을 거쳐 간 사람들의 흔적들이자 화자와의 공감을 가능하게 하는 도구이다.

이 작품에는 앞의 남행시초와 마찬가지로 토속적인 감각의 발견이 드러나 있다. 남쪽 지방과는 그 풍토가 다르긴 하지만, '들문들문' 덥다는 표현이나 때 묻은 목침에서 환기되는 우리 민족의 토속적인 생활상과 관련된 감각 양상은, '여인숙'의 방 풍경이 고향과 동질적인 세계의 연장임을 암시한다. 백석은 남쪽 지방이든 북쪽 지방이든 그 삶의 양상이 조금씩 다를 뿐 친근한 동질적인 세계 속에 있음을 확인하고자 한다. 백석의 여로는 고향의 연장인 동질적인 세계로의 여행이라 할 수 있다. 그러므로 백석의 시에서 여행 혹은 유랑은 낯설고 새롭지만 적응할 수 없는 이질적 세계로의 내던져짐을 의미하지 않는다. 동질적인 세계 속에서 벗어나지 않는 한, 백석의 여행은 고향의 재발견이자 그 확장이라고 할 수 있다.

> 나는 北關에 혼자 앓어누어서
>
> 어늬아침 醫員을 뵈이었다
>
> 醫員은 如來 같은 상을하고 關公의수염을 들이워서
>
> 먼　적 어늬나라 신선같은데
>
> 새끼손톱 길게도은 손을내어
>
> 묵묵하니 한참 맥을집드니
>
> 문득물어 故鄕이 어데냐한다
>
> 平安道 定州라는 곧이라한즉

그렇면 아무개氏 故鄕이란다

그렇면 아무개氏-ㄹ 아느냐한즉

醫員은 빙긋이 우슴을 띄고

莫逆之間이라며 수염을 쓴다

나는 아버지로 섬기는이라한즉

醫員은 또 다시 넌즛이 웃고

말없이 팔을잡어 맥을보는데

손길은 따스하고 부드러워

故鄕도 아버지도 아버지의 친구도 다 있었다

「故鄕」(『三千里文學』, 1938. 4)

객지에서 화자는 병을 얻어 앓아눕는다. 여행의 과정에서 병을 얻는 것처럼 고달픈 것은 없을 것이다. 의원은 화자의 병과 객수를 동시에 어루만져 준다. 5행과 6행에서 맥을 짚는 행위는 병을 진찰하는 행위이다. 그러나 14행과 15행의 맥을 짚는 행위에는 병을 진찰하는 의미와 함께, 아픈 화자를 위로하고 치료하려는 교감의 손길이라는 의미가 부가된다. [180] 두

180) 외견상 동일해 보이는 두 행위에는 감각과 지각의 교통 방식의 변화가 내재한다. 감각(sensation)과 지각(perception)은 그 주관의 구체성 여부에 따라 달라진다. 감각의 주관이 산 존재 혹은 생성하는 존재이며 '지금' '여기'에 얽매인 존재라면, 지각의 주관은 일반적 시공체계를 통해 세계를 간접적으로 굽어본다. 그러므로 지각의 주관은 구체성을 잃어버린다. 지각 주관은 대상과의 관계에서 언제나 불변이요, 사유하는 주관이다. (Erwin Straus, 앞의 책, p.330) 진찰할 때의 의사는 환자와 이런 지각계에서 만난다. 그러나 어린 환자가 귀여워서 쓰다듬어줄 때 그 의사는 어린아이와 감각계에서 만나는 것이다. 결국 감각과 지각은 대상에 대한 주관의 교통 방식을 달리함을 알 수 있다. (예에 대해서는 한전숙, 『현상학의 이해』, 민음사, 1984, p.51 참조) 백석의 「故鄕」에서, 첫 번째 맥을 짚을 때 발견하지 못한 '손길'의 감각을 발견하게 되는 것은 주체와 교통 방식의 변화 때문이다. 그 감각을 통해 화자는 의원과 교감하며 그의 손길에서 고향을 발견하는 것이다.

번째 맥을 짚는 행위를 통해 화자와 의원의 교감이 이뤄진다. 화자는 묵묵히 자신의 팔을 잡아 맥을 봐주는 이런 의원의 손길에서 고향을 느낀다. 화자는 그 손길에서 '故鄕'과 '아버지'와 '아버지의 친구'를 떠올린다. 낯선 곳이 익숙한 고향이 되고, 익명적 관계가 친숙한 관계로 변화한다. 이런 변화를 매개하는 것이 '손길은 따스하고 부드러워'라는 구절에서 환기되는 온화한 감각이다.

이를 통해 낯선 객지(지각계)는 고향과 같은 동질적 세계(감각계)로 변화하게 된다. 감각을 통해 타향에서 고향을 발견하고자 하는 것이 백석의 기행시편이 지닌 특성이라고 할 수 있다. 「故鄕」은 이런 백석 시의 감각과 고향의 확장이라는 관계를 가장 적절히 보여주는 작품이라고 할 수 있다.

백석의 기행 시편은 객지를 여행하지만 돌아갈 집이 없다는 점에서 유랑의 정서를 지닌다. 그러나 그런 시적 상황에도 불구하고 백석의 시는 객수를 노래하기보다는 여행의 풍속과 풍물을 발견하고 이를 고향의 그것과 동일화하려 한다. 이는 고향의 재발견과 확장이자, 민족적 동질감의 확인이라고 할 수 있다. 이런 과정에서 감각은 동질감의 확인과 그 시적 수용에 있어 중요한 매개체의 역할을 한다. 즉 이지적인 분석에 의한 동일화의 원리가 아니라 다양한 감각을 통해 토속적인 경험을 환기함으로써 여행지가 고향과 동질적인 세계에 속해 있음을 드러내 보인다.

「咸州詩抄」는 '南行詩抄' 연작과 마찬가지로 여행체험을 바탕으로 연작

지각계가 일상적이고 근대적 관계의 지평이라면, 감각계는 그런 일상성과 익명성을 넘는 교감을 가능케 하는 관계의 지평이라고 할 수 있다. 그런 점에서 고향은 감각의 대상이지 이지적인 분석의 대상일 수 없다. 백석의 시에서 고향과 그 고향의 연장으로의 여행은 그런 지속적인 감각적 확장과 동일한 과정이라고 할 수 있다.

의 형태로 구성된 작품이다. 이 작품 역시 전통적이고 토속적인 감각을 통해 북쪽 지방의 풍속과 풍물의 재현한다.

明太창난젓에 고추무거리에 막칼질한무이를 뷔벼익힌것을
이 투박한 北關을 한없이 끼밀고 있노라면
쓸쓸하니 무릎은 꿇어진다

시큼한 배척한 퀴퀴한 이 내음새속에
나는 가느슥히 女眞의 살내음새를 맡는다

얼근한 비릿한 구릿한 이 맛속에선
깜아득히 新羅백성의 鄕愁도 맛본다

「咸州詩抄-北關」(『朝光』, 1937. 10)

「南行詩抄」 연작이 고성과 통영 등의 남해안 일대를 배경으로 한다면, 「咸州詩抄」 연작은 북관과 보현사 등의 함주 일대를 배경으로 한다. 「南行詩抄」 연작에 여행의 설렘과 기대, 남쪽 바닷가의 온화한 날씨와 넉넉함이 주로 표현된다면, 함경도를 배경으로 한 「咸州詩抄」 연작은 북쪽 산골 사람들의 거칠고 투박한 삶과 풍속을 시적 대상으로 한다. 「北關」에서는 독특한 음식에 대한 묘사가, 「노루」에서는 생명에의 연민이, 「古寺」에서는 '歸州寺'의 부엌 풍경에 대한 익살스런 묘사가, 「膳友辭」와 「山谷」에서는 세상과 타협하지 않고 탈현실을 꿈꾸는 시인의 욕망이 각각 표현되고 있다. 이들 연작에는 함주 지방의 독특한 지역적 특성이 다채로운 방식으로 묘사되고 있다.

특히 「北關」은 북관 지방의 독특한 음식에 대한 인상적 경험을 제시하고, 그 음식에 잠재해 있는 우리 민족의 고유한 정체성을 드러내려고 한다. 백석은 여행지에서 접하게 되는 특별한 음식들에 각별한 관심을 보인다. 이는 그 음식이 지역을 표상하기 때문일 것이다. 음식은 그 지역의 풍토와 지역민들의 습성이 담긴 종합적인 문화의 기호이다. 이 작품에서도 투박하고 거칠어 보이는 북관의 음식은 북관의 풍토와 사람살이를 그대로 담아낸다. 그러므로 화자는 '明太창난젓에 고추무거리에 막칼질한 무이를 뷔벼 익힌 것'을 '투박한 北關'과 동일시한다.

그런 음식을 대하는 화자의 태도에는 단순한 먹을 것을 대하는 태도 이상의 경건함이 깃들어 있다. 화자는 북관을 상징하는 그 음식을 끼고 앉아 자세히 들여다본다. 그리고 이렇게 들여다보노라면 무릎이 꿇어진다고 진술한다. 이런 진술에는 그 음식으로 표상되는 사람들과 그들의 삶에 대한 화자의 존경심과 겸손한 태도가 담겨 있다. 화자는 북관의 토속적인 음식에서 화려하거나 세련되지 않고 그저 투박하기만 한, 있는 그대로의 삶을 발견한다. 그리고 그 삶 자체를 우러러보고자 한다.

'맡는다' 혹은 '맛본다'는 적극적인 감각행위, 그 대상과의 교감을 통해 대상을 감각적으로 수용하고자 하는 욕망을 내포한다. 나아가 백석은 음식을 사람살이와 동일시하고 이를 소중하게 대하고자 한다. 그리고 그 음식의 냄새와 맛을 통해 그 속에 잠재되어 있는 민족의 역사를 읽어내려 한다. '시큼한 배척한 퀴퀴한' 냄새로부터 '女眞의 살내음새'를, '얼근한 비릿한 구릿한' 맛으로부터는 '新羅백성의 鄕愁'를 찾아내고자 한다. '가느슥히'와 '까막득히'라는 부사어에서도 암시되듯이, 그 대상은 오래되어 희미한 흔적들로 남아 있다. 시인은 예민한 감각과 상상력을 발휘해 이들 음식에 담긴 역사적 흔적을 더듬어 나간다. 음식의 냄새와 맛으로부터 '女眞의 살내음새'와 '新羅백성의 鄕愁'를 재구함으로써, 우리 민족의 변방이었던 '北關'의 역사를 함축적으로 표현한다. '시큼한 배척한 퀴퀴한' 냄새와 '얼근한 비릿한 구릿한' 맛이 환기하는 토속적 감각을 통해 민족의 토속적 냄새와 기호를 추적해 갈 수 있는 것이다.

백석의 기행 시편에서 음식은 어떤 지역에 대한 독특한 경험을 환기한다. 통영에서는 '전복에 해삼에 도미 가재미의생선'과 '파래에 아개미에 호루기의 젓갈'을, 함남 도안에서는 '구수한 귀이리茶'를, 북신에서는 '털도 안 뽑은 도야지 고기'와 '맨모밀국수'를, 월림장에서는 '기장쌀'과 '기장차떡', '기장차랍'과 '기장감주'을 발견한다. 이들 음식들은 지역마다의 독특한 향토색을 드러내는 역할을 한다. 음식은 지역의 기후와 풍토, 특산물과 생활 조건을 포괄하는 문화의 복합체이기 때문이다. 향토적인 음식은 그 지역의 특성과 함께 지역민들의 성격과 생활 방식을 반영하는 산물이기도 하다. 백석의 시에서 이런 지역성은 이질적인 요소가 아니라 민족적 정체성 안에서 통합된다.[181] 이 때의 음식은 그것을 먹고 즐기는 민족의 정체

181) 이런 태도는 「柿崎의 바다」의 정황과 대조적이다.

성과 동일성을 확인하는 기호가 된다.

그런 태도는 그 음식이 환기하는 토속적이고 전통적인 감각을 대하는 화자의 반응에서 확인된다. 음식은 미각뿐 아니라 후각과 시각, 씹히는 질감을 포함한 촉각을 자극하는 감각의 복합체이다. 그러므로 음식은 가장 강렬한 경험으로 기억 속에 지속된다. 백석의 시에서 음식이 지역성을 드러내는 매개체로 사용되는 것도 음식이 지닌 이런 강한 감각성 때문일 것이다. 민족의 고유한 음식은 그 민족의 고유한 감각 영역을 자극하기도 한다. '시큼한 배척한 퀴퀴한' 냄새와 '얼근한 비릿한 구릿한' 맛은, 그 음식이 지닌 독특한 맛과 향이기도 하지만 우리 민족의 음식이 지닌 토속적인 맛과 향이기도 하다. 그것은 '히스무레하고 부드럽고 수수하고 슴슴한'(「국수」) '국수'와 전혀 다른 감각을 환기하지만 이 둘은 결국 동일한 세계에 속한 감각들이다. 음식은 이처럼 민족의 동질성과 정체성을 유지시키는 중요한 연결 고리로 작용한다.

> 나는 이 털도 안 뽑는 도야지 고기를 물구럼이 바라보며
>
> 또 털도 안 뽑은 고기를 시꺼먼 맨모밀국수에 언저서 한입에 꿀꺽 삼키는 사람들을 바라보며
>
> 이슥하니 물기에 누굿이 젖은 왕구새자리에서 저녁상을 받은 가슴을 앓는 사람은 참치회를 먹지 못하고 눈물겨웠다. (「柿崎의 바다」 3연)

가슴을 앓는 화자의 모습은 이국의 잠자리와 음식에 적응하지 못하고 있음을 암시한다. 이때의 음식은 민족적 기호와 풍토를 상징한다. 그러므로 스스로의 처지를 '버러지 같이 누었다'라고 표현한다. 이국땅에 와서 음식과 풍토에 적응하지 못하는 것이 주는 괴로움과 함께 음식에서 느끼는 이질감이 부각된다. 이는 한반도를 여행할 때 접하게 되는 음식들에 대한 정겹게 애틋한 태도나, '노란 싸리잎이 한불 깔린 토방에 햇 방석을 깔고' '호박떡'을 맛있게 먹는(「여우난골」) 장면과 비교하면 그 차이가 더욱 부각된다.

나는 문득 가슴에 뜨끈한것을 느끼며

小獸林王을 생각한다 廣開土大王을 생각한다

「北新 -西行詩抄2」 부분

'털도 안 뽑은 고기를 시꺼먼 맨모밀국수에 언저서 한입에 꿀꺽 삼키는 사람들'을 바라보면 화자는 가슴에 '뜨끈한 것'을 느낀다. 거친 음식과 그 것을 아무렇지도 않게 먹는 사람들에게서 북방의 거친 삶과 그 삶의 깊고 오래된 역사를 熟考하게 한다. 그리고 그 근원에는 우리 민족의 기상이 가장 강건하게 펼쳐졌던 고구려를 떠올리게 한다. '小獸林王'과 '廣開土大王'은 이런 역사적 절정을 상징한다.

마치 잊혀졌던 역사를 회복하듯이, 화자는 음식을 먹는 사람들의 모습에서 고구려인들의 모습을 떠올리고 같은 역사를 공유하는 같은 민족임을 재확인한다. 화자가 느끼는 가슴의 '뜨끈한것'은 그 음식이 식도를 내려갈 때 느껴지는 감각인 동시에, 그 사람들로부터 연상되는 역사와 그 역사가 주는 가슴 뭉클함을 내포한다. 낯선 지방에서 만난, 낯선 음식을 먹는 사람들이 결국 하나의 역사를 공유하는 같은 민족임을 확인하는 것이다.

「咸州詩抄-北關」이나 「北新 -西行詩抄2」에서 보이는 음식을 통해 민족적 동질감을 확인하려는 태도는, 음식 혹은 사물에서 역사성을 읽어내고 그것에 녹아 있는 민족적 정체성을 회복하려는 백석 시의 지향을 구체화하는 것이라 할 수 있다. 백석 시는 유년기의 고향을 중심으로 전개되지만, 고향 너머의 심원한 역사를 상상하기도 한다. 이런 근원지향은 결국 현실에서 파생되는 부재와 결핍에 대한 문학적 대응이라고 할 수 있다. 특히 백석의 시는 음식이나 사물이 지닌 역사성을 다시 체험하려는 태도를 보인다. 이는 그 사물이나 음식을 단순한 외적 사물로 대하는 객관적인 사유의 태도가 아니다. 감성적이고 공감적 태도를 바탕으로 한다.

> 그리고 다 달인 약을 하이얀 약사발에 밭어놓은 것은
>
> 아득하니 깜하야 萬年　적이 들은 듯한데
>
> 나는 두 손으로 고히 약그릇을 들고 이 약을 내인　사람들을 생각하노라면
>
> 내 마음은 끝없이 고요하고 또 맑어진다

「湯藥」 부분

약은 '달큼한 구수한 향기로운' 냄새를 풍기고, 그 끓는 소리마저도 즐겁게 들린다. 시인은 그런 약을 '두 손으로 고히' 받쳐 든다. 약에 대한 시인의 특별한 태도가 엿보인다. 그리고 '아득하니 깜하야 萬年　적'이 들어있는 듯한 그 약으로부터 '　사람들'을 떠올린다. 약을 대하는 화자의 특별한 태도는 결국 약 속에 들어 있는 옛사람들에 대한 경건한 마음을 반영하는 것이라 할 수 있다.

이 작품에서 '생각'은 이성적 사유를 의미하지 않는다. 그것은 백석 시의 독특한 방법인 '떠올림'[182]을 의미한다. 이미지의 현현을 통해 화자의 마음은 고요하고 맑아진다. 이런 반응은 물질적인 약의 효능에서 오지 않고

182) 나명순, 「백석 시 연구」, 고려대 박사논문, 2004, p.40.

약의 기원과 역사성에 대한 떠올림으로부터 발생한다. 백석의 시에서 '적' 혹은 ' 것'에 대한 경사는 여러 연구에서 지적된 바, 과거로의 회귀를 통한 역사성의 체험과 관련이 되는 것으로 보인다.

백석의 고향 재현이 기억의 방식으로 구성된다면, 시원의 탐구는 '상기'[183]를 통해 이뤄진다. 백석의 시는 역사적이고 신화적인 시원으로 회귀함으로써 현실적 자아가 결핍한 정체성과 세계와의 조화를 회복하려는 태도를 보인다. 이는 민족적 정체성의 탐구이자 자아 정체성의 좌표를 설정하기 위한 시적 모색이라고 할 수 있다. 「국수」는 전통적이거나 토속적인 사물 혹은 음식을 통해, 그 속에 담긴 역사성을 읽어내고자 한 작품들 중에 가장 대표적인 작품이다.

눈이 많이 와서

산엣새가 벌로 나려 멕이고

눈구덩이에 토끼가 더러 빠지기도하면

마을에는 그무슨 반가운것이 오는가보다

한가한 애동들은 어둡도록 꿩사냥을 하고

가난한 엄매는 밤중에 김치가재미로 가고

마을을 구수한 즐거움에 싸서 은근하니 흥성 흥성 들뜨게 하며

이것은 오는것이다

이것은 어늬 양지귀 혹은 능달쪽 외따른 산녑 은댕이 예데가리밭에서

하로밤 뽀오한 힌김속에 접시귀 소기름불이 뿌우현 부엌에

183) 김준오, 『詩論』, 삼지원, 2003, p.391

산멍에같은 분틀을 타고 오는것이다

이것은 아득한 녯날 한가하고 즐겁든 세월로 부터

실같은 봄비속을 타는듯한 녀름 볓속을 지나서 들쿠레한 구시월 갈바람속을

지나서

대대로 나며 죽으며 죽으며 나며 하는 이 마을 사람들의 으젓한 마음을 지나서

텁텁한 꿈을 지나서

집웅에 마당에 우물둔덩에 함박눈이 푹푹 쌔히는 여늬 하로밤

아배앞에 그어린 아들앞에 아배앞에는 왕사발에 아들앞에는 새끼사발에 그득

히 살이워 오는것이다

이것은 그 곰의 잔등에 업혀 길여났다는 먼 녯적 큰마니가

또 그 집등색이에 서서 자채기를 하면 산넘엣 마을까지 들렸다는

먼 녯적 큰 아바지가 오는것같이 오는것이다

아, 이 반가운것은 무엇인가

이 히수무레하고 부드럽고 수수하고 슴슴한것은 무엇인가

겨울밤 쩡 하니 닉은 동티미국을 좋아하고 얼얼한 댕추가루를 좋아하고 싱싱

한 산꿩의 고기를좋아하고

그리고 담배내음새 탄수 내음새 또 수육을 삶는 육수국 내음새 자욱한 더북한

샅방 쩔쩔 끓는 아르굳을 좋아하는 이것은 무엇인가

이 조용한 마을과 이마을의 으젓한 사람들과 살틀하니 친한것은 무엇인가

이 그지없이 枯淡하고 素朴한것은 무엇인가

「국수」(『文章』, 1941. 4)

1941년에 발표된 「국수」는, 전통적인 생활상과 토속적인 감각의 추구가 드러나는 거의 마지막 작품이다. 이 작품은 '국수'라는 제목을 달고 있지만 시의 본문에서는 '국수' 단어를 사용하지 않으면서 마치 수수께끼를 하듯이 시를 끌어간다. 시의 문장구조는 '이것은 오는것이다'와 '이것은 무엇인가'가 반복되는 형태로 이루어진다.

이 시의 1연의 11행까지는 국수가 만들어지는 구체적인 과정을 흥겨운 어조로 표현하고 있다. '국수'는 '펑사냥'과 '김치가재미'를 거쳐, '예대가리밭'에서 '분틀'을 타고 온다. 이렇게 오는 '국수'는 반갑고 즐거운 것이며, 마을을 홍성홍성 들뜨게 한다. '구수한 즐거움'은 소박한 음식인 국수가 환기하는 맛과 정서를 함께 내포한다. 1연의 11행에서 16행까지는 먼 옛날부터 국수를 먹어왔던 우리 민족의 삶을 지나 국수가 아배와 아들 앞에 놓이게 되는 과정을 표현하고 있다. 아득한 옛날부터 봄, 여름, 가을을 지나고, 그 세월을 살았던 사람들의 '마음'과 '꿈'을 지나, 어느 겨울밤 아배와 아들 앞에 놓이는 국수는 단순한 음식을 넘어 민족의 삶을 응집한 상징물이라고 할 수 있다. 시인은 한 그릇의 국수로부터 그 국수를 즐겨 먹었던 민족의 역사와 그 역사를 지탱해온 민중의 심성을 떠올리는 것이다. 그러므로 그 국수 속에는 '　적'의 '큰마니'와 '큰 아바지'로 상징되는 아득히 먼 옛날이 담겨 있다.

국수는 민족의 과거와 현재의 삶이 녹아 있는 구체적인 역사의 상징물이다. 백석은 사물에 대한 시적 인식의 과정에서 그 사물이 지닌 역사적 배경을 적극적으로 활용한다. 「木具」의 '木具'나 「수박씨, 호박씨」의 '수박씨 호박씨'처럼 사물의 역사는 곧 그 사물과 함께 한 인간들의 역사이며, 그 인간들의 마음과 삶이 투영된 것이기 때문이다. 그러므로 국수에도 그 국수를 만들고, 먹어 온 민족의 역사가 담겨 있는 것이다. 백석은 국수의 맛을 통해 민족의 유구한 역사를 환기하고 민족적 동질감을 회복하려고 한다. 사물에 담긴 과거와 지나간 세월을 강조하는 것은 어떤 사물의 역사성과 그것의 가치를 등가로 보려는 의식의 반영이자 시간의 의미를 소중한 것으로 보려는 태도의 소산이다. 외형상 상고주의와 닮은 듯하지만 백석이 보여주는 과거에 대한 애착은 골동품 애호와는 전혀 별개의 것이다. 그의 과거 지향은 과거의 시간 속에 내재하는 민족의 삶과 정신, 지혜와 심성에 대한 애정으로부터 발생한다. 그러므로 백석의 과거 지향 혹은 옛것에 대한 애착은 민족적이고 민중적인 가치 지향과 연결된다.

'히수무레하고 부드럽고 수수하고 슴슴한' 국수의 맛은 곧 소박하고 정이 많은 민족의 심성을 반영하기도 한다. 그리고 시인은 이런 국수의 맛에 긍정적 가치를 부여하기도 한다. 3연의 마지막 행에 제시된 '枯淡하고 素朴한것'은 소중한 가치의 대상이기도 하지만 시인의 미의식이 투영된 것이기도 하다. 희고 부드러우며 수수하고 담백한 국수의 맛과 색은, '아름답고 튼튼한 계집'이 '흰 저고리에 붉은 길동을 달어 검정 치마에 받쳐입은'(「絶望」) 모습처럼 꾸밈없이 소박한 아름다움을 준다. '枯淡'하고 '素朴'한국수의 맛은 우리 민족의 성정으로, 시인은 그 수수하고 꾸밈없는 국수의 맛을 미적으로 인식하고 있다.

근대적 감각과는 거리를 두고 있는 이런 가치 지향과 미의식은 과거 혹은 근원에 대한 강한 이끌림과 관련이 된다. 「국수」에서도 과거에 대한 애착과 관심은 시원에 대한 강한 이끌림으로 연결되기도 한다. ‘ 날 한가하고 즐겁든 세월’이라는 표현에 나타나듯이 백석은 始原의 평화롭고 조화로운 삶에 대한 지향을 드러내기도 한다. 백석이 지향하고자 하는 가치는 맑고 외롭고 소박한 것으로 응축된다. 「흰 바람벽이 있어」의 ‘가난하고 외롭고 높고 쓸쓸’한 것이나 「가무래기의 樂」의 ‘맑고 가난한’, 혹은 「許俊」의 ‘맑고 높은’ 것에서 보이듯이, 백석은 게으르지만 한가하고, 가난하지만 소박한 무욕의 상태를 높게 평가한다. 이런 가치 지향은 백석의 염결주의적 태도와 밀접하게 연결되기도 한다.

여행을 통한 고향의 재발견과 토속적인 감각의 확산이 수평적인 동질감의 확산이라면, 음식과 사물에 담긴 역사성을 탐구하고 이를 토대로 민족적 정체성을 확인하려는 태도는 민족적 동질감의 수직적 확장이라고 할 수 있다. 이런 과정에서 토속적 감각은 시적 대상을 보다 익숙하고 친근한 것으로 만든다. 색과 맛 혹은 그것에 얽힌 감각적 경험을 통해 동질성을 확인한다. 그러므로 토속적인 감각을 토대로 한 인식은 동질적 세계에 대한 확산과 풍요로운 근원으로의 회귀라는 시적 지향으로 이어지기도 한다. 그런 점에서 백석의 시에서 토속적인 감각은 수평적 동질성과 수직적 정체성을 담지하는 매개체라 할 수 있을 것이다.

2) 현실 인식과 염결성의 시적 추구

백석의 고향 탐구 혹은 근원성의 탐구는 식민지 현실이라는 지평에서 비롯된다. 식민지 지배질서 하에서 집과 고향의 상실은 우리 민족에게 소여된 바의 시대적 조건이었다. 그런 고향 상실감과 유랑의식은 1930년대 후반과 40년대 초반의 시적 정서의 본질적인 토대를 형성한다.

고향 재현과 기행 시편은 고향의 삶을 재현하고 객지에서 고향과 동일한 삶의 양상을 발견함으로써 고향을 확장하는 양상으로 진행되지만, 유년기 고향이 현실의 삶에서는 더 이상 불가능하기에 기행은 결국 유랑의 의미를 지닐 수밖에 없다. 백석은 여행지마다 토속적인 풍속과 풍물을 발견하고 이를 토대로 고향과의 동질성 혹은 민족적 동질감을 확인하지만, 고향을 떠나 떠도는 자에게 객지는 고향과 동일할 수 없다. 그러므로 여행은 곧 유랑과 다를 바가 없다. 백석의 삶의 이력에서 보이듯이 그 자신이 한 곳에 오래 머물지 않고 끊임없이 떠돌아다닌 탓도 있겠지만, 백석의 유랑은 식민지라는 현실적 조건에서는 어떤 곳도 고향일 수 없다는 자명한 사실로부터 유래한다고 할 수 있다.

백석의 시편들에 재현된 고향은 더 이상 현실화될 수 없는 시공간이다. 유년으로 회귀할 수 없듯이, 사라진 고향이라는 시공간은 다시 회복할 수 없다. 백석이 재현한 풍성한 고향의 이면에는 이런 비극적인 인식이 자리한다. 기행 시편들 역시 고향의 재발견과 민족적 정체성의 확인이라는 의미를 지니지만, 거기에서 발견한 고향과 동질적인 세계 역시 고향처럼 점차 소멸해가는 대상일 뿐이다. 백석의 시에 현실의 지평이 개입할 때, 허무와 절망의 정조가 두드러지게 나타난다.

이런 점에서 백석의 근원성의 탐구가 늘 근원적인 일체감과 민족적인 정체성의 확인으로 이어지는 것은 아니다. 「北方에서」는 그런 근원 탐구가 결국 시원의 부재라는 극단적인 허무로 이어지는 과정을 그려낸다. 이 작품은 백석의 만주 경험과 관련이 있는 것으로 보인다. 이 작품에서 시인은 만주를 민족의 '胎盤'으로 설정하고 실제 우리 민족의 이동 경로를 상상함으로써 민족의 역사를 회고한다. 그러나 백석이 다녀간 만주는 이제 더 이상 북방의 기마 민족들과 고구려의 기상이 깃든 곳이 아니다. 백석은 현재의 삶보다 더 근원적일 것이라 믿었던 만주에서 상상과는 다른 현실을 발견하게 된다. 「北方에서」는 시적 상상력과 현실적 인식과의 괴리에 대한 인식과 함께, 근원 회귀를 통한 정체성의 탐구가 실제 현실에 의해 좌절됨을 직시하는 데에서 발생하는 허무감을 다룬다.

그동안 돌비는 깨어지고 많은 은금보화는 땅에 묻히고 가마귀도 긴 족보를 이루었는데
이리하야 또 한 아득한 새 녯날이 비롯하는때
이제는 참으로 익이지못할 슬픔과 시름에 쫓겨
나는 나의 녯 한울로 땅으로-나의 胎盤으로 돌아왔으나

이미 해는 늙고 달은 파리하고 바람은 미치고 보래구름만 혼자 넋없이 떠도는데

아, 나의 조상은 형제는 일가친척은 정다운 이웃은 그리운것은 사랑하는것은
우럴으는것은 나의 자랑은 나의 힘은 없다 바람과 물과 세월과 같이 지나가고
없다
「北方에서- 鄭玄雄에게」 부분

이 시는 '아득한 녯날'로부터 시작된다. 백석은 시간을 거슬러 올라가 역사의 실타래가 풀리기 시작하는 지점으로 회귀한다. 민족의 역사를 되밟아오는 과정을 통해 시인은 그 유구한 삶의 이력을 다시 경험한다. 회상을 통해 시원적 삶으로부터 현재에 이르는 '나'의 시적 역정은 결국 절망과 허무로 귀결되고 만다. 자아를 둘러싸고 있던 조화로운 세계의 붕괴에서 오는 '슬픔'과 '시름'은 결코 극복되기 어려운 것이다. 다시 돌아온 근원은 이전과 동일한 것이 아니다. 부재와 상실의 확인에 도달한 '나' 혹은 '우리'가 느끼는 절망은 심원하다. 이런 백석의 절망은 그가 유년기 고향에 안주할 수 없듯이, 시원으로의 회귀가 현실의 삶에 희망을 던져주지 못함을 인식하는 것에서 파생된다.

조화와 충일감으로 가득해야 할 근원에서 부재만을 확인하는 것은 지극히 현실적인 인식의 결과라 할 수 있다. 백석의 후기 시에서 당대의 삶의 조건은 애써 외면하려는 시인의 태도에도 불구하고 직·간접적으로 시에 투영된다. 특히 백석의 시가 자연의 풍광이나 경치보다는 사람과 그들의 생활에 주목한다는 점에서 당대의 현실적 삶은 자연스럽게 시에 포섭되어 나타난다. 「八院」은 백석이 살아가야 하는 현실을 한 여자아이의 모습을

통해 상징적으로 드러낸다.

차디찬 아침인데

妙香山行 乘合自動車는 텅하니 비어서

나이 어린 계집아이 하나가 오른다

옛말속 가치 진진초록 새저고리를 입고

손잔등이 밧고랑처럼 몹시도 터졋다

계집아이는 慈城으로 간다고하는데

慈城은 예서 三百五十里 妙香山百五十里

妙香山 어디메서 삼촌이 산다고 한다

새하야케 얼은 自動車 유리창박게

內地人 駐在所長가튼 어른과 어린아이 둘이 내임을 낸다

계집아이는 운다 느끼며 운다

텅 비인 車안 한구석에서 어느 한사람도 눈을 씻는다

계집아이는 몃해고 內地人 駐在所長집에서

밥을 짓고 걸레를 치고 아이보개를 하면서

이러케 추운 아침에도 손이 꽁꽁얼어서

찬물에 걸레를 첫슬것이다

「八院-西行詩抄3」(『朝鮮日報』, 1939. 11. 10)

이 작품은 이른 아침 묘향산으로 가는 승합차에서 만난 어떤 '계집아이'

를 시적 대상으로 한다. 추운 겨울 홀로 먼 곳에 사는 친척을 찾아가는 정황도 심상치 않거니와, '밭고랑처럼' 갈라 터진 아이의 손잔등은 어린 나이에 감내해야 했을 고된 삶을 여실히 보여주는 흔적이라 할 수 있다. 그렇게 터진 손등과 대비되는 '진진초록'의 새 저고리는 아이의 처지를 더욱 애처로운 것으로 만든다. 재래의 복색을 갖추고 친족을 찾아가는 거친 손의 '계집아이'는 당대의 우리 민족을 상징한다. 홀로 친족을 찾아가는 '계집아이'와 자신의 아이를 데리고 승합차에 오르는 '內地人 駐在所長' 같은 어른은 극명한 대조를 이룬다. 화자는 이런 승합차 안의 풍경에서 아이의 신산한 삶을 상상한다. 화자는 어린아이가 일본인 주재소장의 집에서 '밥을 짓고 걸레를 치고 아이보개를 하면서/이러케 추운 아침에도 손이 꽁꽁얼어서/찬물에 걸레를 첫슬 것이다'라고 추측한다. '텅 비인 車안 한구석'에서 서럽게 우는 아이를 보며 눈물을 씻는 '어느 한 사람'은 화자일 것이다.

이 작품의 주된 정조는 연민이다. 화자는 고달픈 삶을 살아왔을 '계집아이'를 연민의 시선으로 바라본다. 연민은 곧 공감의 감정이다. 이런 감정에는 어린아이의 고된 삶과 처지에 대한 동정과 함께, 당대의 현실을 살아가는 우리 민족의 삶에 대한 애처로운 시선이 중층적으로 작용한다. 「八院」의 '계집아이'는 곧 식민지 지배 체제에서 살아야 하는 우리 민족의 구체적 삶의 정황을 상징한다. '內地人 駐在所長' 집에서 식모살이를 했을 것이라는 화자의 추측은 결국 당시 우리 민족이 처한 보편적인 삶의 조건을 환기하는 것이다. 어리고 연약한 '계집아이'와 일본인 주재소장의 대비를 통해 우리 민족이 감당해야 하는 서글픈 삶의 정황을 극적으로 드러낸다고 할 수 있다.

백석의 시에서 현실과의 조우는 대부분 화자에게 서러움을 유발한다. '서러움'은 현실의 삶을 적극적으로 부정하지 못하면서 그것에 적응하지도 못하는, 어찌할 수 없는 입장에서 발생한다. 이 난처하고 착잡한 처지는 시적 대상과의 공감으로 이어지며 서러움의 정조를 형성한다. 「쓸쓸한 길」, 「女僧」, 「修羅」, 「未明界」, 「絶望」, 「멧새소리」 등에서 서러움은 소극적이고 수세적인 감정이면서, 시적 대상의 정서를 자기화하는 데서 발생한다.[184)]「八院」의 서러움 역시 어린 아이와의 내적 공감과 그런 현실 자체를 어쩌지 못하는 데서 형성되는 것이라 할 수 있다.

「八院」의 계절적 배경이 겨울이라는 점은 아이의 고된 삶을 더욱 애처롭게 만든다. '차디찬 아침', '쌔하얗게 얼은' '추운 아침에도 손이 꽁꽁 얼어서'에서처럼 추위는 현실을 더욱 혹독한 것으로 느끼게 한다. 백석의 시에서 차가움은 현실적 삶의 고통과 어려움을 환기하는 감각이다. 백석은 혹독한 현실의 상황을 차가움으로 감각한다.

> 옷이 멀리 추울 것같이(「머루밤」), 가을밤같이차게 울었다(「女僧」), 차디찬 밤이다(「修羅」), 추운 거리(「가무래기의 樂」), 서러웁게 차갑다(「멧새소리」), 차디찬 아침/새하얗게 얼은 자동차(「八院」), 시퍼러둥둥하니 추운 날(「흰바람벽이 있어」). 추운 겨울밤(「許俊」), 추위는 더해오고(「南新義州柳洞朴時逢方」)

---

184) 이런 서러움의 정조 이외에 「바다」, 「나와 나타샤와 흰당나귀」, 「흰바람벽이 있어」, 「구보와 이백같이」 등의 작품들에 나타나는 쓸쓸함 역시 서러움과 유사한 정조라 할 수 있다. 쓸쓸함은 화자의 고독한 현재상이나 시적 대상과의 공감에서 발생하며, 서러움과 마찬가지로 현실에 대한 수세적이고 소극적인 대응 태도에서 비롯되는 정서라 할 수 있다.

차가움이 드러나는 작품들에는 대부분 현실적 인식이 드러나거나, 지치고 고된 삶의 모습을 시적 정황으로 하고 있다. 차가움이 대부분 현실적 정황을 환기하는 역할을 하는 반면, 따스함은 고향이나 고향과 유사한 동질적 공간에서 나타난다. [185] 차가움은 견디기 어렵고 수용이 어렵다는 점에서 현실을 환기하는 감각으로 사용된다. 토속적 감각이 정겨움과 애틋한 정서를 유발한다면, 현실의 차가움에 대한 감각은 서러움 혹은 쓸쓸함의 정서를 유발한다. 그러나 이런 차가움의 감각은 현실 인식의 단순화로 귀결된다. 토속적인 감각이 다채로운 감각적 양상을 통해 풍성한 고향과 전통적인 생활상을 재현해내는 반면, 차가운 현실에 대한 감각과 정서는 복잡다단한 현실의 층위를 다각적이고 심층적으로 드러내지 못한다. 백석의 시는 사회적 현실은 물론 자아의 현재적 상황을 포착하는 데에도 단순한 태도를 보인다. '차가운 현실/안온한 고향' 혹은 '고결한 자아/더러운 현실'이라는 이분법적 사고방식은 시인의 단순하고 고정된 현실 인식을 반영한다. 이렇게 단순한 대비로는 복잡한 현실의 연관과 그 변화를 온전히 파악할 수 없게 된다. 여기에서 백석의 낭만적인 현실 대응이 나타난다.

185) 반면 따스함이 나타나 작품들은 대부분 평화로운 삶의 정경을 드러내 보인다. 따스함은 정겹고 익숙한 것 혹은 그립고 반가운 것들에서 환기된다. 차가움과 따스함에 대한 백석의 감각 지향은 비교적 명확하게 구분되는 것으로 보인다.

별이 따사하니(「初冬日」), 햇볕이 따그웠다(「夏畓」), 추탕집 부엌은 따수할 것같이(「未明界」), 볕이 장글장글하니 따사하다(「黃日」), 질화로(「湯藥」), 따스하니 손 녹히고 싶은(「昌原道」), 볕이 담복 따사하니(「三千浦」), 햇볕 장글장글한 툇마루(「咸州詩抄-山谷」), 훈훈한 방안에(「秋夜一景」), 들믄들믄 더웁기도(「山中吟-山宿」), 손길은 따스하고(「故鄕」), 따끈따끈한 맛(「童尿賦」), 쩔쩔 끓는(「咸南 道安」), 뜨수한 구들/따근한 燒酒/끓인 구수한 술국을 뜨근히(「球場路」), 가슴에 뜨끈한 것(「北新」), 따사한 햇귀(「北方에서」), 따사하고 살틀한 별살의 나라(「許俊」), 볕은 장글장글 따사롭고(「歸農」), 호끈히 더워오고/나주볕이 가득 드리운(「촌에서 온 아이」), 몸을 녹히고/더운 물(「澡塘에서」), 무썩무썩 더운날(「七月 백중」)

나타샤를 사랑은하고

눈은 푹푹 날리고

나는 혼자 쓸쓸히 앉어 燒酒를 마신다

燒酒를 마시며 생각한다

나타샤와 나는

눈이 푹푹 쌓이는 밤 힌당나귀타고

산골로가자 출출이 우는 깊은 산골로 가 마가리에 살쟈

눈은 푹푹 나리고

나는 나타샤를 생각하고

나타샤가 아니올리 없다

언제벌써 내속에 고조곤히와 이야기한다

산골로 가는것은 세상에 지는것이아니다

세상같은건 더러워 버리는것이다

「나와 나타샤와 힌당나귀」 부분

추운 겨울 '가난한' 화자는 홀로 쓸쓸히 술을 마시고 있다. 외롭고 쓸쓸한 정황에서 화자는 '나타샤'를 떠올리고 애정의 도피를 상상한다. 연인과 세상을 벗어나 깊은 산골의 오두막에서 살고 싶다는 생각은 누구나 해볼 수 있는 상상이다. 그러나 이 시의 화자가 그런 상상을 하게 된 배경에는 세상과의 근원적인 갈등이 자리한다. 고독과 쓸쓸함을 견딜 수 없는 화자는 결국 현실로부터의 도피를 상상한다. 그러므로 '산골로 가는 것은 세상한테 지는 것이 아니다/세상 같은 건 더러워서 버리는 것이다'라는 구절은 낭만적인 자기 위로라 할 수 있다. 이런 낭만적인 현실 대응은 '더러운 세상'이라는 단순한 인식으로부터 파생한다. 세상이 더럽기 때문에 그 대결을 피하는 것일 뿐, 자신은 결코 세상에 지는 것이 아니라는 생각이 가능해지는 것이다.

현실과의 대결을 회피하고 산골로 숨으려 하면서 '세상이 더러워 버린다'고 말하는 것은 소아적인 자기 위안으로 보이기도 하지만, 그것이 백석이 지닌 독특한 현실 대응의 태도이기도 하다. 「나와 나타샤와 흰당나귀」의 기저에 흐르는 인식과 대응방식은 일견 지나치게 단순하고 무기력한 자기 방어로 보이기도 한다. 그러나 이런 수세적인 태도는 '세상' 혹은 현실의 삶을 대할 때 드러나는 백석의 염결주의적 성향에서 기인한 것이라 할 수 있다. 백석은 속된 현실을 대할 때 소극적이고 무력해 보이지만, 결코 그 현실과 타협하거나 굴복하지는 않는 태도를 보인다. 그러면서 그런 현실에는 걸맞지 않은 착하고 순수한 자아상을 추구한다.

> 우리들은 모두 욕심이 없어 히여졌다
>
> 착하디 착해서 세괏은 가시 하나 손아귀 하나 없다
>
> 너무나 정갈해서 이렇게 파리했다
>
> 「咸州詩抄-膳友辭」 4연

백석의 시에서 현실의 속됨에 대한 인식은 상당히 매우 단순하게 나타난다. 「나와 나타샤와 흰당나귀」의 '더러운 세상'이라는 인식은 다른 작품들에서도 크게 달라지지 않는다. 그의 인식 내용은 '이 추운 세상'/'못된 놈의 세상'(「가무래기의 樂」)이거나 '싸움과 흥정으로 왁자지껄한 거리'(「許俊」) 등으로 한정된다. 더럽고 못된 현실이라는 인식에서 더 이상 나아가지 못하는 것이다. 이런 인식의 저변에는 '거즛되고 쓸데없는 것↔맑고 참된 마음'(「촌에서 온 아이」)이라는 대비가 자리한다. 이는 '가난하고 외롭고 높고 쓸쓸한'(「흰바람벽이 있어」) 자아와 더럽고 못된 세상이라는 이분법의 사고방식과 동궤의 것이다.

「膳友辭」에서 '나'는 쓸쓸한 저녁을 '흰밥'과 '가재미'와 함께 맞는다. '외따른 산골'에서 '다람쥐동무'로 자란 '나'는 '맑은 물' 속에서 자란 '가재미'와, '바람좋은 들판'에서 '단이슬'을 먹고 자란 '흰밥'에 동질감을 느낀다. 셋은 모두 욕심없이 하얗고 드센, '가시'나 '손아귀'가 없이 정갈하기 때문이다. 인용한 「膳友辭」의 4연에서 이 셋의 공통점으로 표현되고 있는 무욕과 순수함은, '가재미'와 '흰밥'의 하얗고 부드러운 속성에서 추출한 것이기도 하지만, 화자 자신의 자아상을 나타내는 것에 더 가깝다. 욕심 없이 착하고 순한 성격과 창백해 보일 정도로 정갈한 모습은 백석 자신의 자아상이라 할 수 있다. [186] 이런 자아상의 정립 자체는 비속한 현실과 거리를 두려는 의도의 소산일 것이다. 백석의 자아는, 실용적인 목적에 무관심하며, 근대

186) 흰색에 대한 백석의 애착은 후기의 작품들에 두드러지게 나타난다. 흰색은 민족의 고유한 색이기도 하지만, 그 자체로 순수하고 깨끗한 느낌을 환기한다. 백석의 후기시에서 흰색은 탈속과 순수의 내면을 상징한다. 특히 이 시에서 나타난 창백할 정도의 파리함은 비속한 현실과 거리를 둔 상태를 암시하기도 한다.

적 삶의 규칙들로부터 한걸음 물러서 있으면서 기계적이고 천박한 근대적 삶을 무시하는 태도를 취한다.[187] 그런데 이런 자아상으로는 거칠고 혹독한 현실적 삶에 쉽게 적응해 살아갈 수 없을 것이다. 결국 깨끗한 자아와 속된 현실의 대비는 현실에 대한 외면이라는 대응 방식으로 이어진다. '세상 같은 건 밖에 나도 좋을 것 같다'에서의 구절을 통해 알 수 있듯이, 백석은 현실 자체를 무시함으로써 주체의 순수한 내면을 고수하고자 한다.

이에 따라 백석의 시에는 현실로부터 벗어나려는 낭만적 동경이 자주 등장한다. '산골로 가자 출출이 우는 깊은 산골로 가 마가리에 살자'(「나와 나타샤와 흰당나귀」)의 '산골'과 '마가리'(오두막)는 「膳友辭」의 '세상 밖'의 공간이다. 「咸州詩抄-山谷」에서 '골안'의 '돌능와집'으로 돌아갈 것을 꿈꾸는 화자나 「歸農」에서 귀농을 생각하며 흥겨워하는 화자의 상태는 동일한 정서적 태도에서 비롯된다. 비속한 현실 밖의 공간을 꿈꾸는 것이 다소 낭만적이라 하더라도, 현실의 비속함과 타협하지 않으려는 나름의 정신의 분투의 산물이라는 점에서, 이를 안이한 시적 귀결로만 평가할 수는 없을 것이다.

「山谷」, 「歸農」, 「나와 나타샤와 흰당나귀」 등의 '산골' 혹은 '마가리'는 탈현실과 은둔의 공간이다. 그 공간으로 숨으려는 시인의 태도는 염세적이고 소극적이기도 하지만, 최소한 비속한 현실과 타협하려 하지는 않는다는 점에서 가치를 지닌다고 할 수 있다. 이런 반속의 태도가 지향하는

187) '댄디'와 '보헤미안'은 근대적 속물에 대한 혐오를 가장 대표적으로 드러내는 집단이다. '보헤미안'이 방탕하고 무질서한 생활을 통해 기계적인 부르조아의 삶을 조롱한다면, '댄디'는 엄격한 자기 절제와 무관심, 내면적 엄격함을 통해 비속한 현실을 거부한다.(A. 하우저,『문학과 예술의 사회사-현대편』, 백낙청·염무웅 역, 1991, p.203) 정지용과 백석은 상당 부분 '댄디'의 속성을 지니는 것으로 보인다.

삶은 결국 「흰 바람벽이 있어」의 '가난하고 높고 외롭고 쓸쓸한' 것으로 귀착된다. 실제 백석의 삶이 유랑의 연속이었듯이, 현실적 삶의 연관으로부터 떨어져 나온 시인에게 허락된 삶이란 가난하고 고독한 것일 수밖에 없는 것이다. 그러나 가난과 고독은 그 자체가 비속한 현실과 거리를 두고 있음을 드러내는 표지이다. 이런 가치 지향이 가장 아름답게 드러나는 작품이 백석의 「南新義州柳洞朴時逢方」이다.

> 어느 사이에 나는 아내도 없고, 또,
>
> 아내와 같이 살던 집도 없어지고,
>
> 그리고 살뜰한 부모며 동생들과도 멀리 떨어져서,
>
> 그 어느 바람 세인 쓸쓸한 거리 끝에 헤매이었다.
>
> 바로 날도 저물어서,
>
> 바람은 더욱 세게 불고, 추위는 점점 더해 오는데,
>
> 나는 어느 木手네 집 헌 샅을 깐,
>
> 한 방에 들어서 쥔을 붙이었다.
>
> 이리하여 나는 이 습내 나는 춥고, 누긋한 방에서,
>
> 낮이나 밤이나 나는 나 혼자도 너무 많은 것 같이 생각하며,
>
> 딜옹배기에 북덕불이라도 담겨 오면,
>
> 이것을 안고 손을 쬐며 재우에 뜻 없이 글자를 쓰기도 하며,
>
> 또 문밖에 나가디두 않구 자리에 누어서,
>
> 머리에 손깍지벼개를 하고 굴기도 하면서,

나는 내 슬픔이며 어리석음이며를 소처럼 연하여 쌔김질하는 것이었다.

내 가슴이 꽉 메어 올 적이며,

내 눈에 뜨거운 것이 핑 괴일 적이며,

또 내 스스로 화끈 낯이 붉도록 부끄러울 적이며,

나는 내 슬픔과 어리석음에 눌리어 죽을 수밖에 없는 것을 느끼는 것이었다.

그러나 잠시 뒤에 나는 고개를 들어,

허연 문창을 바라보든가 또 눈을 떠서 높은 턴정을 쳐다보는 것인데,

이 때 나는 내 뜻이며 힘으로, 나를 이끌어 가는 것이 힘든 일인 것을 생각하고,

이것들보다 더 크고, 높은 것이 있어서, 나를 마음대로 굴려 가는 것을 생각하는 것인데,

이렇게하여 여러 날이 지나는 동안에,

내 어지러운 마음에는 슬픔이며, 한탄이며, 가라앉을 것은 차츰 앙금이 되어 가라앉고,

외로운 생각만이 드는 때 쯤 해서는,

더러 나줏손에 쌀랑쌀랑 싸락눈이 와서 문창을 치기도 하는 때도 있는데,

나는 이런 저녁에는 화로를 더욱 다가 끼며, 무릎을 꿇어 보며,

어니 먼 산 뒷옆에 바우 섶에 따로 외로이 서서,

어두어 오는데 하이야니 눈을 맞을, 그 마른 잎새에는,

쌀랑쌀랑 소리도 나며 눈을 맞을,

그 드물다는 굳고 정한 갈매나무라는 나무를 생각하는 것이었다.

「南新義州柳洞朴時逢方」(『學風』, 1948.10)

1940년대에 이르면 백석의 시에서 고향 재현과 토속적 감각의 추구는 점차 사라진다. 반면 사회 현실로부터 파생되는 삶의 고됨과 외로운 자아상을 직접 드러내 보이기도 한다. 이즈음 완연한 산문형의 시형을 형성하게 되는 것도 현실과의 긴장관계가 변화하면서 발생하는 것으로 보인다. 「南新義州柳洞朴時逢方」은 정신적 고뇌와 심리적 갈등으로 얽힌 내면의 토로를 상당히 긴 호흡으로 이어가며, 삶의 연관으로부터 동떨어져 운명과 고독을 수용해 가는 시적 자아를 상징적으로 표현해내고 있다.

이 작품의 시적 화자는 가족들과 떨어져 낯선 객지에서 추운 겨울을 보내고 있다. '바람은 더욱 세게 불고, 추위는 점점 더해 오는데'라는 구절은 겨울의 혹독함을 표현하는 동시에 화자가 견뎌야 하는 현실의 각박함을 상징하기도 한다. 이런 겨울에 화자는 '朴時逢'이라는 木手네 집의 방 하나를 빌린다. '헌 샷', '습내 나는', '누긋한'이 환기하는 허름하고 눅눅한 감각은 누추하기만 한 화자 자신의 처지를 암시한다. 그 방에서 시적 화자는 '생각'을 한다. 잦은 쉼표의 사용은 끊임없이 이어지는 생각들을 어렵게 이어가는 화자의 내면 심리를 상징적으로 드러낸다. 지난 세월의 '슬픔'과 '어리석음'에 대한 '쌔김질'은 곧 자기 성찰을 의미한다. 화자는 자기 침잠을 통해 감당하기 어려울 정도의 슬픔과 어리석음을 떠올리기도 한다. 그런 생각들만으로도 '가슴이 꽉 메어' 옴을 느끼는 것이나 '눈에 뜨거운 것'이 고이고 '낯이 붉도록' 부끄러움을 느끼는 것에서 화자의 섬약한 마음이 읽히기도 한다. 슬픔과 부끄러움과 어리석음이 감당하기 어려울 정도에 이르러 화자는 죽음을 떠올린다. 자괴감과 후회는 가뜩이나 위축된 자아의 의지를 더욱 움츠려들게 한다.

그러나 화자는 '고개를 들어' '허연 문창'과 '높은 턴정'을 바라봄으로써 자신의 삶 위에 군림하는 운명을 인식하게 되고, 자신의 삶을 절대자의 관점에서 바라보게 된다. 이때 고개를 드는 행동은 앞의 내성적 자세와 구별되는 행동으로, 이를 통해 시선에 포착된 '허연 문창'과 '높은 턴정'은 자기 침잠으로부터 자아의 시선을 밖으로 혹은 보다 높은 곳으로 전환하게 하는 상징적 역할을 한다. 이런 과정을 통해 시적 화자는 주체적인 삶의 어려움과 운명을 생각하고, '더 크고, 높은 것'을 통해 자아를 바라보게 된다. 스스로와의 이런 거리 두기는 주관적 감정에 매몰되어 버리는 것을 막고 자아에 대한 좀더 객관적인 성찰을 가능하게 하는 것이다.

이런 과정을 되풀이하며 슬픔과 허무가 차츰 가라앉고 '외로운 생각'만이 들 때, 화자는 먼 산 위에 '외로이' 서 있는 '갈매나무'를 생각한다. 이 시에서 갈매나무[188]는 산 위에 홀로 서서 하얗게 눈을 맞는다. '**먼**' 산은 현실과의 거리이며 고독하게 서 있는 갈매나무의 위치를 상징한다. 화자는 갈매나무를 흔치 않으며, '굳고 정한' 성격을 지닌다고 표현한다. 산 위에서 눈과 바람을 맞으며 겨울을 온전히 견뎌내는 갈매나무의 단단함과 정갈함은, 화자가 지향하고자 하는 삶의 표상이자 의지를 상징한다. 화자는 그런 갈매나무를 생각해 봄으로써 스스로의 의지를 가다듬고 혹독한 현실을 견뎌내려 한다.

---

188) 갈매나뭇과의 낙엽 활엽 관목. 높이는 2~5미터이며, 가지에 가시가 있다. 잎은 마주나고 톱니가 있으며, 5월에 연한 황록색의 잔꽃이 한두 송이씩 핀다. 열매는 약용하고 나무껍질은 염료로 쓴다. 골짜기나 개울가에서 자라는데 경북, 충남을 제외한 한국 각지와 우수리, 중국 등지에 분포한다.

이런 '갈매나무'가 시적 표현으로서 가치를 지니는 것은, 그것이 절망의 심연과 순연한 고독으로부터 건져 올린 의지의 상징이기 때문이다. 또한 그것이 현실과의 갈등에서 자아의 순수한 내면을 고수하고자 한 백석의 염결주의적인 태도를 가장 적절하게 함축하고 있기 때문이기도 하다. 고독과 정갈함을 잃지 않으면서도 혹독한 현실을 견뎌가는 '갈매나무'는 백석의 삶과 시가 지향하고자 했던 견인의 태도를 잘 보여주는 대상이라 할 수 있다.

이 작품에서 백석의 고독과 쓸쓸함에 대한 의식적 지향이 재확인된다. 삶의 조건이 운명으로 치환되고 그 운명에 순응할 수밖에 없음을 인식하면서도, 그 운명에 휩쓸리지 않고 고독한 단독자의 태도를 유지하려는 데서 백석의 고독과 쓸쓸함이 나타난다. 이런 고독과 쓸쓸함은 이 작품에서 독특한 감각을 환기하기도 한다. 현실 혹은 세상을 외면하면서 '먼' 산 위에 서 있는 갈매나무는 '드물고' '굳고 정한' 나무이다. 그 나무의 모습에서 환기되는 꼿꼿한 자세는 '가난하고 높고 외롭고 쓸쓸한'(「흰 바람벽이 있어」) 혹은 '맑고 높은'(「許俊」)과 동질의 것이라 할 수 있다. 특히 '마른 잎새'와 그 소리는 창백하고 앙상한 감각을 환기한다. '쌀랑쌀랑'은 마른 잎이 바람에 부딪혀 내는 소리이며, 그 양상은 작고 가늘며 건조할 것이다. 이런 적료한 감각은 앞선 토속적인 감각의 양상과는 판이하게 다른 느낌을 준다. 대부분의 토속적 감각이 흥성거리는 고향과 정겨운 사람살이의 모습을 환기한다면, 이 작품에 나타난 감각은 빈약한 양상으로 전개되면서도 강한 정신성을 드러내 보인다.

현실에 대한 인식이 드러나는 백석의 시편들은 고향 재현의 시편들과 기행 시편들에서 보이는 풍성하고 정겨운 토속적인 감각의 세계로부터 떨어져 나온다. 이 시기의 작품들에는 토속적인 감각이 지닌 풍성함과는 거리가 있는, 고독과 쓸쓸함을 환기하는 흰색과 정갈함의 감각이 두드러지기도 한다. 특히 현실 인식이 차가움이라는 감각으로 단순화되는 것은 그의 현실 인식의 단순함과 긴밀히 연결된다. 백석의 시에 나타나는 현실은 늘 순수하고 맑은 주체와 대비되는 더럽고 못된 세상으로 표상된다. 이런 인식의 단순함은 곧 낭만적이고 주관적인 현실 대응의 양상으로 이어지기도 한다. 그 인식과 대응 방식의 단순하고 소박한 특징에도 불구하고, 백석이 지니는 염결주의적인 태도는 비속한 현실에 대한 비판적 자세를 잃지 않으려는 내적 긴장의 소산이라는 점에서 의미를 지닌다. 그리고 이런 태도는 「南新義州柳洞朴時逢方」에서처럼 허무의 심연과 고독한 의지의 표상이라는 시적 긴장으로 이어지기도 한다.

Ⅳ. 1930년대 시에 나타난 감각의 의미와 기능

이상으로 정지용과 백석의 시에 나타난 감각의 양상을 살펴보고, 그 의미와 미적 기능을 규명해 보았다.

Ⅱ절에서 살펴본 정지용의 경우, 감각은 풍경을 내면화하고 내면을 풍경으로 드러내는 매개로 작용한다. 시의 원체험으로서의 고향 상실과 이국 체험은 동질의 것으로, 낯선 공간의 경험은 근대적 자아의 내면을 형성하는 데 중요한 역할을 하는 것으로 보인다. 또한 근대적 경험에 대한 주체의 감각적 반응을 토대로 근대에 대한 미적 감수성의 양가적 태도가 나타남을 확인할 수 있었다. 정지용은 근대적 경험의 수용 과정에서 '쾌감'이라는 감각적 형식을 통해 경험 자체에 대한 의식적 판단과 지향성을 표시한다. 이를 통해 정지용이 근대에 대해 쾌/불쾌의 감각을 동시에 지녔음을 알 수 있었다. 감각적 쾌 혹은 불쾌에 민감하게 반응하는 시적 양상은 후기시의 시적 공간을 형성하는 데에 상당한 영향을 끼친다고 할 수 있다.

정지용의 후기시에서 산수는 식민지 말기의 작가의 피폐한 정신적 상황에 의해 형성된 공간이라고 할 수 있다. 그러나 그런 山水의 공간이 적막과 욕망의 탈색이라는 의미를 지니게 된 데에는 정지용의 독특한 감각적 지향이 작용했을 것으로 보인다. 정지용이 발견한 산수의 공간에서는 근대적 경험이 환기하는 감각적 불쾌가 나타나지 않는다. 이를 통해 정지용의 산수는 근대의 부정성에 대한 미적 대응이라는 의미를 지닌다고 할 수 있을 것이다. 나아가 정지용은 산수의 공간을 배경으로 주체와 세계의 교감이라는 원초적 의미의 감각 양상을 보여준다. 이런 점에서 정지용이 발견한 '산수'는 한국 시사의 가장 중요한 의미 공간 중의 하나라 할 수 있다.

Ⅲ절에서 살펴본 백석의 경우, 감각은 일차적으로 시를 구성하는 방법으로 작용한다. 그의 시는 화자의 주관적 해석과 정서를 최대한 배제하는 것에서 출발한다. 이는 풍물과 풍속의 객관적 재현에 효과적이다. 고향에 대한 기억과 유랑/여행 과정에서 획득되는 풍물과 풍속은 구체적이고 감각적인 언어를 통해 재현되고, 이는 보편적 경험으로 확산되기 용이하게 조직된다.

백석의 감각 지향은 전통적이고 토속적인 것에 고착되는 경향을 갖는다. 이는 백석의 시가 고향의 재현을 모태로 형성되며 기행 시편들에서도 고향과의 동질성을 발견하려는 태도에서 확인된다. 이런 고향의 발견과 확산은 식민화 혹은 근대화에 의해 점차 말살되어 가는 전통적이고 민족적인 가치를 보존하려는 의식의 소산이라 할 수 있다. 전통적인 가치를 지향하는 백석 시의 성향은 토속적인 감각을 지향하는 데서도 확인된다. 토속적인 감각에 몰입하면서 근대적 삶의 풍경을 외면하는 태도는 염결적 기질 때문이기도 하지만, 그의 미적 감수성이 근대적인 풍물 혹은 제도와 부합되지 않기 때문인 것으로 판단된다.

백석 시의 기본 원리는 기억을 통해 과거의 경험을 떠올린다는 점에서 '회감의 시학'으로 명명하였다. 그의 고향 재현 시편들은 모두 강한 감각적 환기력을 지닌다. 더 나아가 백석은 과거의 경험을 회상하는 데 그치지 않고 그것을 다시 느끼고 경험하려는 태도를 취한다. 감각적 풍부함을 내포한 백석의 고향은 근원적이고 원초적인 삶과 감각이 살아있다는 점에서 反근대의 공간이라고 할 수 있다. 그리고 그의 시에 나타나는 토속적인 감각은 고향의 재현을 통한 풍부한 경험의 세계의 복원으로 연결되기도 하고, 민족적 근원에 대한 탐구를 통해 정체성의 탐구로 이어지기도 한다. 그러나 현실에 대한 인식이 수용되면서 그런 토속적 감각은 점차 약화된다. 대신 현실의 혹독함을 차가움으로 강조하며, 현실 밖으로의 낭만적 도피를 꿈꾸는 작품들이 출현한다. 현상적으로는 소극적이고 수세적인 대응 방식이지만, 그 안에는 현실과의 타협을 거부하고 고독한 삶의 방식을 견지하려는 시인의 염결주의적인 태도가 관류한다는 점에서 높게 평가될 수 있을 것이다. 이런 백석의 태도는 「南新義州柳洞朴時逢方」에서 고독과 견인의 태도로 현실의 삶을 견뎌가는 자세로 이어지기도 한다.

정지용과 백석의 시에 나타난 감각 지향은 상이한 양상으로 나타난다. 두 시인은 1930년대라는 동시대에 속해 있었고 일본 유학과 영문학 전공이라는 유사한 경험적 지평에 놓여 있었지만, 그들의 시적 경향은 전혀 다른 양상으로 전개된다. 그 다름은 지극히 자연스러운 일이긴 하지만, 두 시인의 기질이나 취향, 감수성의 차이를 상이한 감각 지향을 통해 확인해 볼 수 있었다. 두 시인 모두 감각에 주목하고 이를 시적 방법으로 원용하면서도 그 구체적 지향과 양상에서는 상당한 차이를 보인다. 정지용이 명징한 감각을 섬세하게 언어화하려는 태도를 보인 반면, 백석은 기억 속의 감각을 회감하려는 태도를 보인다. 이런 차이는 구체적인 감각(차가움과 따뜻함, 소리, 색채 등)들에 대한 상이한 태도로 나타나기도 한다. 또한 시 세계의 전개에서도 정지용이 근대적 문물과 도시적 경험에 민감하게 반응하는 반면, 백석은 근대적 경험을 도외시하고 오로지 토속적 세계의 재현에 몰두하는 양상을 보인다. 이는 근대의 부정성에 대응하는 방식의 차이로 연결되기도 한다. 정지용이 적막과 자연과의 조화를 특징으로 하는 산수의 공간에 몰입한 것에 비해, 백석은 토속적 감각의 재발견과 확산에 몰두하는 양상을 보인다.

비록 상이한 양상을 보이기는 하지만 두 시인의 시에서 감각은 중요한 시적 원리이자 경험적 지평과 미적 취향을 표상하는 매개로 작용한다. 이런 결과를 바탕으로 감각을 중심으로 한 보다 일반적이고 보편적인 문제 설정이 가능해진다. 감각 지향성의 문제는 특수한 몇몇 시인들에게만 국한되는 사항은 아닐 것이다. 특히 1930년대의 전반적인 시적 양상에서 감각 지향성은 문학적 인식의 전환과 미적 형식의 모색에 있어 핵심적인 문제로 잠재해 있는 것으로 보인다. 본고에서 미처 다루지 못한 1930년대의 시인들—김기림, 이상, 김광균, 김영랑, 서정주, 오장환—의 감각 지향성에 대한 지형도는 이후의 과제로 남겨두기로 한다. 또한 이후 한국 시사에서 끊임없이 제기되었던 감각적 구체성의 문제와 작품의 계보 역시 지속적인 탐구의 대상이라 할 것이다. 감각의 문제는 궁극적으로 문학의 본질에 맞닿아 있는 문제라 할 수 있다. 특히, 문학이 지닌 감각적 구체성에 대한 탐구는 미학 전반과 한국 문학의 주요한 미적 기준에 반성적으로 접근하는 계기가 될 것이다. 이를 위해 감각 이론에 대한 정밀한 고찰과 방법론적 재검토, 광범위한 시 자료의 수집과 계량적 통계 등이 지속적으로 수행되어야 할 것이다.

참고문헌

〈기본 자료〉

김재용 편. 『백석 전집』. 실천문학사, 1997.

김학동 편. 『정지용 전집』. 민음사, 1988.

백 석. 『사슴』. 선광인쇄주식회사, 1936.

이동순 편. 『백석시전집』. 창작과 비평사, 1987.

이숭원 편. 『원본 정지용 시집』. 깊은샘, 2003.

정지용. 『정지용 시집』. 시문학사, 1935.

______. 『백록담』. 문장사, 1941.

______. 『지용시선』. 을유문화사, 1946.

『學潮』, 『詩文學』, 『朝光』, 『文章』, 『人文評論』 등 1920~1930년대 문학잡지 및 동인지.

〈논 문〉

고형진. 「백석시 연구」. 고려대 석사논문, 1983.

______. 「백석시의 '엮음'의 미학」. 『현대시의 전통과 창조』. 열화당, 1998.

곽봉재. 「백석 문학 연구」. 경희대 박사논문, 1999.8.

김기림. 「정지용 시집을 읽고」. 『조광』. 1936.1.

김동석. 「시를 위한 시-정지용론」. 『상아탑』. 1946. 3.
김명인. 「1930년대 시의 구조 연구」. 고려대 박사논문, 1985.
김미경. 「백석 시 연구」. 서울대 석사논문, 1993.
김승구. 「백석 시의 낭만성 연구」. 서울대 석사논문, 1997.
김신정. 「정지용 시 연구」. 연세대 박사논문, 1998.
김용희. 「정지용 시의 어법과 이미지의 구조」. 이화여대 박사논문, 1994.
김윤식. 「허무의 늪 건너기-백석론」. 『근대시와 인식』. 시와 시학사, 1992.
──── . 「갈등의 시인 방황의 시인-정지용의 시세계」. 『문학사상』 183. 1988.
김정숙. 「정지용 시의 연구」. 세종대 박사논문, 2000.
김정순. 「백석 시 시어 연구」. 경남대 석사논문, 1992.
김종철. 「30년대의 시인들」. 『시와 역사적 상상력』. 문학과 지성사, 1978.
김주언. 「백석 시 연구」. 단국대 석사논문, 1992.
김환태. 「정지용론」. 『삼천리문학』 2호. 1938. 4.
김 훈. 「정지용 시의 분석적 연구」. 서울대 박사논문, 1990.
류종호. 「한국의 페시미즘」. 『현대문학』 통권 81호. 1991. 9.
마광수. 「정지용의 모더니즘 시」. 『홍대논총 11』. 1979.
──── . 「정지용의 시 '온정'과 '삽사리'에 대하여」. 『인문과학』 51. 1984.
문호성. 「백석·이용악 시의 텍스트성 연구」. 전남대 박사논문, 1999. 8.
민병기. 「30년대 모더니즘 시의 심상체계 연구」. 고려대 박사논문, 1987.
박두진. 「솔직하고 겸허한 시인적 천분-내가 만난 정지용 선생」. 『문학사상』 183호. 1988.
박아지. 「신춘시단개평-백석씨의 '고야'」. 동아일보, 1936. 1. 18.
박용철. 「백석시집 '사슴'평」. 『박용철 전집 2』. 동광당서점, 1940.

박주택. 「백석 시 연구」. 경희대 박사논문, 1998.

변영로. 「정지용군의 시」. 『신동아』. 1936.1.

서준섭. 「1930년대 한국 모더니즘 문학연구」. 서울대 박사논문, 1988.

신범순. 「백석의 공동체적 신화와 유랑의 의미」. 『한국 현대 리얼리즘 시인론』. 태학사, 1990.

신석정. 「정지용론」. 『풍림』. 1937.4

오장환. 「백석론」. 『풍림 5호』. 풍림사, 1937.4.

오탁번. 「정지용의 '춘설'」. 『시와 시학』. 2002. 여름호.

이기서. 「정지용 시 연구-언어와 수사를 중심으로」. 『문리대논집』 4집. 1986.12.

이명찬. 「1930년대 후반 한국시의 고향의식 연구」. 서울대 박사논문, 1999.

이미순. 「정지용의 '鴨川' 다시 읽기」. 『한국시학연구』 5호. 한국시학회, 2001.

이숭원. 「정지용 시 연구」. 서울대 석사논문, 1980.

______. 「30년대 후반기 시의 한 고찰」. 『국어국문학』 90호. 1983.12.

______. 「풍속의 시화와 눌변의 미학-백석론」. 『한국 시문학의 비평적 탐구』. 삼지원, 1985.

______. 「한국 근대시의 자연표상 연구」. 서울대 박사논문, 1986.

______. 「정지용 시에 나타난 고독과 죽음」. 『현대시』. 1990.3.

______. 「정지용과 현대시의 한 전범」. 『현대시』. 1995.10월호.

이양하. 「바라든 지용시집」. 조선일보, 1935.12.7~12.10.

장도준. 「정지용 시의 연구」. 연세대 박사논문, 1989.

정끝별. 「정지용 시의 상상력 연구」. 이화여대 석사논문, 1989.

정의홍. 「정지용 시의 연구」. 동국대 박사논문, 1992.
정현종. 「감각. 이미지. 언어-정지용의 '유리창1'」. 『인문과학』49집. 연세대 인문과학연구소, 1983.
차주연. 「백석의 시세계연구」. 연세대 석사논문, 1991.
최동호. 「한국 현대시에 나타난 물의 심상과 의식의 연구」. 고려대 박사논문, 1981.
최두석. 「1930년대 시의 표현에 관한 고찰」. 서울대 석사논문, 1982.
______. 「백석의 시세계와 창작방법」. 『우리시대의 문학』6집. 문학과 지성사, 1987.
______. 「정지용의 시세계-유리창 이미지를 중심으로」. 『창작과 비평』. 1988. 여름호.
최정례. 「백석 시의 연구」. 고려대 석사논문, 2001.
황종연. 「한국문학의 근대와 반근대」. 동국대 박사논문, 1991.
황현산. 「이 시를 어떻게 읽을 것인가13-정지용의 '누뤼'와 '연미복 신사」. 『현대시학』. 2000. 4.

〈단행본〉

고형진 편. 『백석』. 새미, 1996.
구모룡. 『한국문학과 열린 체계의 비평담론』. 열음사, 1992.
권영민. 『정지용 시 126편 다시 읽기』. 민음사, 2004.
김기림. 『시론』. 백양당, 1948.
김명인. 『한국근대시의 구조연구』. 한샘, 1988.

_____. 『시어의 풍경』. 고려대학교 출판부, 2000.
김상환. 『예술가를 위한 형이상학』. 민음사, 1999.
김성기 편. 『모더니티란 무엇인가』. 민음사, 1994.
김신정 편. 『정지용의 문학세계 연구』. 깊은샘, 2001.
김용직. 『한국 현대시연구』. 일지사, 1974.
_____. 『한국현대시사』. 한국문연, 1996.
김용희. 『정지용 시의 미학성』. 소명, 2004.
김우종 외. 『한국현대문학사』. 현대문학, 1993.
김우창. 『궁핍한 시대의 시인』. 민음사, 1977.
_____. 『지상의 척도』. 민음사, 1981.
_____. 『시인의 보석』. 민음사, 1993.
_____. 『심미적 이성의 탐구』. 솔, 1995.
_____. 『풍경과 마음』. 생각의 나무, 2004.
김욱동 편. 『포스트모더니즘의 이해』. 문학과 지성사, 1990.
김윤식. 『한국 현대시론 비판』. 일지사, 1975.
_____. 『한국 근대 작가 논고』. 일지사, 1982.
_____. 『한국근대문학사상사』. 한길사, 1984.
_____. 『근대시와 인식』. 시와 시학사, 1992.
김은자 편. 『정지용』. 새미, 1996.
김인환. 『문학과 문학사상』. 열화당, 1978.
_____. 『한국 문학이론의 연구』. 을유문화사, 1987.
_____. 『상상력과 원근법』. 문학과 지성사, 1993.
_____. 『기억의 계단』. 민음사, 2001.
김재홍. 『한국 현대시인 연구』. 일지사, 1986.

김종길. 『시를 어떻게 읽을 것인가』. 고려대학교 출판부, 1998.
김준오. 『시론』. 삼지원, 1988.
김진성. 『베르그송 연구』. 문학과 지성사, 1985.
김춘수. 『한국 현대시 형태론』. 해동출판사, 1958.
김학동 편. 『김기림 전집』. 심설당, 1988.
김학동. 『정지용 연구』. 민음사, 1988.
김현자. 『시와 상상력의 구조』. 문학과 지성사, 1982.
______. 『한국시의 감각과 미적 거리』. 문학과 지성사, 1997.
김홍규. 『문학과 역사적 인간』. 창작과 비평사, 1988.
나병철. 『근대성과 근대문학』. 문예출판사, 2000.
문덕수. 『한국모더니즘시 연구』. 시문학사, 1981.
민병기. 『정지용』. 건국대 출판부, 1996.
박노준·이창민 외. 『현대시의 전통과 창조』. 열화당, 1998.
박천홍. 『매혹의 질주, 근대의 횡단』. 산처럼, 2003.
백 철. 『신문학사조사』. 신구문화사, 1997.
사나다 히로코. 『최초의 모더니스트 정지용』. 역락, 2002.
상허문학회. 『1930년대 후반문학의 근대성과 자기성찰』. 깊은샘, 1998.
서동순. 『시로 읽는 서화의 세계』. 이화문화출판사, 1998.
서정주. 『한국의 현대시』. 일지사, 1969.
송 욱. 『시학평전』. 일조각, 1970.
송 준. 『남신의주 유동 박시봉방-시인 백석일대기』. 지나, 1994.
심재휘. 『한국 현대시와 시간』. 월인, 1998.
양왕용. 『정지용 시 연구』. 삼지원, 1988.
오세영. 『20세기 한국시연구』. 새문사, 1989.

오세영. 『한국현대시의 분석적 읽기』. 고려대학교 출판부, 1998.
오탁번. 『한국 현대시의 대위적 구조』. 고려대 민족문화연구소, 1988.
_____. 『현대시의 이해』. 나남, 1998.
우리사상연구소. 『우리말철학사전』. 지식산업사, 2002.
유종호. 『문학이란 무엇인가』. 민음사, 1989.
_____. 『비순수의 선언』. 민음사, 1995.
_____. 『문학의 즐거움』. 민음사, 1995.
_____. 『시란 무엇인가』. 민음사, 1995.
유평근·진형준. 『이미지』. 살림, 2002.
이경훈. 『오빠의 탄생』. 문학과 지성사, 2003.
이기서. 『한국 현대시의식 연구』. 고려대 민족문화연구소, 1984.
_____. 『한국 현대시의 구조와 심상』. 고려대학교 한국학연구소, 2003.
이남호. 『교과서에 실린 문학작품을 어떻게 가르칠 것인가』. 현대문학, 2001
이문열·권영민·이남호 엮음. 『한국문학이란 무엇인가』. 민음사, 1995.
이상섭. 『문학비평용어사전』. 민음사, 1976.
이숭원. 『정지용 시의 심층적 탐구』. 태학사, 1999.
이어령. 『공간의 기호학』. 민음사, 2000.
이종열. 『비유와 인지』. 한국문화사, 2003.
이진경. 『근대적 시·공간의 탄생』. 푸른숲, 2002.
임철규. 『눈의 역사 눈의 미학』. 한길사, 2004.
임 화. 『문학의 논리』. 학예사, 1940.
정 민. 『한시미학산책』. 솔, 1996.
정한숙. 『현대한국문학사』. 고려대학교 출판부, 1991.

정효구.『백석』. 문학세계사, 1996.
조광제.『몸의 세계, 세계의 몸』. 이학사, 2004.
조민환.『중국철학과 예술 정신』. 예문서원, 1997.
조연현.『한국현대문학사』. 인간사, 1964.
진형준.『상상적인 것의 인간학』. 문학과 지성사, 1992.
최동호.『현대시의 정신사』. 열음사, 1985.
______.『하나의 도에 이르는 시학』. 고려대학교 출판부, 1997.
______.『불확정 시대의 문학』. 문학과 지성사, 1997.
______.『디지털 문화와 생태시학』. 문학동네, 2000.
최동호 편.『정지용 사전』. 고려대학교 출판부, 2003.
최동호·맹문재 편.『다시 읽는 정지용 시』. 월인, 2003.
최병식.『동양회화미학』. 동문선, 1994.
최재서.『문학과 지성』. 인문사, 1938.
한계전.『한국현대시론연구』. 일지사, 1983.
한국현상학회 편.『예술과 현상학』. 철학과 현실사, 2001.
한전숙.『현상학의 이해』. 민음사, 1984.

<역서 및 외서>

가라타니 고진.『일본 근대문학의 기원』. 박유하 역. 민음사, 1996.
____________.『탐구』1·2. 송태욱 역. 새물결, 1998.
유약우.『중국시학』. 이장우 역. 명문당, 1994.
유 협.『문심조룡』. 최동호 편역. 민음사, 1994.

이효덕. 『표상 공간의 근대』. 박성관 역. 소명, 2002.
주광잠. 『시론』. 정상홍 역. 동문선, 1991.
Adorno, T.W. 『미학이론』. 홍승용 역. 문학과 지성사, 1995.
Bachelard, Gaston. 『몽상의 시학』. 김현 역. 기린원, 1989.
________________. 『공간의 시학』. 곽광수 역. 민음사, 1990.
Barbaras, Renaud. 『지각』. 공정아 역. 동문선, 2003.
Barthes, Roland. 『기호의 제국』. 김주환·한은경 역. 민음사, 1997.
Benjamin, Walter. 『발터 벤야민의 문예이론』. 반성완 편역. 민음사, 1983.
Bergson, Henri. 『사유와 운동』. 이광래 역. 문예출판사, 1993.
____________. 『물질과 기억』. 홍경실 역. 교보문고, 1991.
Berman, Marshall. 『현대성의 경험』. 윤호병 역. 현대미학사, 1994.
Calinescu, Matei. 『모더니티의 다섯 얼굴』. 이영욱 역. 시각과 언어, 1993.
Collot, Michel. 『현대시와 지평 구조』. 정선아 역. 문학과 지성사, 2003.
Deleuze, Gilles. 『감각의 논리』. 하태환 역. 민음사, 1995.
____________. 『베르그송주의』. 김재인 역. 문학과 지성사, 2000.
____________. 『프루스트와 기호들』. 서동욱·이충민 역. 민음사, 2004.
Durand, Gilbert. 『상징적 상상력』. 진형준 역. 문학과 지성사, 1983.
_____________. 『상상력의 과학과 철학』. 진형준 역. 살림, 1997.
Eagleton, Terry. 『미학사상』. 방대원 역. 한신문화사, 1995.
____________. 『문학이론입문』. 김명환·정남영·장남수 역. 창작사, 1986.
Eysteinsson, Astra. 『모더니즘 문학론』. 임옥희 역. 현대미학사, 1996.
Foucault, Michel. 『말과 사물』. 이광래 역. 민음사, 1996.
Habermas, Jürgen. 『현대성의 철학적 담론』. 이진우 역. 문예출판사, 1994.

Hauser, Arnold. 『문학과 예술의 사회사』. 백낙청·염무웅 역. 창작과비평사, 1991.
Heidegger, Martin. 『시와 철학』. 소광휘 역. 박영사, 1972.
________________. 『예술 작품의 기원』. 오병남·이영욱 역. 경문사, 1979.
Hulme, Thomas Ernest. 『휴머니즘과 예술철학에 대한 성찰』. 박상규 역. 현대미학사, 1993.
1993.
Marcuse, Herbert. 『미학과 문화』. 최현·이근영 역. 범우사, 1989.
McLuhan, Marhsall. 『미디어의 이해』. 김성기·이한우 역. 민음사, 2002.
Merleau-Ponty, M. 『현상학과 예술』. 오병남 편역. 서광사, 1983.
________________. 『지각의 현상학』. 류의근 역. 문학과 지성사, 2002.
Meyerhoff, Hans. 『문학 속의 시간』. 이종철 역. 문예출판사, 2003.
Ong, Walter J. 『언어의 현존』. 이영걸 역. 탐구당, 1985.
Picon, Gaëtan. 『프루스트 읽기』. 남수인 역. 문학과 지성사, 1992.
Richard, Jean-Pierre. 『시와 깊이』. 윤영애 역. 민음사, 1984.
Richards, I. A. 『시와 과학』. 이양하 역. 을유문화사, 1947.
____________. 『문예비평의 원리』. 김영수 역. 현암사, 1978.
Ryle, Gilbert. 『마음의 개념』. 이한우 역. 문예출판사, 1994.
Tuan, Yi-Fu. 『공간과 장소』. 구동회·심승희 역. 대윤, 1999.
Wellek, René & Warren, Austin. 『문학의 이론』. 이경수 역. 문예출판사, 1993.
Wheelwright, P. 『은유와 실재』. 김태옥 역. 문학과 지성사, 1982.
Whitehead, Alfred North. 『상징작용』. 정연홍 역. 서광사, 1989.
Zaner, Richard M. 『신체의 현상학』. 최경호 역. 인간사랑, 1994.

Langer, S.K. *Feeling and Form*. Routledge and Kegan Paul Limited, 1979.

Lefebvre, Henri. *The Production of Space. trans*. Donald Nicholson-Smith. Blackwell 1991.

Straus, Erwin. *The Primary World of Senses*. trans. Jacob Needleman. The Free Press of Glencoe, 1963.

현대시의 감각과 기억
–정지용과 백석 시 연구

초판 1쇄 인쇄 2018년 2월 5일

지은이 류경동
편 집 강완구
펴낸이 강완구
펴낸곳 써네스트
브랜드 우물이 있는 집
디자인 임나탈리야

출판등록 | 2005년 7월 13일 제 2017-000293호
주 소 | 서울시 마포구 망원로 94, 2층 203호
전 화 | 02-332-9384 **팩 스** | 0303-0006-9384
이메일 | sunestbooks@yahoo.co.kr
ISBN | 979-11-86430-63-7 (93800) 값 12,000원

우물이 있는 집은 써네스트의 인문브랜드입니다.

이 도서의 국립중앙도서관 출판예정도서목록(CIP)은 서지정보유통지원시스템 홈페이지(http://seoji.nl.go.kr)와 국가자료공동목록시스템(http://www.nl.go.kr/kolisnet)에서 이용하실 수 있습니다. (CIP제어번호 : CIP2018002462)